谨以此书献给小英子

山海英雄联盟自此踏上征途！

伏羲女娲

王楼 著

百花洲文艺出版社
BAIHUAZHOU LITERATURE AND ART PRESS

图书在版编目（CIP）数据

伏羲女娲 / 王楼著. –– 南昌：百花洲文艺出版社,2021.7
ISBN 978-7-5500-4304-6

Ⅰ.①伏… Ⅱ.①王… Ⅲ.①长篇小说 – 中国 – 当代 Ⅳ.①I247.5

中国版本图书馆CIP数据核字（2021）第136305号

伏羲女娲

Fuxi Nüwa

王楼　著

出 版 人	章华荣	
责任编辑	郝玮刚	
书籍设计	黄敏俊	
制　　作	何　丹	
出版发行	百花洲文艺出版社	
社　　址	南昌市红谷滩区世贸路898号博能中心一期A座20楼	
邮　　编	330038	
经　　销	全国新华书店	
印　　刷	苏州彩易达包装制品有限公司	
开　　本	720mm×1000mm 1/32　印张 8.75	
版　　次	2021年8月第1版第1次印刷	
字　　数	190千字	
书　　号	ISBN 978-7-5500-4304-6	
定　　价	42.00元	

赣版权登字：05-2021-231

邮购联系　0791-86895108
网　　址　http://www.bhzwy.com
图书若有印装错误，影响阅读，可向承印厂联系调换。

目 录

容，他深知，对青春而言，只有收获，没有输赢，只要上路，就一定会有庆典。

第四卷　救人：江山何曾比美人

地下室原本让人压抑窒息的氛围被燃月这么一搅和，瞬间变得轻松起来，大家忍俊不禁。不管生活有多苦，不管未来有多难，这似乎才是真正属于他们的样子。

第五卷　夺印：轩辕一箭真名世

星辰重若千万钧，这一张看似轻灵的星空渔网无异于天塌了下来，烈和刑天徒劳地抗衡着，应龙俨然乱了方寸，冲着星空渔网阵胡乱射发嗞嗞作响的闪电，终如螳臂当车、泥牛入海。

第六卷　用印：山海英雄正联盟

黄帝突然仰天大笑，笑声在屋子里回荡许久，过了好一会儿，才开口道："想要你命的人大有人在，能要你命的人也大有人在，这个我不稀罕。"

第七卷　弃印：好个头顶一片天

"凡为过往，皆为序章。事情发生了，就变成了本该如此。"颛顼手执青龙刀，转身看着各路英雄，"我们要感谢的，是自己，以及心底的良知。"

终　章

楔　子

　　鸿蒙初辟，天清地浊，有上古无名氏取清气、浊气各半，铸就一枚融山印、海印合二为一的山海印。此印状如玉玺，山印为阳，浑浊如地，四方形，通体宝蓝，居下；海印为阴，清澈如天，半球形，通体血红，居上。诚所谓：阴阳相合万物生。

　　天地之力无穷无尽，堪为至高无上之力，再顶尖的高手莫不是生于天地、长于天地。上古无名氏铸就的这枚山海印集天地灵气所在，于善可召唤天下能人异士、于恶可镇压三界魑魅魍魉。遂自天地开辟以来，三界之内权欲熏心之徒无不觊觎这枚山海印。

　　但山海印世代秘密传于天选之子，而野心之徒又多耐不住性子，所以，随着年岁渐远，关于山海印的故事渐渐地变成了传说。直至有一天，刑天与帝争位，山海印现世，竟破天荒地一分为二，要知道，浑然一体的山海印自铸就之初从未分开过。

　　合久必分，分久必合。雷神受命托管山海印，并将山印交由年少纯善的伏羲、海印交由倩兮盼兮的女娲。

一枚取之山海、藏之山海、定之山海的山海印，见证了一幕幕天下劫难，验证了一颗颗你我之心，书写了一段段今古传奇。而故事，还得从伏羲的母亲华胥在雷泽之滨踩上一个巨大的脚印说起……

第一卷　藏印：埙瑟和鸣真少年

她多么希望自己就是伏羲身旁的女娲，听心上人给自己弹一首动听的曲子；她多么希望伏羲能多看自己一眼，替她掸掉途中悄然落于肩头的一瓣桃花……

1

古来高山多仙家、深渊多蛟龙，但凡山水胜处，必有先入为主者。圣贤有云："先到为君，后到为臣。莫道君行早，更有早行人。"

下界有一处水域，名唤雷泽，此处居有一神，名唤雷神。雷泽常年风雨交加、电闪雷鸣，故罕有人迹。坊间皆传闻雷神人首龙身，出入必有金光风雨相伴，鼓其腹，轰隆隆有如雷鸣，声震百里，人鬼神无不敬之远之。

那一夜，雷泽之滨风雨交加、电闪雷鸣之势更甚往日。

一位叫作华胥的妙龄女子正匆匆赶路，只因其年迈的母亲前日里突患重疾昏迷不醒，乡里年长者说只有百里之外药山上一种白叶细丝的草药可救，于是她一路摸爬滚打，终于寻至药山觅得乡邻所说的白叶细丝草药。好在这种草药还算常见，并非长于险山深涧里的那种绝世稀药，遂避了豺狼虎豹之险。

华胥星夜兼程往回赶，行至雷泽之滨时天色已晚。正所谓天有不测风云，原先依稀的星光月色竟似被一阵沾满水汽的冷风盖住了，阴云骤起，远方隐隐传来了滚滚雷鸣，此前那阵风也刮得更紧了。

"咣——嚓——"一束刺破夜空的闪电，伴随着一声让人魂飞魄散的炸雷，夜空就像解了口的水袋一样哗啦啦下起了瓢泼大雨。

这真是一场让人措手不及的雷雨。

雷泽之滨四野空旷，避无可避，华胥倒吸一口凉气，下意识地一手挡雨，一手护住怀里的草药，怕到一定程度也就无甚惧怕了。

"啊——"泥路坑坑洼洼，湿泞不堪，华胥的步伐也错乱不堪，还没等她反应过来，一个趔趄，便栽进了一个坑里——一个像极了巨大脚印的坑里。奇怪的是，这个巨大的坑竟好似存在于老天爷的视线盲区，被一层薄如蝉翼的穹顶之光笼罩着，坑内不仅滴水不漏，还闪烁着萤火虫似的精灵，如梦似幻，别有洞天。

华胥一个跟头栽得迷迷糊糊，待其缓过神来，睁眼的瞬间，她看见跟前有一位白衣翩翩的少年正微笑着冲她伸出一只手。这是哪？这是谁？华胥环顾周遭美妙的景致，又定睛望着眼前这位干净而温暖的少年，暗自思忖。四目相对的刹那，华胥面泛桃花，心里的那头小鹿竟止不住地乱蹦，她情不自禁地伸出一只手，竟似不受自己控制，缓缓将其交到少年的手中，就这样，她跟少年的距离越来越近。

华胥不知今夕何夕，更不知少年姓甚名谁，任由少年拽着自己在半空中辗转腾挪，伴着只闻其声的雷雨，一起跳一支美到窒息的舞。华胥从不曾如此开心地笑出来，那一刻，她忘记了世间所有的烦恼，只有青春尚好。

时空仿佛静止，洞口正上方骤现一束柔软的光打在她和少年的身上，四壁的奇花异草竞相开放。有《卜算子·花枝俏》一词为证：

四时跌凡尘，只待卿来到。青山妩媚如君料，秋深花枝俏。

多少曲中意，痴绝成一笑。握瑜怀玉天地清，有璞自年少。

"你是谁？"华胥安静地趴在少年的怀里，抬头望着少年，娇弱地问道。

"因为你，有了我们，还有后来。"少年莞尔一笑。

少年轻轻地将顺了华胥被雨淋乱的青丝，也轻轻地吻了她的额头。华胥缓缓闭目，慢慢地，两人相拥深吻。不知不觉间，华胥褪去了少年的翩翩白衣，少年也褪去了华胥的紫色袍子，他俩的脚下不知何时竟有藤蔓结出了一张轻软的床，头顶的那束光愈加温暖醉人……

2

华胥醒来的时候发现自己正坐在那个像极了巨大脚印的坑里，夜色正浓，风雨依旧，坑里积满了水。

刚刚到底发生了什么？华胥蹙眉，摸了摸隐隐作痛的肚子，揉了揉自己的脑袋，如梦初醒。她顾不得多想，埋头发现包裹里的白叶细丝草药掉出来不少，遂赶忙仔细捡拾，唯恐漏掉一根。

华胥正躬身捡拾间，发现不远处金光阵阵，照亮了方圆数里，定睛细看，如注暴雨中，隐约可见一位手执拄杖的老者信步走来。

"令母吃下此丹，安保无恙。"老者于华胥跟前立定，带着慈祥的笑意递给华胥一粒丹药。

华胥困惑不已，一声不吭，并未伸手去接。

"你一定很困惑我是谁？"老者笑意盈盈，顿了顿，"我是谁并不重要，重要的是，你是谁？"

"我？"华胥趴在水坑里，好奇地打量着眼前这位仙风道骨的老者。

"梦，是最真的现实！"老者说。

"梦？"华胥喃喃自语。

"心系苍生，苍生自然念你。"老者仰天大笑。

"老人家，我不知道你在说什么。"华胥说完仍冒雨捡拾着地上散落的草药。

老者转身，将手中的龙头拐杖朝天一挥，一条细小的金龙呼啸着盘旋飞出，越飞越大，欻的一下刺入风雨交加的夜空，竟似在半空中觅得一个山洞，又似钥匙插进了锁孔，忽地撞将进去，消失不见。旋即，半空中闪现出一幕幕华胥闻所未闻、见所未见的虚幻之景。

　　那是天地初创时，天清地浊，有上古无名氏取浊气炼就了一枚山印、取清气炼就了一枚海印，并将两枚印合二为一，铸就了一枚力压三界、制衡正邪的山海印。山海印世代秘密传于天选之子，虚幻之景闪现的影像中看得分明，上一代天选之子垂暮之年将山海印亲手托付给下一代年轻后起的天选之子，天选之子执此印匡扶济世，三界由此得以安宁。

　　"山海印？"华胥不知何时起身，目不转睛地望着虚幻之景。

　　"是的。"老者收势，再次挥了一下龙头拐杖，虚幻之景瞬间缩小成一个光亮的点消失不见，那条巨大的金龙刺破夜空，由远及近盘旋着飞来，越飞越小，倏地钻至拐杖龙头里。

　　"与我何干？"华胥好奇地问道。

　　"与你渊源极深啊！"老者望着风雨飘摇的夜空长叹道，"相安日久，世风日下，人心不古。"

　　"老人家，我不明白您的意思，我还要赶路，风大雨大，您也早点回去才是。"华胥抬掇好随身的包裹，转身欲走。

　　老者并无阻拦之意，侧身让过，看着她走了几步，突然开口道："我是雷神。"

"雷神"二字好似千钧之石，电闪雷鸣间，华胥以为自己听错了，猛然回头，发现慈眉善目的老者正凝视着自己。

"我是雷神。"老者又安静地重复了一遍。

"啊？"华胥一脸惊诧，手中的包裹悄然掉落，她不禁手足无措，这真是匪夷所思的一件事。

"世人口中凶神恶煞之雷神正是老朽。"老者笑了笑，随即转身，面朝雷泽，展开双臂，念念有词地奋力挥舞着手中的龙头拄杖。伴着龙头拄杖的挥舞，黝黑的雷泽竟突然波涛汹涌起来，一条水幻而成的巨大水龙嘶啸着破水而出，在老者的头顶盘旋，像极夜空里的一道闪电，但比闪电更灵动。

"收！"老者将龙头拄杖朝夜空猛地一指。

巨大的水龙像是得到了指令，嘶啸一声，抬头飞向更高的天际，且眨眼间分身为无以计数的小水龙四散而去。这些小水龙遇水而融，体型渐大，铺天盖地，竟似遮住了整片夜空，悄然间将雨水吸收殆尽。

多么罕见的一幕！夜空有如滚沸的水银跳动，灵动的水龙布满了苍穹。华胥望着它们越飞越小，直至夜空深处，像一颗颗闪烁的星星，消失在黑暗尽头。

晚风和煦，星月生辉，雷泽之滨像是从没下过一场突如其来的雨，徒留一地泥泞。

"雷神……"华胥仰望着星空兀自出神。

"十个月后，你会诞下一位天选之子，他的名字叫伏羲。"雷神缓缓朝华胥走来，"他是山海印真正的传人，我是他的守护神。"

"伏羲？"华胥下意识摸了摸自己的肚子，埋首看了看，再抬头，发现雷神早已幻化成一条金色巨龙在自己的头顶盘旋了三圈，随即扭身飞向雷泽并钻进了水里。

"这是天命！"夜空中传来了雷神悠长的声音。

华胥发现眼前悬浮着一粒隐隐透亮的丹药，似一颗手可摘之的星辰，正是雷神此前递给自己的那一粒。华胥轻抬手臂，这粒丹药缓缓落在掌心里。华胥打量许久，旋又望了望悄无声息的雷泽及之上的璀璨星辰，不禁暗想，这是一场梦吗？

3

时间沾了念想，便是对抗绝望的一剂良药。

冬尽春来，转瞬又是一年盛夏时节，华胥的肚子一天大过一天，四邻街坊的风言风语也一天盛过一天。华胥对耳旁风并不在意，因为，她每每想起那晚美妙的场景，总会忍俊不禁，更多的是深深的怀念，以及，对即将出世的宝宝的无限期许。"伏羲——"华胥一个人的时候总会忍不住念叨这个名字。

雷神没有撒谎，果如其所言，华胥在十个月后一个闷热的夏日晚上诞下了伏羲。

"给娃起个名吧，男娃。"产婆将娃裹好递给躺在床上的华胥。

"宝贝，乖，以后就叫你伏羲好不好？"华胥轻哄着，深情凝视着怀里这个拼命啼哭的小男孩。

"伏羲，好，伏羲……"来帮忙的乡人把这个名字四下传开了。

"来，刚熬好的鸡汤，趁热喝。"华胥的老母亲绕过产婆，把一碗香喷喷的鸡汤端到床前。

"谢谢娘亲。"华胥将小伏羲递给产婆，欠身接过母亲递来的热汤。

伏羲呱呱坠地的那一瞬间，一声惊天地泣鬼神的炸雷响彻云霄，暴雨倾盆，大地为之震颤，唬得所有人跪地朝天祷告，但见一条金色巨龙在华胥家屋顶上空盘旋许久，屋内金光通透。大家向前望去，隐隐感觉到了华胥诞下的这个孩子非同寻常，敬畏之心油然而生。

当然啦，小伏羲自打出世的那一刻本就惹人怜爱，像一支刚从河里淘上来洗净的藕，白白胖胖的，谁见了都忍不住想这里亲一下、那里摸一下。

4

龙门鱼跃，欸乃山河醉。雾裹晨光惊雀起，阿黄痴儿犹睡。

风雨花落满天，青草堤畔纸鸢。多少吴侬软语，恐惊了梦中仙。

这首好事者所做《清平乐·村梦》堪为小伏羲日常生活的生动写真。元气满满的小伏羲跟他的小伙伴们在九丘的山上、水里快乐地玩耍，所过之处，鸡飞狗跳，一地欢声笑语。

九丘是一片神奇的土地，顾名思义，为九个丘陵，只不过这九个丘陵并非世俗里的山地，而是九座世外岛屿。这九座岛屿互相独立、互相关联，分别唤作：陶唐之丘、叔得之丘、孟盈之丘、昆吾之丘、黑白之丘、赤望之丘、参卫之丘、武夫之丘、神民之丘。

九丘是当之无愧的世外桃源，千百年来，常人难以觅其踪影，颛顼为执掌九丘之正神。九丘的正中间乃天柱不周山所在，前面八丘日夜变幻阵法护绕不周山，在东、西、南、北、东南、西南、西北、东北八个方位秘密守护天柱，以防外敌入侵，要知道，天柱可由不得半点闪失。神民之丘作为候补增援的一丘游离于其他八丘之外，如果其中一丘出了差池，它好第一时间替补。

确而言之，伏羲的故园是九丘里的神民之丘。神民之丘因相对自由，世代生活在上面的子民也多了些天生的自由烂漫，小伏羲便是很好的例证。

一个阳光明媚的清晨，山野间的草木像刚出浴一般闪烁着七彩炫目的色泽。小伏羲正拉扯着他最好的兄弟木神奋力奔跑，他昨天刚编好一个漂亮的花环，好不容易挨到鸡鸣，遂迫不及待要给女娲妹妹送过去。

"伏羲，等等我。"木神三步并两步，紧随伏羲之后跳过小溪。

"你快点。"风也似的伏羲一溜烟就不见了踪影。

跃过青草茵茵的溪流，不远处便是一片开阔的湖面，湖畔停了一艘巨大的木船，船上一位体形硕大的巨人正一手拿着长竿、一手朝岸上招手，示意岸边好几个搬东西的巨人加快脚步。湖畔附近是大人国所居之地，因他们的体型要抵得上十来个正常人，所以他们喜欢临水开阔的地方。

"早！"伏羲头也不回地喊了声，踩着木板，一个箭步跳上了船，他要渡船到彼岸。

"早啊！"木神扭头跟巨人打了个招呼，旋即追上了趴在船头的伏羲，气喘吁吁。

"坐稳喽，可爱的小家伙们。"巨人解开绳缆，用力将大船撑离岸边，乐呵呵地瞥了眼像只小兔子蹦蹦跳跳从脚下穿过的伏羲和木神。

过了大人国，上岸没走多远便是小人国国界。小人国的将军正率众于沙地上演练棍法，老远便听见整齐划一的"呵——哈——呀——哒——"口令声。

"让一让，让一让……"小伏羲像一阵风穿过一大片密密麻麻的小不点。

尘烟四起，咳嗽声此起彼伏，一大群只有小伏羲膝盖高的小家伙们赶忙让出一条道儿。

"岂有此理！岂有此理！"将军把棍子狠狠插进沙地里，

伏羲女娲

双手叉腰仰望着远去的小伏羲，"下次被我逮着，非军法处置不可。"

"打扰啦。"木神笑嘻嘻地转头打了个招呼。

"将军，这是第99次了。"一旁的士兵报告道。

"我知道，开练！"将军转身拔起沙地里的棍子，狠狠啐了口唾沫，刚准备喊口令，忽觉鼻孔痒痒，冷不丁打了个喷嚏。

与小人国毗邻的是一片葱郁茂密的森林，长满了参天大树，林间有各种灌木和奇花异草。当清晨的第一缕阳光射进林间缝隙时，雾气好似一根根琴弦，五彩缤纷的鸟儿便开始上下翻飞合奏舞曲，真个是"黄莺睍睆，紫燕呢喃"，不一而足。

这片密林是不死族的地盘，据说不死族有一棵黑不溜秋的不死树，吃一片不死树上黑不溜秋的叶子能多活120年，但外人从未在这片密林中发现那棵不死树。小伏羲对长辈们茶余饭后谈论得津津有味的不死树一点提不起兴趣，因为，他每天都有操心不完的事，比如怎么逗女娲妹妹开心，哪有时间想什么生啊死啊的。时间的魅力在于，当你把时间忘了，时间也会把你忘了。

伏羲跟不死族族长的儿子，也就是不死族的小首领，关系倒不错，因为他穿过不死族的密林时隔三差五能碰到小首领，一回生，二回熟。

记得伏羲第一次途经这片森林时，好奇心使然，东张西望，左顾右盼，就连翻飞的蝴蝶都跟外面的颜色迥然不同。那一次，他蹑手蹑脚地跟着一只通体透明但却闪动着五彩流波的蝴蝶，他想捉一只送给女娲妹妹，他一有好东西就惦记着送给女娲妹妹。只见那只蝴蝶停在了一截跟自己差不多高的黑色小树桩上，伏羲猫着腰探了两步，猛地伸手，竟逮了个空。这倒好，蝴蝶没捉到，小树桩竟被推到了，还突然"啊"了一声，唬了伏羲一跳。

"谁？"伏羲摆好战斗的架势，警惕地环顾四周。

"谁——推——我？"黑色的小树桩如弹簧般缓缓立起，待他立定后这三个字还没说完。

"我是伏羲，你谁啊？"伏羲瞅着眼前这个黑不溜秋的小家伙，这个黑不溜秋的小家伙也正眨巴眨巴大眼睛瞅着伏羲。

"我——是——不——死——族——小——首——领，你——为——什——么——推——我？"小首领缓缓叉腰质问，枯槁的手臂竟似藤蔓般灵活。

"你——好——啊，我——不——是——故——意——的，我——们——交——个——朋——友——吧。"伏羲有样学样，每个字都拉长了说，只有最后一个字收得还算利索。

"好——的——呀！"小首领慢慢伸出一只手跟伏羲相握，"哈——哈——哈！"

今天，伏羲没有在森林里遇见小首领。论脚力，木神无论如何都赶不上风也似的伏羲，幸好有这么一片密林，只见木神脚尖轻点，侧身踩在树干上竟如履平地，将身一纵便跃出老远，遇到横结的藤蔓，他更似猿猴般轻巧晃荡，倏忽间便赶上了在下方奔跑的伏羲。

伏羲女娲

木神如其名，御木如神，他的父亲是大名鼎鼎的建木之神，掌管三界草木。据说建木为黄帝所植，青叶紫茎，玄华黄实，百仞无枝，上有九欘，下有九枸，即树顶和树根皆有九根盘错遒劲的枝干。木神的父亲说攀爬建木可通天，但是连木神也只是听说，并未曾真正见过。

女娲住在集市的尽头，待伏羲和木神赶到集市上时，已日上三竿，路旁挤满了摆摊易货的男女老幼。神民之丘的早市好不热闹，形形色色的乡人，此起彼伏的吆喝。

贯胸国的人是出了名的懒，他们的胸口天生就有一个洞，但凡出门，不论远近，都喜欢雇人抬。怎么个抬法呢？用一根结实的棍子从胸口的那个洞穿过去，两个人一前一后抬着，他自个儿哼着小曲动动嘴就好了。

一目国的人只在额头的正中间长了个大大的眼睛，如水晶球一般灵动。可别小看了他们的这颗独眼，他们睡觉都不合眼，但如果他们盯着一处先聚精会神看一会儿，然后连眨三次，便可射电般射出一道闪电，被击中者十有八九焦糊了。当然，他们也经常用这个技能帮别人碎石开路、修理器物。一目国的人并不会经常如此眨眼，因为，每射一次闪电对体能消耗巨大。

厌火国的人野蛮得像一头野兽，虎背熊腰，跟不死族一样浑身漆黑，他们性情暴躁，动辄就咆哮不已，一咆哮就会从口中喷出焰火。此刻，他们正在集市上卖烤肉，火自口出，现杀现烤，忙得不亦乐乎。

"薰华草嘞，朝生夕死，只争朝夕，买几株吧。"君子国一位老叟捧着竹篮上前。薰华草是君子国特有之物，似草非草，似花非花，生命虽短，韵味悠长，其色过目不忘，其香入鼻不散。

"谢谢老爷爷，我有宝贝了，喏。"伏羲举起手中的花环，绕过卖薰华草的老叟。

一位衣冠佩剑的小男孩在路中央拦住伏羲和木神的去路，小男孩两侧各有一只五彩斑斓的大老虎，比小男孩个头高出好多，唯小男孩马首是瞻。或因君子国国民生性好让不争，所以他们的国度流传下来一个久远的习俗，即每个君子国的孩子来到这个世上时，父母都要送给孩子两只小老虎陪伴左右，以当护佑。

"伏羲，哪里去？"君子国的小男孩用剑指着伏羲。

"我要去找女娲妹妹，没空跟你玩。"伏羲刚准备从路旁穿过去，但两只大老虎正虎视眈眈地看着自己，一左一右把路堵得死死的。

"你父母没教你为人好让不争吗？"木神攥紧拳头问道。

"哈哈，我可以让，但是，我的两个小跟班让不让我就不知道了。"君子国的小男孩仰天大笑，收起宝剑，侧身贴到一只老虎肚皮旁让开一条窄路。

伏羲正准备冲过去，只见两只五彩斑斓的大老虎张开血盆大口，一声咆哮，整条街都听得分明，酒旗飘摇，卖茶水的碗里水波来回荡圈。木神眼疾手快，伸出一只手轻轻勾了两下。路旁的两个木凳子就像被磁铁吸引了一样，被木神满满当当地塞进了两

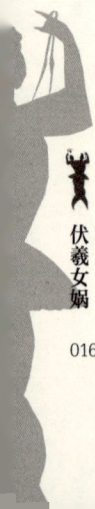

伏羲女娲

只大老虎的嘴里。

"凳子呢？我的凳子呢？我……"摆摊的一个胖子还没反应过来就啪的一下一屁股坐到了地上。当时，他正跟另一个人攀谈，等他回过头来的时候，发现自己坐着的木凳子已经在老虎的嘴里了，惊诧不已。

伏羲和木神旋即冲了过去，气得君子国小男孩在背后嚷天骂地直跺脚。

"伏羲——你好啊——又去找女娲妹妹啦？"三首国的一位士兵正手执长矛在巡逻，被小伏羲撞了个满怀。

伏羲顾不及应答，随口"嗯"了声就又向前冲了去。

三首国的人身姿矫健，生有三颗头颅，且三颗头颅可以自由转动，所以刚刚那位巡逻的士兵虽然身体立于原地动都不动一下，但头能在身后望着伏羲远去，上面那句话，每颗头说其中的几个字，最后三颗头颅齐刷刷笑出声来。

《诗经·采葛》有云："彼采葛兮，一日不见，如三月兮。彼采萧兮，一日不见，如三秋兮。彼采艾兮，一日不见，如三岁兮。"穿过闹市，前方不远处的山坡上便是女娲的住处，伏羲闻了闻手中的花环，开心得恨不得插个翅膀飞过去，他已经好几天没见到女娲妹妹了。

5

女娲古色古香的小木屋真个是好住处，依山傍水，游蜂戏蝶，足以极视听之娱。但见窗外：

春风春鸟鸣，秋月秋蝉清。

夏云暑雨过，冬雪祁寒新。

小木屋四周围着一圈精致的木栅栏，木栅栏内外长满了错落有致的花草，或簇拥，或攀援，不一而足。闻香品茗幽室静，莳花弄草寄闲情，跟所有女孩子一样，女娲打小就喜欢这些。

一条鹅卵石铺就的小路从院落蜿蜒至山坡下，伏羲顺着这条再熟悉不过的小路直冲向前。这条小路上的鹅卵石都是伏羲吭哧吭哧背个竹篓从河边淘回来的，也是他和女娲披星戴月一起铺就的，不知捣腾了多少个日夜，嬉笑间不知不觉就干成了一件蔚为壮观的事。

伏羲和木神的脚步声早已惊动了正在院子里打盹的大黄狗，大黄狗不分青红皂白，一睁眼便叫了起来，再细听，似乎辨出了熟人的声音，遂摇头摆尾，忽地跃起冲出去相迎，远远地便能望见山坡下两个同样蹦蹦跳跳的身影。

"这次没带骨头，下次一定带。"伏羲揉了揉扑上来舔他的大黄狗，言罢继续狂奔，大黄狗一路紧随。

"大黄——"嘎吱一声，一只纤纤素手拉开木门。

说时迟那时快，就在木门打开的一瞬间，伏羲因为惯性脚底没刹住车，一不留神踩在了门口一块散落的鹅卵石上，一个趔趄来了个狗吃屎，正好撞开木门，惊得开门的女子一声尖叫。

"女——女娲妹妹，送给你。"伏羲趴在地上头也不抬地捧

起手里的花环，气喘吁吁地说道。

只听得"扑哧"一声笑，开门的女孩子清了清嗓子问："那个，你又想人家了？"

伏羲点头如捣蒜。随后赶到的木神蹲下身轻轻拍了拍伏羲的后背，说道："嘿，兄弟，表错情了。"大黄狗在一旁凑上去不住地舔着伏羲的脸颊。

伏羲闻之立马从地上跳起来，擦了擦大黄狗舔过的脸颊，气急败坏地嚷道："燃月，又是你！"

燃月笑嘻嘻地问："为什么不能是我？"言罢推开另半边门，转身朝里屋走去。

"哼，你以后肯定没人要。"伏羲扭头噘嘴，跳着掸了掸身上的尘土。

"是吗？"燃月突然转身，将视线从伏羲移至白衣翩翩的木神身上，"木神哥哥，你要吗？"

木神本就木讷，发现燃月正一动不动地打量着自己，那一对清澈的眸子似蜜糖融化了一般，加上突如其来的这么一问，脸唰的一下就红到了脖子根。"我——我——"木神支支吾吾，抓耳挠腮。

"大老爷们的还脸红，羞不羞？"伏羲看着窘迫不堪的木神哈哈大笑。

燃月像一只欢快的鸟儿，连跑带跳地跃到木神身边，挽着木神的手，抬头望着他，问道："你——你什么啊？快说嘛，你到底喜不喜欢人家吗？"

木神全身像是僵住一般，呆若木鸡，过了好一会儿，终于点头，憋出一个字："嗯。"

燃月心满意足，一个360度转身晃到伏羲跟前："你看吧，你根本没机会了。"

伏羲把头扬到一边，道："哼，我只喜欢女娲妹妹。"

"燃月妹妹。"里屋传来一声轻唤，是女娲的声音。

"哎，姐姐。"燃月绕过伏羲和木神，跑到门口又将木门关了起来，转身时冲着伏羲咯咯发笑，"你的女娲妹妹知道你今天十有八九会来，早早地收拾好等你了，喏。"

燃月是12个月亮的化身，如其名，有燃月之功，手摸之处，哪怕置身九幽之地，也会明亮如月。就在木门嘎吱一声被关上的瞬间，燃月轻轻念了声咒语，立马分身为12个一模一样的燃月，只见这12个燃月笑嘻嘻地互看了几眼，前后左右上上下下翻飞舞蹈，像一场巡礼。眨眼之间，木屋里像是点燃了一盏盏梦幻的灯：花瓶是灯、桌椅是灯、茶具是灯、窗棂是灯、梁柱是灯……目之所及，无不隐隐透亮。

"好看吧？"12个燃月又倏地合而为一立于伏羲和木神的对面，笑问道。

伏羲和木神正看得眼花缭乱、目瞪口呆，陶醉其间，根本还没缓过神来。

"不过，好像还少了点什么。"燃月一手托住下巴，喃喃自语，"对，少了点星光。"话音未落，伴着燃月一阵脆如银铃的欢笑声，只见其突然舞蹈般旋转，无以计数的星光像萤火虫一样从她轻盈的袖口甩出，如风般自由漫去，让本就梦幻的木屋变得愈加迷离，似乎置身一片瑰丽的远古海洋。

女娲正立于一个石砌圆台之上看着屋子里的小伙伴们，她脚下的这个圆台略高于地面两三寸，同为鹅卵石铺就，唯一的区别是，屋内圆台的鹅卵石要比屋外小路的鹅卵石精致许多，是她和伏羲精挑细选筛出来的，且布局也颇为讲究，色泽一半深、一半浅。

一束萤火虫似的星光旋转着飞向女娲，在她的头顶上空盘旋，绕转周身时不断变幻着颜色。女娲惊喜地伸开双臂，脚下不自觉地跟着旋转，衣袂飘飘。女娲欢快的笑声充满了整间屋子，突然，她停下来，目不转睛地望着眼里放光的伏羲，问道："伏羲哥哥，我美不美？"

伏羲还没反应过来，就一边一个，被木神和燃月推到了圆台之上，跟女娲撞了个满怀，脸红得跟猴屁股似的。

"大老爷们的，有种别羞啊！"木神忍不住指着伏羲，大笑不止。

伏羲看着女娲水汪汪的大眼睛，许久，终于憋出一个字："美！"

"有一天，等我们长大了，你会娶我吗？"女娲含情脉脉地望着伏羲。

"我……我……"伏羲突然莫名其妙地像不死族小首领一样结巴了起来，遂用力打了自己一个嘴巴子。

"你——你什么啊？"燃月在一旁插话道，"本姑娘花了这么大心思，你若敢说半个不字，老娘第一个砍了你。"

"等……等我们长……长大了，我……我……我一定会娶……娶你。"伏羲终于一口气把话说完了。

"拉钩，谁反悔谁小狗。"女娲伸出小拇指，喜不自禁地望着傻傻的伏羲。

"哦，拉钩，谁反悔谁小狗。"伏羲也伸出小拇指。

燃月不自觉地挽着木神的手臂欢呼雀跃，一个劲地喊"好"，把木神搞得一愣一愣的。木神侧脸看燃月的时候，燃月的目光正好与其相撞。这次，竟是燃月满脸通红，轻轻放手。木神平日里不苟言笑，看着没心没肺的燃月，顿觉好笑，遂又主动拽住了燃月缩回去的小手。

伏羲差点忘了自己另一只手上还紧紧捏着的那个花环，遂赶忙给他的女娲妹妹戴上。女娲轻轻低下头颅，花环不大不小刚刚好，真是美极了。在伏羲眼里，青梅竹马的女娲妹妹像极了一朵尘埃里的花，惊艳了彼此的前世今生。

6

风和日丽的雷泽之滨，小伏羲欢快地奔跑着，女娲紧随其后。没一会儿，他俩便跑到了一座不算太高的断崖之巅，断崖下正是一望无际、波光粼粼的雷泽。

"伏羲哥哥，等等我。"女娲边跑边喊。

"快点。"伏羲先行跑到了断崖之巅，手搭凉棚，极目远眺，随即转身朝女娲招手。

"伏羲哥哥，带我来这里作甚？"女娲赶到断崖之巅时娇喘连连。

"这里是雷泽，我带你见我师傅雷神。"伏羲用手朝远方一指。

"就是又凶又恶的雷神吗？"女娲蹙眉道。

"我师傅可好了，他对坏人才又凶又恶呢。"伏羲哈哈大笑，言罢纵身一跃，钻入雷泽，没一会儿又冒出水面，用手抹着脸上的水，朝断崖上挥手呐喊，"女娲妹妹，下来。"

女娲见伏羲像一条呆头呆脑的鱼，不觉"扑哧"一声笑得前俯后仰，笑意渐歇，双臂舒展，深吸一口气，一道柔美的弧线倏地划过断崖之巅。女娲打小就常跟燃月戏水，深谙水性，不比捉鱼摸虾的伏羲差到哪。

"怎么样？"女娲突然在伏羲身后冒出水面，用手掀起一排浪扑了伏羲一头，伏羲转身时又冲他脸上喷了口预先噙在嘴里的水，不无骄傲地问道。

"女娲妹妹，你真棒！"伏羲冲着女娲傻笑起来，两人在水上嬉闹了好一阵子方才罢休。

他俩双双钻入水底，像鱼儿游弋在奇幻莫测的雷泽，好多稀奇古怪的水族在悠闲散步，各种水母有如星辰点缀，水底世界充满了温暖与祥和。

雷神为上古开天辟地之神，性情孤僻，独来独往，从未收过弟子，伏羲算破天荒的第一个，诚所谓天命难违。雷神以御雷之术声闻三界，而雷雨多相伴，他的御水之术同样精绝，举一反三，雷神由此融会贯通了"天地雷风水火山泽"八方阵法。八方阵法集天地之大成，奥妙无穷，威力无限，跟一个人的感受力息息相关，凡夫俗子断不能体悟一二。

伏羲打小在天地间玩耍，灵性具足，深谙"天地雷风水火山泽"八方阵法精髓。女娲原本还担心憋的一口气撑不了多久，但见伏羲在拽着自己钻入水底的一瞬间，早已伸出另一只手画了个圈，一个气泡似的保护层将他俩罩得滴水不漏。

"哇——伏羲哥哥，你也真棒！"女娲用手戳了戳柔软坚韧的气泡，欣喜不已。

"小意思啦。"伏羲用手一抹，透明的气泡立马变了颜色，"变！喏，你最喜欢的紫色。"

彼此欢喜自不在话下，且看他俩急速穿过大片的鱼群，穿过蜿蜒的丘陵，穿过交织的丛林，穿过一道隐约透着光亮的狭长的山涧，眼前豁然开朗，瞬间光芒万丈，他俩竟一下子冲到了一处绿草茵茵的山顶上，像极了人间，但又俨然恍若仙境。

女娲惊奇而贪婪地欣赏着眼前的光景：峰峦起伏，薄雾缭绕，青山绿水，鸟雀翻飞，牛羊散漫，还有数不尽的奇花异草，蜂舞蝶绕……

"水是一面镜子，反面也是正面。"他俩身后突然传来一位老者言犹未尽的声音。

伏羲女娲循声望去，发现石龛中一尊雕像竟似复活了一般，正笑意盈盈地起身朝他俩走来，刚迈了两步，只见老者将右掌朝向一侧的岩壁，岩壁上凸出来的一根石刻龙头拄杖欻的一下飞到老者手中，定睛细看，分明是一根木制龙头拄杖，龙眼隐隐透着金光。

"师傅。"伏羲跳起来喊道，扑上去一把抱住雷神的大腿。

"想必你就是女娲吧？"雷神缓缓走到女娲跟前，蹲下身，摸了摸她的头，和蔼可亲地问道。

女娲应声点头，好奇地望着雷神，她发现雷神并没有传说中的那么凶神恶煞，伏羲哥哥果然没有骗她。

雷神走到崖边，眺望着眼前这片山山水水，沉默许久，突然甩出手中的龙头拄杖，只见龙头拄杖在空中翻转了几圈便朝崖下坠落，伴随着一声响彻天地的嘶啸，一条金色巨龙冲天而上，在雷神和伏羲女娲的头顶盘旋。雷神转身望着伏羲女娲，笑道："且随我来。"言罢跃至龙头后面。伏羲在金色巨龙降低高度盘旋时，拽着女娲趁势跳到了雷神身后。

金色巨龙呼啸而去，飞过山川河泽，目之所及，更有鸾凤、仙鹤、鲲鹏等神鸟相伴翱翔。女娲从未见过如此妙境，惊险刺激又新奇，兴奋地冲着远方挥手大喊。伏羲更是人来疯，双手窝成喇叭状朝远方大喊："啊——"

雷神正闭目养神，只因他俩实在消停不下来，眼睛略略眯开一道缝瞥了眼，缓缓吐了句："能不能让为师歇会儿？"伏羲女娲闻之捂嘴咯咯直笑。

过了好一会儿，巨龙在一处寸草不生的山巅降落，山顶上只有一株突兀异常的垂柳，看起来有了年岁。"老朋友。"雷神收了龙头拄杖，踱步近前，望着这棵老柳树兀自出神。原本风华全无的老柳树竟突然柳枝飘摇起来，似是回应。

"伏羲哥哥，此是何处？"女娲拽着伏羲的袖口轻轻问道。

"师傅从未带我来过。"伏羲摇头道。

雷神摸着一根拂面的柳枝，似喃喃自语："这是遗忘之地。"

"师傅，什么是遗忘之地？"伏羲凑上去问道。

"开天辟地，混沌一片，三界乱战多年。"雷神若有所思，手执龙头拄杖朝四周挥舞了一圈，人鬼神混战之景在四面八方一幕幕闪现，"大家苦不堪言，终于，各界首领达成和议，神界安于天庭，人界安于尘世，鬼界安于冥府，三界互敬互助，自此相安无事。"

"那跟遗忘之地有什么关系呢？"女娲也凑上前去，好奇地问道。

"此处乃最后一役。"雷神攥紧了龙头拄杖，收回了乱战幻象，并随即又挥舞了一圈，荒芜一片的周遭变成了好似伏羲女娲先前来时的那般青山绿水。

"那得打多惨啊，只剩这一棵孤零零的老柳树了。"伏羲踮起脚尖拽到一根柳枝。

"是啊！"雷神点头道，"前事不忘，后事之师。这棵老柳树是最后的记忆，千百年说过去就过去了，没人会再想起，这里遂成了遗忘之地。"言罢，周遭青山绿水的幻象又逐次变成了荒芜一片，徒留这棵碧绿异常的老柳树，那绿得似乎流油的枝叶更像是谁的血液。

雷神立于老柳树下闭上眼，叽里咕噜不知念了段什么咒语，缓缓伸出左手，晃荡的枝叶中竟有一根像生了根一样在他掌心定住。雷神突然握拳，用力一扯，这根柳枝竟转瞬变成了一把嗡嗡作响的柳剑，雷神随即向上抛出这把柳剑，用龙头拐杖轻轻一敲，这把刚柔兼济的柳剑便带着幽绿的光旋转着径上云霄，没一会儿，只听"嗖"的一声，一道疾驰的绿光硬生生插在他们仨前方不远处的一块巨石之上。

伏羲第一个冲上前，使出了吃奶的劲也不能拔动柳剑一丝一毫，女娲见状忍俊不禁。

"你试试。"雷神扭头看了眼女娲。

"对嘛，有本事你试试。"伏羲站在巨石之上，双手叉腰，不服气地嘬嘴道。

女娲三步并作两步笑嘻嘻地跳到巨石之上，站在伏羲对面，道："伏羲哥哥，我来帮你。"女娲尚未用力，手刚沾着柳剑的瞬间，柳剑便似感应到什么，绽放出耀眼的光泽。女娲轻提手腕，柳剑就被拔出来了，如风拂柳枝，这着实让站在一旁满头大汗的伏羲咋舌不已。

雷神仰天大笑："果然是你。"

伏羲女娲被雷神的笑声吸引，皆转身一动不动地望着雷神，丈二和尚摸不着头脑。

"物各有主！"雷神顿了顿，"你是柳剑真正的主人，更是天……"雷神突然欲言又止。

"师傅，天什么啊？"伏羲追问道。

"更是天上人间不可多得的一个好女孩。"雷神赶忙把话扯开。

"那当然。"伏羲骄傲地看着女娲。

"此剑闲时系在腰间，日后定有用处。"雷神把视线移至女娲手中仍嗡嗡作响的柳剑上。

伏羲侧脸看了眼油绿异常的柳剑，突然皱眉道："可是师傅，女娲妹妹不会功夫啊。"

雷神轻拂素白的长须，缓缓走来，道："世本无法，唯博爱之力当先。"

"博爱之力？"女娲喃喃自语。

"真正的力量不分三界。"雷神手执龙头拄杖，朝伏羲女娲跛步走来，"我曾遇到一位凡人，他每天对着自己雕刻的木像深情祷告，我问他祷告什么，他说希望这些木像成真。"

"后来呢？"伏羲问道。

"后来，我亲眼见到一个木雕小兔子变成了一只活蹦乱跳的小兔子，是灰色的小野兔。"雷神笑道。

"哇——"女娲掩饰不住内心的惊喜之情。

"真是棒极了！"伏羲在一旁跳起来一个劲地鼓掌，"师傅，那博爱之力可以把活蹦乱跳的小兔子变成木雕小兔子吗？"

"一派胡言！"雷神狠狠瞪了伏羲一眼，"跟我来。"只见雷神转身，径直走向那棵老柳树，整个人悄然融进了遒劲的树干里消失不见，似跨进了一扇神奇的门。

伏羲女娲小心翼翼地用手戳了戳老柳树，树皮竟似施了障眼法徒有其形，他俩的手竟然可以伸进去。正自迟疑间，他俩就被一股突如其来的强大吸力猛地吸了进去，还没等他俩"啊"完一声，早已踉踉跄跄着置身于另一方天地。

7

一个巨大的锥形山洞，正中央是一潭荡漾的碧波，外围是一圈环形的石阶，周遭的岩壁向上越收越窄，抬望眼，上不见顶，隐约可见一个很小的洞眼，一束白光从洞眼里射下，打在这潭碧波之上，正好笼罩着雷神。雷神背对着伏羲女娲立于这一潭碧波之上，如履平地。

伏羲转身摸了摸身后的石壁，暗自用力推了推，石壁冰冷而坚硬，他很难想象老柳树和石壁的关系。

"伏羲哥哥，这是你师傅的澡堂子吗？"女娲很认真地凑到伏羲耳畔低声耳语，引得伏羲捧腹大笑。

"伏羲，你过来。"雷神突然开口道。

"哦。"伏羲走至潭边，试探性地伸出脚尖踩了踩，脚尖碰到水面时竟踏出了阵阵幽光，且能感觉到一股刚柔的力量自下而上托住自己。伏羲不禁放下心来，翻筋斗，竖蜻蜓，水面被他踩出一圈圈涟漪。女娲在岸上看得直乐。

"八方阵法是否多加修习？"雷神转身问道。

"禀师傅，日夜惦记于心。"伏羲躬身作揖道。

"好！且让为师开开眼。"雷神的身形如水墨般与伏羲擦肩而过，转瞬立于女娲身旁。周遭的岩壁顿时消失不见，原先幽暗的山洞变成了白茫茫空旷一片，只有伏羲脚下踩着的一潭碧波依旧。

八方阵法为雷神独步三界的看家本领，可攻可守，以"天地雷风水火山泽"八大元素为动力源，可从最常见的东、南、西、北、东南、西南、西北、东北八个方位随机布上"天地雷风水火山泽"各一阵，也可平面只布前后左右四阵，头顶脚下各布一阵，再留两阵于双手周旋应付，全然因地制宜、因时制宜、因人制宜。

伏羲立于这一潭碧波正中央，屈膝舒臂，脚尖侧抵，顺势推掌，另一手握拳反推，随即就势转身，重复之前的招式，似在聚气，白茫茫空灵之境悄然起风。女娲看见伏羲脚下的一潭碧波之

上隐隐浮现出金光闪闪的八个亮点，八个亮点互相连接交织，稳稳地托住伏羲。

"天！"伏羲大喝一声，握拳之手忽地摊开上推，旋即覆手作下压状，白茫茫空灵之境的头顶竟出现一大片滚滚乌云似落石般急坠而下，撞在一潭碧波里，激起千层浪。女娲张大了嘴巴，哑然失惊。

"地！"伏羲此前下压的那只手掌再次翻起，食指、中指并拢，轻轻一勾，潭水里竟"唰唰唰"冒出千万把尖刀利剑，如雨后春笋般矗立在八个金点周围，吓得女娲直跺脚。

"雷！"只见伏羲轻轻跃起，伸出一只手迅速朝头顶五个方向抓去，五束闪电嗞嗞作响，竟似剥茧抽丝般被伏羲轻轻拽下，五点合一，聚于掌心。伏羲翻身一甩，只听得"轰隆"一声巨响，水潭所触之处炸出几丈高的水柱，唬得女娲捂住耳朵躲到了雷神身后。

"风！"伏羲话音未落，伴着他的双手挪移，呼呼作响的疾风骤起。风如丝，丝成线，线成面，面成体，这些隐隐透着寒光的风丝竟在伏羲周身护绕成一根半透的圆柱，似一把把利刃拦在你我之间，且这根圆柱的半径越阔越大，直逼至雷神的眼前。

"水！"伏羲勾起双臂，疾风忽停，潭水像听到召唤一样拔地而起，且随着伏羲的手势在上空交织盘旋，又听闻一声"变"，伏羲握拳朝天空一顶，水瞬间凝结成坚冰，像一柄锋利的倚天长剑，刺向白茫茫天际。

"火！"刚刚恢复平静的潭水竟在眨眼之间由碧绿色变成了血红色，伏羲探身一正一反推了两圈拳脚，一条赤焰巨龙猛地从潭水里钻出，嘶啸着在头顶盘旋，通体燃烧正旺。说时迟那时快，原先推上天际的那柄倚天长剑竟不知不觉坠落下来。女娲眼疾手快，尖叫起来，跳着用手指向天空，"小心"二字刚喊到一半，那条赤焰巨龙便忽地腾飞，一口咬住那柄倚天长剑，咔嚓一声，将其咬成几截吞了下去，随即潜入潭水销声匿迹，一潭碧波悄然恢复了先前的色泽。

"山！"伏羲冲着紧张兮兮的女娲直笑，周遭瞬间峰峦叠嶂，一座座高山拔地而起。伏羲辗转腾挪间竟似有移山之法，不仅能把远山拽至跟前，把近山推至天边，还能把山顶和山底翻个身，颇得高岸为谷、深谷为陵之妙。女娲不知何时立于山顶，望着周身错乱的世界和山脚下施法的伏羲，惊叹不已。

"泽！"伏羲言罢，翻滚的泥水从一潭碧波中迅速四下蔓延。女娲还没反应过来便已经双脚深陷其中不能自拔，只见雷神赶忙甩出龙头拄杖，一把拽起女娲飞至龙头拄杖之上立稳，虚惊一场。

伏羲在底下看得仰天大笑，不承想，他自己竟然忘了收招。俚语所谓："常在河边走，哪有不湿鞋？"功夫本就与时间赛跑，一念之间，那片泥泞的沼泽悄然漫过伏羲的脚踝。伏羲得意忘形之际一不留神滑倒在地，挣扎时，沼泽已漫过腰了，此时的他已经完全乱了章法，惊慌失措间，只知一个劲地在底下大呼

"救命"。

"伏羲哥哥——"女娲忍不住探身伸手。

"收！"雷神大喝一声、大手一挥，空灵之境又变回了最初的山洞，他和女娲仍旧立于岩壁前。

伏羲仍在拼了命地大喊大叫，待他反应过来时，发现自己正在一潭碧波里狗刨，遂赶忙游上了岸。女娲在一旁看得"咯咯"发笑。伏羲情知理亏，一声不吭，偷偷瞄了眼雷神，只见雷神的脸板得跟石头一样，正怒目盯着自己。

"师傅，我错了。"伏羲像一只垂头丧气的落汤鸡。

雷神半晌没说话，山洞里死一样的沉寂。等伏羲抬头的时候，雷神已经立在了一潭碧波的正中央，仍像先前那样背对着他和女娲，一束自上而下的白光依旧笼罩周身。

"师傅……"伏羲冲着雷神的背影喊了声。

"你要敬畏天地的力量！"雷神攥紧龙头拐杖，终于开口道，"当然，更要相信天地的力量！"

"是，徒儿记住了。"伏羲作揖道。

雷神转身踱步走来，脚下的潭水也不知何时不见了踪迹，变成了一片石地。"初次见面，这两块璞石跟了我很多年，颇有灵性，算为师的一点心意，你们各选一个吧。"雷神摊开另一只手，掌心有两块隐约透着光亮的石头，一块清澈如天，一块浑浊如地。清澈如天者为半球形，透着血红色；浑浊如地者为四方形，透着宝蓝色。

"这块好看，可以做个项链，给你，喏。"伏羲挑了块透着血红色的璞石递给女娲，自己取了剩下的那块。

女娲举起手里这块透明的石头对着那一束光好奇地看着，并没看出什么名堂。伏羲也学着女娲的样子举起来对着那一束光，他的璞石不透明，更看不出什么名堂。就在他俩举起璞石于空中不知不觉靠近的一瞬间，两块璞石欲拒还迎，竟由内及外通体迸发出阵阵幽光。伏羲女娲举起的臂膀竟似不受控制，进，进不得；退，退不得。如此纠缠许久，只听砰的一声响，伏羲女娲便被一股莫名强大的力量震得朝后摔去。

"好神奇。"伏羲女娲仔细打量着手中的璞石，异口同声。

8

渔舟唱晚，醉人的夕阳染红了半边天，一轮红彤彤的大太阳缓缓坠进"接天莲叶无穷碧"的荷塘，那些含苞待放的、肆意绽开的荷花争抢着落日余晖往身上涂抹。一阵清风惊飞几只藏匿于荷叶间的水鸟，更送来沁人心脾的馨香。裹挟着清风荷香拂面而来的，还有舟上女子婉转动人的歌谣，有《荷仙姑》一诗为证：

窈窕邻家女，山海轻放歌。

长安值满月，多少误随车。

"爷爷，全是水。"岸边一位光着脚丫的小男孩对着陶罐里晃荡的倒影兀自出神，他刚蹲在湖边追着一群游来游去的鱼儿，用陶罐舀了半天也没能舀到一条。

"嘘！"不远处立于船头的老叟示意小男孩动静小点，随即聚精会神地盯着船舷旁优哉游哉的一条鱼，只见其将一根削尖的木棍猛地朝水里插去，待探身提起时，呵，好大一条白鱼。

小男孩看见他爷爷叉住如此大的一条鱼，正欲欢呼雀跃，一条差不多大的鱼从一旁飞跃进他空空如也的罐子里，鱼尾翻腾的水浪甩了他一脸。小男孩张大了嘴巴，惊诧不已，转身看去，不是别人，正是手拎渔网的少年伏羲。

"伏羲哥哥。"小男孩跳起来喊道。

"伏羲。"老叟在船头乐呵呵地打了个招呼。

"老爷爷，以后用这个。"伏羲举起手里的渔网挥了挥，里面还有好几条大鱼，"好使，我教你。"

岁月不居，时节如流。伏羲从一个在泥地里打滚的小男孩长大成了一位玉树临风的少年，他最近经常在湖边教乡民结网捕鱼，因为他发现，用尖锐的器物叉鱼固然方便，比如削尖的木棍，这种传统的捕捉方式也代代相传至今，但出去一趟的收获着实有限。直至有一天，伏羲百无聊赖地摆弄着猫咪搅乱的绳线，他突发奇想，如果把很多根绳线以经纬纵横的手法交织，岂不是可以织成一张漏洞百出的网？很多小鱼毫无悬念会从网洞里漏掉，但那些体型较大的鱼铁定逃脱不了，而网洞的大小完全根据个人意愿先行设计。

说干就干！寻常的绳线经由这么一倒腾，摇身一变成了不寻常的渔网，这真是一个激动人心的发明。但是，人大多安于现状，挨家挨户去演示的话免不了吃闭门羹，更何况，九丘的乡民千千万，靠这个推广法得弄到猴年马月啊。为此，伏羲特地找来女娲、木神、燃月等人商议。商议的最终结果就是，他们决定召集乡民代表来一次别开生面的捕鱼说明大会。

"送鱼啦！来者有份，就在今晚。"他们几个人奔走相告。

"搁哪儿？"有好事者开窗问道。

"神民之丘祭祀堂。"伏羲约定在这里开会。

神民之丘的祭祀堂背倚山崖、前临空地，以作集会之用，山崖上刻有各路牛鬼蛇神的石雕，当然，还刻有本族已逝且有突出贡献的德高望重之人，每年逢谷物播种之初，所有族人必来此处祭祀，祈求风调雨顺物阜民丰。

大家听说去开会还有鱼拿，遂一传十、十传百，近乎每家每户都派了代表参加，以致神民之丘的祭祀堂人满为患。大人国、小人国、不死族、贯胸国、一目国、厌火国、君子国、三首国等国的人也皆穿插其间。

"鱼呢？"火光摇曳，人头攒动。

"大家安静。"伏羲站在石崖前的高台上大声喊道，随即招手示意木神等人。

只见木神和燃月登场，一边一个拉着一张巨大的渔网，女娲和一位可爱的小女孩在正前方依次站好，他们早已排练多遍。伏羲站在台前一侧解说："你们看，这是一张网，一张专门捕鱼的网，前方发现一条小美人鱼，咿呀，她竟然从网里溜走了。

但是，没关系，前面还有一条大美人鱼，哈哈，她怎么都溜不掉。"伏羲说着的时候，女娲等人皆按事先排练好的示范，引得台下哄堂大笑。

"它还可以捕鸟。"底下一个小男孩蹦起来喊道。

"聪明！"伏羲冲台下那位小男孩竖起了大拇指，转身走向另一侧，"所以，我要送你们很多鱼，而不是一条鱼。有了这张网，日落西山前你们就可以早点回家，孩子也可以吃上一大桌香喷喷的美味，为什么不试试呢？"

"这小子是怎么琢磨出来的？"台下掌声欢呼声一片。

"太——厉——害——了！"不死族的族人缓缓地摇头晃脑。

伏羲确实干了一件非常了不起的事，九丘的男女老少对他愈加刮目相看。当然，他最近常去湖边，除了教民捕鱼，一个更重要的原因就是，满塘的荷花盛开，而他的女娲妹妹最喜时节之花，所以可以趁机多看女娲两眼，以解相思之结。

小楫轻舟，梦入芙蓉浦。喏，歌声飘来，侧耳细听，不是别人，正是驾小舟采莲归来的女娲。

伏羲正手拿渔网站在船头，循声望去，只闻其声，不见其人，值天地如画，此情此景，不觉间便先醉了几分。伏羲正欲教老叟撒网，不承想脚下踩住了一截，扑通一声，猛地挥臂时一不留神把自己摔湖里了，手中甩出的渔网正好铺天盖地把自己罩住，呛得他手忙脚乱。

"姐姐，你看，好大一条鱼。"一只小船从莲叶间缓缓驶出，燃月指着不远处的岸边笑道。

　　"哪里？"女娲顺着燃月手指的方向望去。

　　"喏，那不是吗？"只见燃月右手的食指和中指并拢，对着伏羲落水处轻轻左一勾、右一勾，伏羲的两侧便顿时蹿出两束弧形的水柱，这两束水柱在伏羲的头顶上空交汇碰撞，像一个大大的爱心，旋又如一地碎银不偏不倚撒落在伏羲头上，刚把渔网扯开的伏羲被这突如其来的灌顶之水淋了个透。

　　"燃月，又是你！"伏羲气急败坏地拍了下水面。

　　"姐姐，我的御水牵引术怎样？"燃月笑嘻嘻地望着女娲，她打小就被母亲常羲浸浴在水里，御水牵引术堪称一绝，似打娘胎里出来就对水有一种天生的控制力。

　　"燃月妹妹，别闹啦。"女娲望着不远处落水的伏羲，"咯咯"直笑。

　　宝蓝色的苍穹日月同辉，好似被谁烫出的两个洞，漫天繁星开始偷笑，有人听见了天上的动静。

9

　　伏羲住处前一片开阔的空地上，蛐蛐声此起彼伏，一架篝火燃得正旺，女娲正在帮伏羲烘烤湿透的衣服。抬头便可看见漫天星斗，你看这些星星的时候，星星也正一闪一闪地看着你。

　　"你说，有人弯弓射大雕，为什么射不到天上的星星呢？"

伏羲望着星空，若有所思。

"星星太高了啦。"女娲头也不抬地回了句。

"才不是呢。"伏羲扑哧一声笑出来。

"那你说，为什么？"女娲扭头看着伏羲。

"你看，星星会闪啊。"伏羲用手指向星空，来回晃动着。

"一点没正行。"女娲忍俊不禁，将篝火架上烤干的一件衣服摔到伏羲怀里。

"好香，还有荷花的味道。"伏羲贴着鼻子闻了闻，旋即穿好衣服。

"你以后想成为一个什么样的人啊？"女娲趴在伏羲怀里，突然开口问道。

伏羲望了望女娲被篝火烘得通红的脸颊，认真想了想，胡乱朝火堆里扔了几根柴火，道："我还没想好，我觉得现在就挺好。你呢？"

女娲也认真地想了想，轻咬朱唇，道："我也没想好，我只想陪你。"

"哦。"伏羲一动不动地望着越燃越旺的篝火。

年少的懵懂，注定写进了一首《秦楼月》：

从前慢，郎骑竹马江南岸。江南岸，纸鸢清醴，柳环花簪。

风流谁曾倾江左？一纸家国千千万。千千万，无限江山，执手星汉。

"伏羲哥哥，我吹一首曲子给你听好不好？"女娲言罢从怀里取出一个如鹅蛋般稀奇古怪的玩意儿，像一个尖嘴土陶瓶，瓶身上有6个窟窿。

"好呀。"伏羲望着女娲手里的玩意出奇。

"这是我自己烧制的乐器，先知爷爷给它起了个寓意美好的名字，叫埙。"女娲把埙递至唇边，用纤纤素手按住上面的几个洞眼。

"你等等。"伏羲话音未落，便一溜烟跑向身后的屋子里，一顿翻箱倒柜。待他气喘吁吁地赶回来时，怀里多了个半人高的大木块。

"你抱块木头作甚？"女娲瞥了眼。

"这不是木头，"伏羲哈哈大笑，盘膝坐定将其翻个身置于腿上，只见此物长约三尺、宽约一尺、厚约半尺，"这也是我自己做的乐器，一共拉了50根弦，拨出来的声音瑟瑟如秋，索性以音命名，就叫它'瑟'吧。"

"自古逢秋悲寂寥，50根弦岂不是太悲了？"女娲叹道。

"那我下次拉25根弦，正好做两把瑟。"伏羲笑道。

两人心有灵犀，尚好的夜色中，只听闻女娲吹埙，伏羲奏瑟，伴着山野间的万物和鸣，一首多情的小夜曲在彼此的心田肆意漫开。

10

好一曲"尽挹西江、细斟北斗，万象为宾客"，伏羲女娲不知不觉间便已合奏多时，诚如言为心声，传情之乐自然更与肺腑相连，宫商角徵羽，羽徵角商宫，细听其音，心照不宣。

夜渐渐深了，远方此起彼伏的山脉如水墨般勾勒在天地之间，朦胧而神秘，谁也不知道这肆意泼洒的水墨延伸到黑暗的何处才算尽头。

话说神民之丘还有一片神奇的国度，名唤青丘国，此国为人津津乐道是因为它有一只罕见的狐狸。罕见在什么地方呢？这只狐狸有九尾。实际上，她既是一只狐狸，也是一位曼妙的女子，没有人知道她的年龄，多少代人过去了，她始终芳华永驻、妩媚动人。乡里皆传闻九尾狐每隔五百年会历经一次生死轮回，魂魄会去一个叫姑媱山的地方，在那里，有一位叫瑶姬的爱神会赐予她一株瑶草令其服下，随后还魂时妩媚异常，据说还有九条命。

轻柔的晚风吹起了九尾狐的衣袂，她站在山头远远地听着伏羲女娲的埙瑟和鸣，听着听着，眼泪止不住地簌簌滑落。她多么希望自己就是伏羲身旁的女娲，听心上人给自己弹一首动听的曲子；她多么希望伏羲能多看自己一眼，替她掸掉途中悄然落于肩头的一瓣桃花……她知道，这是一个奢侈的梦。

她不禁想起了很多年前自己在小树林里与伏羲的那一场初相遇，那真是一个奇妙的清晨。

那时的九尾狐还是个小女孩，那天清晨，她在林间玩耍时为了扑一只蝴蝶，误入丛林深处，一不小心踩到了一只酣睡老虎的尾巴，这真是糟糕至极的一件事。从睡梦中惊醒的老虎怒吼一声，瞪着九尾狐，一步步将她逼到无路可退。魂飞魄散的九尾狐脚紧贴着树干，手足无措，瑟瑟发抖。在老虎眼里，这无异于一顿送上门的美味早餐。

老虎猛地跃起扑向九尾狐。惊慌失措的九尾狐捂着眼睛尖叫了起来，说时迟那时快，她顿觉自己被一股突如其来的力量撞飞，疼痛难忍，她以为自己被老虎一口吞了下去，眼都不敢睁，蜷缩着啜泣不止。

"好啦好啦，吵死了。"一个小男孩的声音在耳畔响起。

虚惊一场，原来自己没有被老虎吃掉，待九尾狐睁眼时，只见一个虎头虎脑的小男孩翻身挡在自己和老虎的面前。扑空的老虎正龇着牙，虎视眈眈地望着小男孩，好似要扑上来一口吞了他。

"你走不走？"小男孩用手指着老虎，厉声质问。

小男孩跟老虎对峙了一会儿，见老虎没有离开的意思，遂屈膝弯臂，似在空气中拽着什么，林间的枝叶开始微微颤抖。就在老虎腾空的刹那，只听小男孩大喝一声"起"，一大串树叶竟倏地被拽下来，像袖间甩出的一阵旋风，兵分左右，两束弧线不偏不倚打中老虎的脑袋，直震得老虎眼冒金星、攻势全无。小男孩看见老虎快要落至跟前，猛地翻身跃起，凌空一脚，竟把老虎踹至数丈开外，似一坨肉泥轰然坠地。

"好耶！"九尾狐欢呼雀跃，看到有气无力的老虎悻悻地离开了。

伏羲女娲

"你还好吗？我是伏羲。"小男孩转身笑道，"你叫什么名字啊？"

　　"我叫小九。"九尾狐开心地答道，"我们做朋友吧。"

　　"好的呀。"伏羲望着九尾狐水汪汪的大眼睛，摸了摸自己的后脑勺，彼此的笑声在树林里荡漾许久。

　　后来，九尾狐每次都在林子里等他。但是，每次见面时，伏羲总是匆匆忙忙地说："我要去找女娲妹妹。"再后来，九尾狐永远只是偷偷躲在小树林的后面远远地望着伏羲风也似的从眼前跑过。

　　春夏秋冬，草木枯荣，这么多年过去了，她竟始终没能忘记早年的那场初相遇。

第二卷　寻印：九丘自此起风云

> "天知地知，你知我知，滴血结晶已幻化为星辰藏于苍龙、白虎、朱雀、玄武四大星阵之枢纽。"雷神转身说道，"星辰昼夜运转，瞬息万变，旁人无从下手。"

1

夜已三更，金波淡，玉绳低徊。昆仑山上下寂静一片，夜空中偶有孤鸟引吭高飞，沿一座巍峨高耸的主峰拾级而上，石阶旁每隔一段距离都有隐隐通红的灯火，灯火直入云深处。昆仑山为天帝在下界的宫殿，由其义子——烈临时执掌。烈何许人也？集10个太阳化身于一体，权倾朝野，一手遮天。

烈的寝宫便在云深处，此时此刻，仍可见灯火通明，他还不曾就寝。

厅堂里侧的石壁上有一圈凸起的奇形怪状的兽头，不多不少，正好9个，护绕着中间一个圆圆的大太阳。这九尊浮雕颇有名堂，乃龙生九子的神灵之石，分别唤作：囚牛、睚眦、嘲风、蒲牢、狻猊、赑屃、狴犴、负屃、螭吻。这九子的神灵之石自创世之初便昼夜饱食天地精华，蕴藏了无穷的能量，是修行之人求之不得的宝贝。

烈丢开案几上的卷轴，起身走向龙生九子的浮雕，掌心用力摁在中间的太阳上，只见九子的神灵之石"嘎吱嘎吱"左右各转了一圈，停下来的时候竟都同时张开了嘴巴，每张嘴巴里缓缓飞出一颗夜明珠似的七彩玉石，这些不断变换颜色的玉石升腾到烈的头顶，绕成一个圆圈旋转着大放异彩。

烈兀自出神地望了会儿，伸出右手摸了下心口，竟从心口取出一颗耀眼夺目的明珠，这颗珠子要比龙生九子的神灵之石来得更大更亮，这可是烈的元神之珠。烈托起这颗明珠，明珠缓缓升空，升至龙生九子神灵之石的正中央。待元神之珠归位，只见烈闭上双目，紧握双拳，屋内骤然起风，听得他一声低沉的怒吼，风定之时，烈竟分身出9个一模一样的身形，似龙生九子的神灵之石护绕着元神之珠，9个一模一样的烈也围成一圈护绕着中间的原身。

10个烈皆抬头望着头顶的珠石，转瞬变成10束细若游丝的金光钻了进去。龙生九子的神灵之石和中间的元神之珠似被激活般开始链接，神灵之石以金丝互相串联，每一颗神灵之石都迸发出一束强烈的金光，不偏不倚地射中元神之珠。元神之珠竟似一头贪婪的野兽吞噬着每一束金光，且体型开始膨胀，嗞嗞作响，颤抖不止，似要爆炸一般。

果不其然，只听砰地一声，元神之珠爆发出一股转瞬即逝的强劲冲击波，龙生九子的神灵之石被撞得骤然消失，元神之珠也不见了踪迹。厅堂里，但见满头大汗的烈正有气无力地一手撑地，并伸出另一只手擦了擦嘴角的血迹。

"急功近利，自取灭亡。"一个漆黑的身影突然出现在烈的身后，并传来一声轻蔑的冷笑。

"师傅。"烈闻之就势转身，伏倒在地。

这个一手执盾牌、一手执巨斧、以乳为目、以脐为口的黑影不是别人，正是叱咤三界的上古战神刑天。

"我独自修行了近千年，彻悟天地，南征北伐，才有了所谓'战神'的名头。"刑天转身冷笑道。

"徒儿也要等千百年？"烈俯首问道。

"山外有山，楼外有楼。万般外力，昙花一现。"刑天缓缓走到石壁前，瞥了眼龙生九子的浮雕。

"还望师傅指点一二。"烈谦逊至极。

"你虽执掌昆仑，但更想执掌三界。无可厚非，我当年的野心并不亚于你，总想证明点什么。"刑天转身踱步，"奈何你力不服众，终日惶惶。"

"师傅所言极是。"烈答道。

"取回山海印吧。"刑天走到窗边，望着窗外深邃静谧的夜空。

"山海印？"烈沉吟片刻，好奇不已，"它不是一个传说吗？"

"屁话！"刑天以巨斧猛地击打了一下地面，地面晃动不止。

"请师傅明示。"烈被地面晃得心头一惊，更不敢抬头。

"山海印乃上古无名氏取天地清浊之气修成的至宝，集四海八荒之力，可召唤天下能人异士。"刑天顿了顿，"万事人为本，得此印，天下归矣。"

"可是……"烈若有所思。

"你担心我会抢了你的位子？"刑天哈哈大笑，转身啐了口唾沫，"啊呸！三界初定之时，权力在我眼里就是狗屎，不，连狗屎都不如。"

"徒儿不敢！"烈口是心非，模棱两可地试探着问道，"那取回山海印该如何区处？"

"你江山稳坐，我只想找一位老朋友算一笔旧账，山海印是胜败一念的唯一筹码，正好替你清了一块绊脚石。"刑天走到烈的跟前扶他起身，"何乐而不为呢？"

烈仍不敢直视眼前的刑天，只知一个劲地应声点头，半晌才突然想起一句，道："那山海印现在何处？"

"我也不知。"刑天摇头道。

"这……"烈双眉紧蹙。

"山海印世代秘密传于天选之子，难以琢磨。"刑天朝另一侧的铜镜走去，望见了自己异样的身躯，紧握巨斧的那只手攥得更紧了，"但世上无难事，办法还是有的。"

"什么办法？"烈侧身问道。

"灵山十巫。"刑天言罢跨进铜镜，越走越远，消失不见。

"灵山十巫？"烈目送着刑天离去，走至铜镜前，喃喃自语。

烈头也不回地轻挥了一下衣袖，灭掉了案几上的烛火，望着镜子里黑黢黢的自己。夜，确实很深了。

2

雷泽之滨，浓云密布，阴风怒号。

雷神正闭目盘坐于断崖之上，龙头拄杖插在一旁。忽然之间，龙头拄杖上隐隐发光的龙眼猛地睁开，雷神在龙眼睁开的瞬间感觉到了异常，遂近乎同时睁开了紧闭的双眼，愁眉紧锁地盯着龙头拄杖，并将视线从龙眼移至龙头脖颈上。

龙头脖颈上原先遗留的一滴血迹如今竟突然燃烧似的迸发出红光，这滴血是雷神龙头拄杖上唯一的一滴血，不是自己的，也不是乌合之众的，乃是赫赫有名的战神刑天的血。

"刑天……"雷神长吁一口气，眺望着波澜起伏的雷泽，但见水天一线，风卷残云，他不禁陷入一段久远但清晰的回忆：

疾风骤雨，厮杀声一片，手执盾牌和巨斧的刑天斩杀了一大片天兵天将，径上九重天。天兵天将如雨点般坠落，刑天如光束般扶摇直上。

"刑天，住手！"雷神踩在一条金色巨龙身上，赶至刑天身后厉声喝道。滚滚乌云便在他们脚下，那时的他跟刑天一样年富力强。

刑天不屑地哼了一声，转身跃起，横劈的巨斧甩出一道似可划破半边天的凌厉白光，歘的一下袭向雷神。面对力压三界的战神，雷神连分庭抗礼的资格都没有，只能被动防御，一下子便被这束波及面极广的白光震翻到云层之下。

"我把帝位让你又如何？"刑天对面传来浑圆有力的声音，一位端庄威仪之人正背执双手看着刑天，此人正是天帝。

刑天仰天大笑，狠狠地唪了口唾沫，道："呸，狗屁的帝位！"

"天下安宁，来之不易，你到底要什么？"天帝质问道。

"明知故问。"刑天举起巨斧，指向天帝，"我只想让三界知道，我才是天下第一，而不是你居高临下敕封的什么战神。"

"第一……有那么重要吗？"天帝苦笑道。

"少废话！今日，战，也得战；不战，也得战。"话不投机半句多，刑天猛地挥舞起手中的巨斧，以迅雷不及掩耳之势纵身跃起，人未至，巨斧的攻势已铺天盖地袭来。

天帝赶忙迎战，先一番左躲右挡，随后使出浑身解数拳脚相加。刑天也以盾牌防御，并伺机反攻。两人招式虚实相生，各有千秋，但都滴水不漏，刚柔并济。好一场势均力敌的鏖战，直打得想助攻的天兵天将莫敢上前插手，只能把四周围得水泄不通。

天帝毕竟是天帝，能从清定三界的乱军中崛起并担负起统领三界的职责，必有过人之处。他除却要与战神刑天这样的顶尖高手具备旗鼓相当的武学修炼之外，最关键的一点是，他有幸成为天选之子并得到了所有人梦寐以求但却求之无门的东西：山海印！

那时的刑天年轻气盛，对山海印嗤之以鼻，在他看来，山海印与他的巨斧无异，甚至还不如他的巨斧，遂从没往心里去。他坚信，凭自己这么多年的实力，打败天帝胜券在握，只有懦夫才会用那些莫名其妙的东西。

三界之内所有人都知道刑天和天帝的实力半斤对八两，自然少不了嘴闲的在背后指指点点，更有甚者，唯恐天下不乱的野心之徒拐弯抹角怂恿刑天，不断地刺激引诱他。正所谓三人成虎，原本虚无的念头竟日益真实起来，刑天与天帝一战终成必然。

刑天的自信并非毫无缘由，当对决的两个人旗鼓相当时，就看谁撑得更久了，所谓英雄，可能只是比对方多坚持了几秒钟而已。而一个不争的事实是，就体能而言，刑天的耐力要远胜于天帝。

刑天能看透这件事，征战无数的天帝岂有不通之理？山海印这个三界绝无仅有的至宝便成了打破平衡的最终筹码。

事实是，刑天果然败在了横空出现的山海印上。

只见天帝奋力腾空跃起，飞至三四十丈高，忽而缓缓降

伏羲女娲

落，掌心稳稳地托着一件大放异彩的东西——山海印：浑浊四方的底，清澈圆融的顶，通体透着阵阵红蓝交合的紫光，似东方破晓。

"山海无尽！起！"天帝大喝一声，手腕用力一震，悬空的山海印如离弦之箭砸向刑天。山海印穿梭的速度快到似乎将空气都燃烧起来，而且，随着目标的接近，它的体型竟也越来越大，似有山海之重。

刑天下意识地挥斧劈砍，山海印不但丝毫无损，且攻势遇强更强，自己竟被反弹的斧气震得踉跄不稳，后翻了老远才勉强定住身形，唬得围堵的天兵天将赶忙让出一道缺口。又是如此几个回合，刑天才渐渐体会到山海印的实力。

山海印一旦启动，若正邪皆存，它的力量只增不减，直至任何一方被打倒方才罢休，包括山海印的主人。所以，山海印越变越大，行动轻灵如羽毛，力量厚重若泰山。

面对横冲直撞、紧追不舍的山海印，刑天挥出的巨斧竟似泥牛入海，此刻，他困惑不已、狼狈不堪，面对这个庞然大物，他竟疲于应付。终于，刑天恼羞成怒，翻身跃起，朝四方挥舞着巨斧，有如翻江倒海，一股莫名强大的旋风把天际滚滚乌云和天兵天将尽皆裹挟而来，只见天空电闪雷鸣，似被搅出了一个大窟窿。刑天大喝一声，这股撼天动地的戾气已天为依托，顺着巨斧，源源不断地撞向迎面飞来的山海印。两者相撞的瞬间，天地为之动摇，许久僵持不下。

山海印不断吸收着迎面撞来的这一股戾气，通体似偾张的血脉燃烧了起来。终于，砰地一声巨响，震得天帝和刑天都没能站稳，山海印竟上下解体了，那股吸收天际凌厉之气的旋风也忽地消失。

"不过如此！"刑天看着解体的山海印，冷笑一声。

"怎么可能？"山海印的解体着实让天帝大吃一惊，只见其双眉紧蹙，攥紧了双拳。

然而，解体的山海印并未坠落，忽见宝蓝色、血红色两条巨龙从山海印里呼啸而出，一上一下护绕山海印，宝蓝色的巨龙护绕着底下四方形的山印，血红色的巨龙护绕着上面半球形的海印。在两条巨龙的裹挟下，山印和海印闪电般飞向刑天，山印在刑天足下，海印在刑天头上，形成闭合夹击之势。

刑天始料未及，赶忙用巨斧撑天、盾牌顶地。山海印越压越紧，刑天越蹲越低。刑天咬紧牙关，使出了全部气力都不能与山海印摧枯拉朽的天地之力相抗衡。

"刑天，早知今日，何必当初！"雷神骑着金色巨龙从云层下翻了上来，他的手背上清晰可见刚刚被刑天划伤的血印。

只见雷神从金色巨龙身上猛地跃起，舒展双臂，辗转腾挪，东、南、西、北、东南、西南、西北和东北八个方位瞬间出现了八个金光闪闪的点，八个金光闪闪的点随即幻化成"天地雷风水火山泽"的自然幻象，并绕着雷神飞速旋转。远远望去，八个金点竟似变成了一个金色的钢圈，呼啸着甩出旋转的火花。雷神一声大喝，将身一纵，金圈忽地缩至掌心，顺势朝刑天甩出了这个钢刀齿轮似的光圈。光圈在飞向刑天的瞬间竟跟山海印一样越变越大，唰的一下穿过山印和海印的空隙，斩断了毫无反抗之力的刑天首级。

"雷神，你……"刑天的头颅滚落，正怒目瞪着雷神。

光圈消逝，轰的一声，山海印瞬间合拢，刑天身首异处的刹那间迸出的一滴血飞溅至不远处金色巨龙的脖颈上。那一次，从未输过的刑天输了，输得悄无声息。

3

清晨的第一缕阳光拨开空谷的薄雾，照射在一朵血一样鲜红的花瓣上，也撒落在茵茵草地上。草地前是一汪如镜的水面，岸边有无数朵血一样鲜红的小花迎风摇曳，苏醒的鸟雀四下翻飞。

玉树临风的伏羲和亭亭玉立的女娲并肩而立，望着手执龙头拐杖站在岸边的雷神。

"师傅，刑天真的有那么厉害吗？"伏羲突然开口问道。

雷神转身走到伏羲跟前，缓缓抬起一只手，手背上清晰可见一道细长的疤痕，那正是当年被刑天巨斧挥出的戾气所伤。

"他只是轻轻划了一下。"雷神耸了耸肩，"我用尽了全力。"

伏羲女娲面面相觑，惊诧不已，他俩很难从雷神的口述中切身体会当年刑天与天帝的那一场巅峰之战是多么的惊天地泣鬼神。在他俩眼里，雷神才是叱咤三界的风云人物，威望极高，别说动手，各路邪祟但凡听到"雷神"二字就大多识趣地敬而远之了。

"那一次，为师是幸运的。"雷神一语双关，盯着自己手背的伤疤兀自出神。一则刑天最后被他亲手斩杀；二则如果他一开始没被刑天的那道斧气打到九天之下，那他根本逃脱不了被刑天巨斧反吸天地的暴风吞噬的厄运。

"刑天不是被您斩杀了吗？"女娲好奇地问道。

雷神仰天大笑，转身走至岸边，道："人活一口气！更何况，刑天只是消失了，并没有人看见他的尸骨。"

"身首异处还不死吗？"女娲追问道。

"有的人活着，他已经死了；有的人死了，他依然活着。"雷神顿了顿，"像刑天这种彻悟天地大道的顶尖高手，谁又能捉摸得定呢？"

"那我们接下来该怎么办？"伏羲暗暗攥紧了双拳。

"对，我们接下来该怎么办？"女娲转头看了看伏羲，又看了看雷神。

"陈年往事，不谈也罢。"雷神转身望着伏羲女娲，眸子里充满了慈祥，"今日行成年之礼，为师有幸能在这样一个特殊的日子作为你俩的见证者，身为过来人，为师衷心希望，在今后的日子里，不管历经什么坎坷，你们都要永葆少年之璞。"

伏羲和女娲应声点头，相视一笑，好似阳光跌落云端。

伏羲女娲

"女娲，虽说你不是我的入门弟子，但你是伏羲的心上人，也跟我弟子无二了。"雷神笑道。

"是，师傅。"女娲羞涩地埋下头，低声应了句。

伏羲开心地望了望女娲，当他把视线停留在女娲脖子上挂着的那串半球形吊坠项链时，也下意识地摸了摸自己脖子里挂着的那一串四方形吊坠项链。女娲戴的那串是他亲手做的，他戴的这串是女娲亲手做的。

"师傅，天选之子是两个人吗？"伏羲突然皱眉问道。

空气竟似凝固一般，雷神一动不动地看着双眉紧蹙的伏羲，许久，开口叹道："既然你已经猜到了，索性都告诉你们吧。"

"天选之子？"女娲拽起那个清澈透明的半球形吊坠瞅了瞅，阳光折射出吊坠血红色的光泽。

"山海印为三界罕有的至宝，你俩佩戴的确实是山海印，山海印的历任天选之子本该是一个人，但是，故事总有例外，刑天与天帝一战便是那个例外。"雷神踱步走向一旁，抬头望着远方，"那一战，山海印一分为二。"

"那如何才能让山海印合二为一？"伏羲举起自己佩戴的那个四方形吊坠观摩许久，他的吊坠透着隐隐的宝蓝色。

雷神沉默半晌，缓缓说道："历浩劫，山海合！"

"浩劫何时到来？"伏羲追问道。

"早晚到来。"雷神转身打量着眼前这位风华正茂的少年。

"早晚是多早、是多晚？"伏羲并未善罢甘休。

雷神突然笑了起来，道："伏羲，你要永远记住，时间是这个世上最神奇的东西，人鬼神皆奈它不可，所有的答案都会在时间的长河里积淀，并留下最公允的结果。"

伏羲暗自点头，虽然他一下子没怎么听明白雷神的意思，但他相信师傅说的不会错，遂不再追问。只见雷神拄着龙头拄杖走至河边，朝如镜的水面挥了下龙头拄杖，一条小金龙从拄杖里甩出，越飞越高，越飞越大，呼啸着盘旋了几圈，猛地钻进水里。

伏羲女娲好奇地凑上前，晃荡的水面渐渐恢复平静，水面竟似星星倒影熠熠生辉。定睛细看，灿若繁星的水面当属东西南北四大星阵最为显眼，它们分别是：

东方苍龙——角亢氐房心尾箕

西方白虎——奎娄胃昴毕觜参

南方朱雀——井鬼柳星张翼轸

北方玄武——斗牛女虚危室壁

雷神在伏羲女娲跟前来回踱步，随后在他俩中间立定。

"师傅。"伏羲轻唤了一声。

雷神并未答话，只见其插好龙头拄杖，轻抬双臂，掌心对着伏羲女娲的眉心。伏羲女娲皆感受到了一股温暖绵柔的力量正缓缓从雷神的掌心传来，这股力量自眉心周始全身，让人精气神焕然一新。伏羲女娲正闭目享受间，只见雷神猛地将掌心一缩，并顺势一抓，伏羲女娲的眉心竟倏地飞出一滴幽红异常的血。他俩猛然惊醒，好奇地摸了摸自己的眉心，皮肉未损。

伏羲女娲

悬浮着的两滴血随着雷神双掌的靠近也越来越近，只见雷神咬紧牙关，手腕猛地一震，两滴血瞬间交融在了一起。两束嗞嗞作响的闪电仍源源不断地从雷神掌心注入血滴，血滴愈加成型，从液态变成了固态，像一颗夜明珠晶莹透亮。雷神翻掌收功，长吁一口气，道："这是你俩的滴血结晶。"

"滴血结晶？"伏羲女娲困惑不已。

"阴阳相合万物生。"雷神望着眼前这颗幽红异常的滴血结晶，"唯滴血结晶，方可唤醒山海印。"

雷神将悬浮的滴血结晶握于掌心，轻拂衣袖，东方苍龙、西方白虎、南方朱雀、北方玄武四大星阵竟破水而出浮于水面互相交织。滴血结晶自雷神掌心缓缓飞离，稳稳地落于四大星阵中间交汇的那个点，四大星阵瞬间流光溢彩。雷神头也不回地伸手一拽，龙头拄杖欻的一下握于手中，他随即举起龙头拄杖用力往下一擂，四大星阵连同那颗滴血结晶皆隐匿水中。雷神又挥了下龙头拄杖，将此前那条金色巨龙从水里勾了出来，怎么去，怎么来，暂且不表。

"天知地知，你知我知，滴血结晶已幻化为星辰藏于苍龙、白虎、朱雀、玄武四大星阵之枢纽。"雷神转身说道，"星辰昼夜运转，瞬息万变，旁人无从下手。"

于千万颗星辰里，惊鸿一瞥，遇见了最独一无二的那颗，自此，便爱上了整片星空。

4

今日的雷神颇为反常，一改平素惯穿的便袍，换上了年少时征战四方的龙鳞铠甲，水天交接处射来的第一缕朝阳踏着水面打在片片龙鳞上熠熠生辉，好不精神。他已在雷泽之滨的断崖之巅站了一宿，看东方破晓，不禁仰天大笑，即兴吟唱了一首《望江南》：

刀剑起，风霜行路难。看花人今应尚在，荷尽傲菊犹未残。一笑成美谈。

山海烈，刀火待君还。冰冻三尺非一日，梅雪争娇自苦寒。多少青出蓝。

沾满水汽的轻风拂面而来，龙头拄杖脖颈上的那一滴血迹突然放光，只听半空传来一声冷笑："呵，难得。"以乳为目、以脐为口的刑天随即从天而降。

"你终于来了。"雷神闻之转身，攥紧龙头拄杖，一动不动地望着手执巨斧和盾牌的刑天。

"好久不见，威震天下的雷神大士。"刑天怒目瞪着雷神。

这真是让人记忆犹新的眼神，雷神避开了刑天的目光，转向雷泽，沉默许久，道："山海印不在我这。"

"我知道你在撒谎，但这些都不重要。"刑天冷笑道。

雷神望着天边欲破水而出的大太阳，道："所有故事的结局都写在了开头，你为何如此执念？"

刑天按捺不住内心的怒火，用巨斧猛地击向地面，断崖剧烈晃动，碎石滚落一地，过了好一会儿，大地才停止颤抖。只听其缓缓说道："你是自己动手，还是要我动手？"

雷神笑了很久，直至全世界突然安静卜来，雷泽之滨静得匪夷所思，能听见鱼儿跃出水面的声音。

雷神转身与刑天相对而立，用龙头拄杖同样猛地击打了一下地面，地动山摇。断崖哪经得起他俩如此折腾，眨眼之间，断崖真个断得只剩他俩脚下的一席之地。伴随着雷神的敲击，一条小金龙嘶啸着飞出龙头拄杖，越飞越高，变成了一条耀眼的金色巨龙，在雷神的头顶盘旋。雷神抬头望了望盘旋的巨龙，巨龙盘旋时也时不时地埋首望着雷神，他即巨龙，巨龙即他。没一会儿，他和巨龙的身体竟同时燃烧起来，通体的蓝色幽火诡谲异常。空中的巨龙痛苦呐喊，断崖上的雷神寂寂无声。

终于，雷神和巨龙灰飞烟灭。断崖之上，徒留一根干枯的龙头拄杖。

"还算是个英雄。"刑天喃喃自语，望着龙头拄杖后面那一轮红彤彤的大太阳破水而出。

5

有好事者遍访名山，某年大雪纷飞之夜，柳暗花明，误入灵山，悠然忘世，作《灵山》一诗传世，诗曰：

皑皑故人迹，天地有灵山。

痴似相公者，方寸千千万。

灵山何许之地？灵山隐匿于三界通灵交汇点，恍若隔世，因灵气积聚，滋养了各种稀奇古怪可用于治病的草木。灵山十巫正是修行于此，他们在这里感受万民疾苦，并上天入地设法施救。这十位巫师乃上古巫师，分别唤作：巫咸、巫即、巫盼、巫彭、巫姑、巫真、巫礼、巫抵、巫谢、巫罗。

因灵山十巫功德无量、声名远播，世人感恩戴德，特地在灵山脚下修建了一座巨大的神庙，一则禳灾祈福，二则供奉香火，有病或病愈之人皆不远万里前来祈拜或还愿。神庙里终年香火不断，但见正前方石壁上刻有十尊神态各异的巫师浮雕，他们或微笑、或怒目、或狰狞、或严肃、或沉思、或直立、或躬身、或舞蹈，不一而足。

夜色正浓，一束金光忽地落于门首，不是别人，正是烈。一束黑光紧随其后落在一旁，此人正是烈的麾下大将应龙——元神为黑色四爪龙，极擅兴云布雨。

烈瞥了眼静悄悄的厅堂，径直踱步至浮雕前，伸手依次抚摸着，触至最后一尊浮雕时，只见他猛地反手一抽，啪的一声，一束金光打在那尊浮雕之上。一位口吐鲜血的女子竟从石壁上一头栽倒下来，趴在地上手捂嘴巴，此女似有四五十岁年纪，着一袭黑袍，乃是灵山十巫里的巫姑。

"你……"巫姑抬头，怒目瞪着烈。

烈一声冷笑，从巫姑跟前走过，看都不看她一眼，对着浮

伏羲女娲

雕，道："你们真的眼瞎了吗？"

话音未落，九个黑影齐刷刷从石壁上走下来，皆着一袭黑袍，立于石壁前望着烈。一位手执拄杖的老者朝烈这边走来，扶起摔倒在地的巫姑，他乃灵山十巫的首领巫咸。

"鲜有贵客，不及远迎。"巫咸一手捂在心口，略略欠身。

"省了这些客套话，直奔主题吧。"烈大手一挥，"山海印现在何处？"

除却火盆里火焰燃烧之声，厅堂里沉默一片，许久，待烈踱步至跟前时，巫咸才缓缓开口说道："山海印？"

"少跟我揣着明白装糊涂！"烈盯着巫咸说道。晃荡的火苗让所有人的身影颤抖不止，立于洞口一声不吭的应龙暗暗攥紧了四爪。

"我们只知治病，不知其他。"巫咸镇定自若地答道。

"是吗？"烈仰天大笑，猛地朝一侧的巫姑击了一掌，龙生九子的神灵之石幻化的光圈不偏不倚打在了巫姑的胸口。

女子本弱，原本就被打伤的巫姑哪经得起这突如其来的一掌，还没听喊一声"啊"，便被打得形神俱灭消逝如烟。包括巫咸在内的九个巫师皆惊诧不已，举步向前，咬牙切齿，将烈团团围住。

"你……"巫咸用手指着烈。

烈轻轻推开巫咸的手指，也轻轻吹了吹自己的掌心，笑道："我再问一次，也是最后一次，山海印现在何处？"

只听身后传来一声尖厉的嘶啸，惊得所有人皆循声望去，门首不知何时出现了一条张牙舞爪的黑色四爪龙，正直勾勾地盯着在场所有人。这条黑色四爪龙正是应龙幻化，将门口堵得严严实实。

巫咸望了望烈，苦笑着摇了摇头。烈侧身，给他让开一条路。

巫咸的脚步声和拄杖声不紧不慢地响起，他径直朝神庙正中央的圆台走去，一束细长的白光垂直射在半人高的石砌圆台之上。巫咸止步抬头，缓缓举起手中的拄杖，绕着那束白光轻轻挥了个圈，空气中骤然浮现无数颗晶莹剔透的小水珠螺旋上升。在水珠护绕之下，一株三尺有余的蓍草直挺挺地从圆台中间拔地而起，此草羽状叶脉互生，野菊似的小花错落其间。

"蓍草，似草非草，似花非花，似木非木，与天地同岁。"巫咸喃喃自语，"大衍之数，一卜吉凶，二知天机。"灵山山顶有一大片蓍草园，这些世所罕见的蓍草与龟甲一样具有知晓过去、预知未来的灵性，皆为天地古老之物，历千年而不衰。

烈欣然会意，拍手道："好！"

所谓大衍之数，遁去其一，即五十仅用四十九。只见巫咸伸出一只大手，掌心对向这株灵动异常的蓍草，似轻轻一抓，一根接一根的蓍草叶飞至眼前一字排开，像一条条飞天蜈蚣，不多不少，一共五十根。巫咸小指轻动，剔除了最边上的一根。这五十根象征天地万物，那根被巫咸剔除的象征天地未生前的太极，余

下的四十九根方可用于卜筮推演。

但见巫咸将悬浮的四十九根蓍草叶随机分成两份，象征太极生两仪，随后从左边那簇顺手取出一根夹在左手的小指和无名指之间，所谓"挂一以象三"，暗合天地人三才。随即将左右悬浮的两簇蓍草叶按四根一组分开，契合春夏秋冬的天时运行。因两簇蓍草叶是随机分组，如今四根一组，每簇分完要么一根不剩，要么必有余数，且两簇余数相加必是四根。

巫咸第一次推演结束，两簇果有余数。只见他将多出来的四根蓍草叶夹在左手的中指和无名指之间，旋又愁眉紧锁地望着悬浮的蓍草叶。巫咸一挥手，将眼前的蓍草叶打散重新分组，他要进行第二次推演。两簇蓍草叶经过一番处理之后仍然多出了四根，他将多出的这四根夹在左手的食指和中指之间。待进行第三次，也是最后一次推演时，两簇蓍草叶一根不剩。

巫咸转向巫即、巫肦、巫彭、巫真、巫礼、巫抵、巫谢、巫罗八位同修师兄，顺手一甩，每人手上皆捏了根蓍草叶，他自己的小拇指和无名指中间仍夹了一根。九位巫师皆屏气凝神看着眼前的这根蓍草叶，蓍草叶似被施了魔法隐隐发光，旋即飞聚到头顶绕成了一个圈。巫咸挥了下拄杖，将蓍草叶构成的这个圈拖拽至圆台之上，原先那株苗壮的蓍草连同悬浮未用的蓍草叶眨眼间消失得无影无踪，只有最先被剔除的那根蓍草叶仍躺在圆台一角。九根旋转的蓍草叶幻化成稀奇古怪的山丘影像。巫咸食指和中指并拢，轻轻一勾，那根躺在圆台一侧的蓍草叶苏醒般跃起，

跃至圆台的中间，并随之幻化成一座山，好似先前的蓍草拔地
而起。

"不周山？"烈凑上前观摩许久，突然问道。

"是的，不周山。"巫咸望着仍在生长、似要通天的不周山
幻象。

"山海印竟在不周山。"烈嘀咕道。

"不，在那！"巫咸伸出拄杖，指向绕转的一座山丘，那座
山丘相较于其余八丘闪烁着异样的光。

"好！"烈定睛细看，突然仰天大笑。

6

溪云初起日沉阁，山雨欲来风满楼。木神和他的两个好兄弟
重、黎正马不停蹄地往回赶路，滚落一地的碎石摞小山似的堵住
了雷泽之滨仅有的一条去路。

重和黎虽说是同胞兄弟，但不管在谁看来，他俩都不像是
一个娘胎里出来的。重是典型的纺锤形大块头，又矮又黑，擅长
托天，举重若轻；黎是瘦削的肌肉美男，高挑白皙，跟他的哥哥
重截然相反，他擅长按地，山崩地裂拳是他最擅长的拳术。当然
了，至少有一点他俩很像，即浑身的夯劲与巧劲。

"地震了？"重、黎俩兄弟面面相觑，遇石搬石，清出一条
小路。

木神从马背上猛地跃起，轻踩着重、黎搬举的巨石，噌噌

伏羲女娲

噌便攀至断崖之巅。原先开阔高耸的断崖经由刑天和雷神那么一震，早已震得四分五裂，远远望去，好似两根孤拐突兀地对峙于天地间，依稀可见其中一根石柱上插着东西。

"龙头拄杖？"木神稍稍蹙眉，暗自思忖。他随伏羲见过雷神一次，龙头拄杖是雷神的贴身之物，雷神人呢？闪闪发光的龙眼为何只剩两个大窟窿？断崖的碎石又是怎么回事？木神隐隐觉得不妙。

"不好！走！"木神话音未落，翻身跃下，风也似的骑马离开。

"等等我。"大块头重赶忙把头顶举着的巨石扔至数丈外，翻身上马。不明就里的黎也随即跟上，在后面边追边喊。

木神料到伏羲十有八九在湖边教民捕鱼，果不其然，等他赶到荷花盛开的湖边时，发现伏羲女娲刚收起一张渔网，好多大鱼在渔网里活蹦乱跳，燃月正在岸边鼓掌欢呼。

"木神哥哥，你来得正好，捎几条回去。"燃月指着不远处蹚水的伏羲女娲。

"伏羲，走！出事了！"木神掉转马头，冲着伏羲招手。伏羲赶忙上岸跃至其后。

"哎——你们去哪？"燃月望着一路烟尘，在后面跺脚直喊。

"雷泽断崖。"木神头也不回地丢了句。

木神向来不苟言笑，想来定有是非。女娲也赶忙扔掉了手里的渔网，匆忙上岸，任凭那些活蹦乱跳的大鱼又钻进了水里。她正愁着如何追赶伏羲他们，只见不远处重、黎俩兄弟正骑着马准备掉头，遂拽着燃月一齐上前。

"让让，借用一下。"燃月把大块头重赶下马来，随即和女娲一跃而上，紧追伏羲他们。

"你们，这……"重还没反应过来，便被燃月推搡下马。

伏羲和木神最先赶到雷泽之滨，女娲和燃月紧随其后，过了好半天，重、黎俩兄弟一人一边，吭哧吭哧牵着马儿才到达断崖之下。

"我就说一起骑。"重愤愤不平。

"马受不了。"黎摸了摸马鬃。

"还不如给我骑。"重继续愤愤不平。

"我受不了。"黎又摸了摸马鬃。

"也罢，总算到了。"重耸了耸肩。

"师傅……"伏羲一动不动地望着断崖之巅。

"断崖为何变成了孤峰？"女娲侧身看了眼木神。

"来时便如此，像是打斗过一场。"木神抬头望了眼突兀的断崖，以及断崖之巅突兀的龙头拐杖。

"如此断崖，怎么上？"燃月跳到旁边的一块巨石上，转身问道。

"看我的！"重、黎俩兄弟异口同声。

"你俩真打一个娘胎里出来？"燃月好奇地打量着眼前这两

位体型相差悬殊的重和黎。

"至少力量异曲同工。"重、黎俩兄弟仰天大笑，皆握拳抬起双臂，展示了超乎常人的肌肉。

"也行。"燃月从巨石上跳下，站至女娲一旁。

"你们退后。"眨眼之间，大块头重一口气把断崖下滚落的一堆巨石全部搬起扔到了老远的地方，清出了一大片空地。

黎随后登场，在距离断崖三丈开外的地方立定，蹲下身敲了敲地面，暗暗攥紧了双拳，伴着一声怒吼，这一拳便猛地砸向地面。黎就势翻身到左前方，用另一只手又猛地向地面砸了一拳，旋又侧翻至左前方，还没立定，便又狠狠地向地面砸了一拳，随即双手撑地，翻了个筋斗至左前方，也就是他最初所立之地的右前方，好似长臂猿的双拳轰的一声掼在了地面上。整个过程同样是一眨眼的工夫，黎随后收功，跃至伏羲等人一旁站定，用嘴吹了吹拳头。

"结束了？"燃月朝前走了两步，抬头望了望断崖，又转身望了望重和黎。

"喏。"大块头重用手指了指。

话音未落，只听轰隆一声巨响，大地竟似塌陷一般，断崖三丈之内的地面嘎吱作响有如龟裂，并随即下沉。燃月一个趔趄差点滑下去，亏好木神眼疾手快，一个箭步上前揽腰拽回。

"天呐。"待燃月立定，再回首，断崖呢？分明是一片平地，平地上插了根龙头拐杖。

伏羲第一个上前，盯着龙头拐杖看了许久，伸出一只手，轻轻地抚摸着这根干枯的龙头拐杖，眼泪止不住地落下。扑通一声，伏羲双膝跪地，失声恸哭："师傅……"女娲赶上前扶住，一动不动地望着龙头拐杖上的两个黑窟窿。

也不知哭了多久，伏羲方才起身，咬牙切齿道："一定是刑天。"言罢用力拔起了雷神的那根龙头拐杖。

龙头拐杖在被伏羲拔起的瞬间竟飞散如烟，只听空中一声炸雷，唬得燃月一下子钻了木神的怀里，倾盆暴雨随之而下。雷泽隐隐传来了雷神的声音："伏羲，记得年轻而勇敢，记得年轻而勇敢，记得年轻而勇敢……"雷神的声音回荡在雷泽之滨，似在雷雨中渐行渐远。

"记得年轻而勇敢！"伏羲喃喃自语，他展开拳头，空空如也，徒有雨水打在掌心，旋又暗暗攥紧。诚所谓"一日为师，终身为父"。正是那：

积薪厝火君心忧，登堂入室上层楼。

芳兰竟体承师道，道法自然满山河。

"伏羲，逝者已逝，生者当惜，更当自强。不管接下来发生什么，我都会永远陪在你身边。"女娲搂住伏羲安慰道。

"对，还有我。"木神伸出一只手握紧拳头。

"对，还有我们。"重、黎俩兄弟皆攥紧了拳头，异口同声。

"算我一个，管他什么刑天刑地，来一个我打一个，来一双我杀一双。"燃月冲着伏羲女娲喊道，并扭头望着木神，"你会保护我，对不对？"木神笑而不语，拥燃月入怀。

且看水天处，江山雨，似君王泪，似骨肉血。

7

青山妩媚，绿水潺潺，久违的阳光重现人间，天地像是刚被刷洗过一番焕然一新，推开窗户，忍不住要多呼吸两口。

女娲的院子里又添了好多小鸡、小鹅、小猫、小狗等活蹦乱跳的小动物，大黄狗正被眼前这些左冲右突的小家伙唬得东躲西藏。屋内，女娲正端坐于鹅卵石圆台之上，面前一字排开好多惟妙惟肖的小动物泥塑，她先天的博爱之力加上后天的抟土捏造，竟有造万物之能，且技法愈加熟练，真正应了那句"取之无禁，用之不竭，是造物者之无尽藏也。"只见她摸了摸掌心一只刚捏好的小兔子，轻轻吹了口气，原本灰不溜秋的泥兔子像是刚洗了把澡，悄然变成了乳白色，毛茸茸的，可爱至极，走三步停一步。

"真是太棒了！女娲姐姐，我好喜欢这只小白兔啊。"燃月站在一侧欢欣鼓舞。

"它一定饿坏了，放它出去觅食吧。"女娲笑道。

"好。"燃月抱起这只可爱的小白兔，转身开门，蹲下身把它放在了院子里，与小鸡、小鹅、小猫、小狗为伍。

"那我们中午吃什么？"燃月扭头问道。

女娲笑而不语，从一侧的木盆里掬起一抔土，没一会儿工夫就捏出了一条鱼，末了还不忘点上一对鱼眼。女娲将这条鱼捧在手心，闭上眼睛，朱唇轻启，默念"鱼儿、鱼儿"二字，只见其掌心竟隐隐护绕着一圈温暖而明亮的光，原本形如槁木的鱼儿倏地变成了银白色，鱼鳞一片接一片地生出。女娲睁眼的一瞬间，一对灵动的鱼眼也忽地睁开，女娲冲着鱼儿吹了口气，这条鱼儿竟从女娲的掌心翻身跃至地上。女娲轻轻抬手一勾，便将这条活蹦乱跳的鱼儿勾进了墙角的水桶里，而后抬头望着燃月笑道："吃鱼。"

"博爱之力真是太神奇了。"燃月朝水桶望去，不禁叹道。

"生之向往，唯心系之。"女娲起身道。

"姐姐说的是。"笑嘻嘻的燃月赶忙上前搀扶。

两人正欲往灶台那儿掬饬锅碗瓢盆、瓜果蔬菜，忽听得院子里鸡飞狗跳乱成一团，大黄狗叫了两声旋又凄厉地哀嚎起来。女娲赶忙丢下手中的活计，燃月第一个冲了出去一看究竟。

"啊——"燃月开门的瞬间尖叫起来。

女娲紧随其后赶至门首，定睛细看，院子里血淋淋一片，好多小动物或开膛破肚、或身首异处、或倒地呻吟，哀嚎的大黄狗四肢被齐刷刷截断，正瘫在栅栏一角抽搐，这些溅在青草地上的鲜血在阳光下是如此的扎眼。

"来者何人？"女娲厉声质问，瞪着院子里的那位不速之客。

这位不速之客正是烈麾下的猛将应龙，只见其立于院子正中央，两只黑色修长的四爪手不停地攥动着。一只公鸡忽然从一侧飞至应龙的头顶，拉了一坨屎。应龙咬牙切齿，猛地伸出一只手抓住头顶的公鸡，眼都不眨一下，硬生生将其撕成两半，恶狠狠地摔在女娲跟前。

"岂有此理！"燃月瞬间分身为12个一模一样的身形，从四面八方将应龙团团围住，只见12个燃月同时跃起，翻身劈掌，直抵应龙。

应龙是见过世面的大将，深知遇此幻象，视觉反倒掣肘，唯听觉、嗅觉等方能一辨虚实。只见他闭上眼，耳朵微微动着，在燃月12个虚实难辨的身形快要袭来之际，他俨然从气流微弱的变化中感受到了哪一个才是真的燃月，说时迟那时快，应龙突然侧身，一个扫堂腿就势朝后方一个燃月猛地踹去，果然，一击即中。

幻影消失，燃月应声倒地，手捂胸口，咳血不止。

"雕虫小技。"应龙不屑地哼了一声。

"你到底是谁？"女娲抽出腰间嗡嗡作响的柳剑，指着应龙。

应龙仰天大笑，道："我更关心的是，你是谁？"

女娲听见了大黄狗痛苦的呻吟之声，走至一旁，蹲下身，用手抚摸着大黄狗的伤口，替它止了血，随后起身，望着应龙，道："万物本该温柔以待，你我素昧平生，今却残忍至此，这笔账该如何了结？"

"废话连篇。"应龙啐了口唾沫。

燃月忍着阵痛，拍地而起，欲在背后偷袭应龙。应龙岂有不知之理？转身迎面一拳，震得燃月跌落数丈开外。

"燃月——"女娲赶忙跃至燃月身旁，扶她坐稳。

应龙一步步走来，嬉皮笑脸，伸出一只手，道："交出山海印，大家相安无事。"

"山海印？"女娲心头一惊。

"偌大的神民之丘，就属你女娲最惹人爱，天选之子不是你，难道还是别人吗？"应龙大笑。

"天选之子？"女娲蹙眉。

"呵，找你可真是大海捞针！交出来吧。"应龙随即用手指向燃月，"如若不然，我先将她撕成两半。"应龙言罢便以迅雷不及掩耳之势抓向燃月。就在他的黑色四爪快要碰到燃月的时候，嗖的一声，一束幽绿色的光自下而上横空扫过。应龙始料未及，收势后翻，只感觉一阵钻心的疼，立定才发现小指上的一节竟被悄然截断。

"天选之子果然非同一般。"应龙忍着阵痛，怒不可遏。

"不管你是谁，也不管你从哪里来，"女娲举起刚柔异常的柳剑，剑心晃定，直指应龙，"你，惹到我了。"

应龙就地打滚，顺势跃起，饿虎扑食般扑向女娲。女娲推开燃月，后退转了一圈，侧身冲应龙甩出了疏处可跑马、密处不容针的剑阵，一道道绿光呼啸而出。应龙见势不对，差点又着了柳剑的道儿，强行侧翻，避开柳剑凌厉的攻势。

未及应龙立定，女娲便移步换影攻了上来，她的身影好似渐染的丹青水墨融进了空气里。柳剑如毒蛇吐信，或欲割喉、或劈脑门、或刺心口、或扎眉心，直打得应龙措手不及。应龙下意识地用两只龙爪夹住了女娲的柳剑，这着实是被动至极的一招，要知道，柳剑非寻常兵器，本就无刃，面面皆刃。果然，女娲手腕轻轻一震，一股剑气便似波浪由远及近传来。应龙赶忙松手，虽避了断指之苦，但免不了皮肉之伤。

气急败坏的应龙顾不上疼痛，歘的一下跃至高空，一声怒吼响彻云霄。待女娲抬头看时，半空中赫然盘旋着一条张牙舞爪的黑龙，其上方乌云翻滚，电闪雷鸣。一束束闪电打在黑龙的身上，黑龙仰天长啸，突然，一束闪电从黑龙的口中射出，直直地射向底下的女娲。女娲翻身避开，还没站稳，又一束嗞嗞作响的闪电袭来，如此数回，女娲疲于应付。

女娲顺势朝应龙甩出一道圆月弯刀似的剑气，只见这道剑气与应龙口中射出的闪电迎面相撞，砰地一声，剑气烟消云散。几十道圆月弯刀似的剑气一束束射向应龙，空中像绽开的烟火，皆被应龙一一化解。就在女娲一筹莫展之际，张牙舞爪的黑龙竟倏地钻入滚滚黑云里消失不见。

"小心——"燃月突然伸手喊道。

黑龙似在墨缸里浸泡过，体型要比此前大好几倍，像一束闪电从滚滚黑云里俯冲下来。女娲赶忙压低身形，将柳剑绕周身舞了一圈，草叶像一把把利剑被横空拽起，绕着女娲急速旋转，待女娲挥舞着柳剑绕转第二圈时，空气中的水珠骤然显现，紧随草叶飞速绕转。女娲二话不说，举起柳剑，向上一指，裹挟着草叶和水珠的旋风好似一支离弦之箭迎面射向张牙舞爪扑下来的黑龙。黑龙竟毫无退避之意，只听咔嚓几声，它竟硬生生将女娲射来的这一支箭整吞了下去，且毫发无损。

"这……"女娲震惊不已，无计可施。

千钧一发之际，只见一束更强烈的闪电从一侧袭来，拦腰打在黑龙身上。黑龙顿时乱了方寸，猛地掉头转向，龙尾从女娲跟前扫过。

伏羲从半空中稳稳落下，一同赶来的木神正在不远处搂着受伤的燃月。伏羲把一只可爱的小松鼠塞到女娲怀里，笑道："几个小家伙非缠着我，我费了好大劲才捉住这么一只，突然想起了你，喏，帮多变几个。"

"小心——"女娲搂着伏羲转向一侧，一束闪电砰地一声在原地炸出一个坑，两人的唇轻轻地碰到了一块。

女娲的脸唰的一下红了，过了好一会儿才反应过来，用手轻轻指了指："小松鼠。"小松鼠夹在他俩中间，正好奇地瞅着他俩。

"哦。"伏羲赶忙起身。

应龙在头顶盘旋嘶啸着，怒目瞪着底下的伏羲女娲，毫无罢

伏羲女娲

休之意，一束束闪电射了下来，在草地上炸出一个又一个坑。伏羲揽住女娲左躲右闪，竟似在轻盈舞蹈。

"你谁啊？烦不烦啊？"伏羲突然用手指着应龙骂道，"老子今晚炖了你下酒。"

"识相的话，交出山海印。"伴着轰隆隆雷鸣，空中传来应龙沉闷的声响。

"山海印？"伏羲不禁皱了下眉头。

伏羲未及多想，掌心上翻，猛地向上一拽，两束闪电竟似抽丝般从云层里被拽了下来，缠绕在伏羲的掌心。伏羲将这两束闪电拧成了一条银蛇般的绳子，向上一甩，将黑龙捆住，随即猛地一扯，竟将黑龙硬生生拽落下来，轰的一声砸在了不远处的草地上。伏羲旋又翻身甩向另一边，又是轰的一声，身不由己的黑龙又在草地另一侧砸出了一道坑，如此来来回回噼里啪啦几十声巨响，直砸得黑龙血肉模糊。

"你刚说让我交出什么？我没听清。"伏羲拍了拍手，踩住现出原形的应龙。

"饶——饶命，不——不敢了。"鼻青脸肿的应龙求饶不止。

"不要再让我看见你，滚！"伏羲言罢，凌空一脚，将应龙踹飞，"这一脚是替燃月妹妹还的。"

"这到底是怎么回事？"木神扶起受伤的燃月，望着伏羲女娲。

"早晚的事。"伏羲女娲四目相对，异口同声。

　　极目远眺，原本晴空万里的九丘竟阴云四起，真是多变的一天。

第三卷　寻人：滴血结晶君与卿

> 颛顼望着眼前这些年轻而勇敢的少年，莫名动容，他深知，对青春而言，只有收获，没有输赢，只要上路，就一定会有庆典。

1

天阶夜色凉如水，昆仑山拾级而上的灯火渐次亮起，直至九霄之上。

"废物！"烈大手一挥，一束金光从袖口甩出，袭向阶下的应龙，将其打得人仰马翻。

"卑职无能，望主公恕罪。"伤痕累累的应龙伏地叩首，苦不堪言。

"连一个黄毛丫头都搞不定，真是出乎我意料。"烈侧身瞥了眼应龙，"起来说话。"

"谢主公。"应龙起身作揖。

"见到山海印了？"烈盯着应龙问道。

"未曾得见。"应龙头也不敢抬地回道。

"天选之子姓甚名谁？"烈继续追问。

"女娲。"应龙对曰。

"你是怎么找到她的？"烈踱步走下台阶。

"卑职琢磨，天选之子定非常人，所居之地，想来备受推崇，遂暗自走访多日，女娲这个名字就渐渐浮出了水面。"应龙把来龙去脉说了个清。

"看来真是个讨喜的丫头。"烈仰天大笑，旋又若有所思，"天选之子竟然是个女的？"

"禀主公，就卑职看来，天选之子的功力尚可，但绝抵不上主公您一成，倒是……"应龙欲言又止。

烈忽地转身，走至应龙一侧，问："倒是什么？"

应龙望了望伤痕累累的臂膀，道："倒是随后赶来的一位少年好生厉害。"

"叫什么名字？"烈径直朝前走去。

"卑职不知。"应龙咬牙切齿。

"有多厉害？"烈轻抬手臂，顺手一挥，龙生九子的神灵之石便绕成一圈在应龙的头顶盘旋，并随即缓缓下降，祥光护绕应龙周身，自下而上，复至头顶，如此三个来回。烈伸手一抓，九颗神灵之石转瞬收缩于掌心。

"谢主公。"应龙看了看手臂，摸了摸胸口，血迹消失不见，伤口全然愈合，他握紧双拳试试，力量依旧。

"你还没回答我问题呢？"烈背执双手，微微一笑。

"呃，卑职不知。"应龙思忖了一下。

"哼，真是废物。"烈甩了下衣袖，转身朝殿上走去，"昆仑大将，竟不知敌之深浅，我倒想见识见识这个少年到底有多厉害。"

昆仑大殿里死一样的沉寂，只有火花迸裂的声音，许久，烈才开口道："传我密令，去请南方穷奇军团和北方犬戎军团，共襄盛举。"

应龙惊诧道："主公，他们可是被贬荒地的邪祟之徒啊。"

"他们能翻起什么浪呢？"烈冷笑一声，"难道让你和你手下的窝囊废当替死鬼？"

"这……是！"应龙暗暗蹙眉，他总觉得哪里不对，但又不知从何说起，作为武将，他必须绝对服从。

烈朝一侧的案几轻轻一指，随着两束金光的甩出，案几上两卷写满了字符的竹简便自动卷好，两束金光像两根金丝线将竹简扎好。烈又顺手一挥，这两卷竹简便倏地跃至应龙跟前。应龙犹豫了一下，赶忙接下。

"看来我要亲自去一趟九丘了。"烈似喃喃自语，"人杰地灵啊。"

2

神民之丘的朝霞染红了半边天，山头似披上了新娘子的红盖头，如镜的湖面氤氲着薄薄的雾气。

"这个小泥人像不像你？"女娲正蹲在湖边抟土捏造着形态各异的人物，笑嘻嘻地将一个小泥人递至迎面走来的伏羲面前。

"差一点。"伏羲瞥了眼，他正掏着河泥往回搬运，忙得不亦乐乎。

"差哪啦？"女娲仔细打量了一番。

"没我帅啦。"伏羲用脏兮兮的手冷不丁抹了一下女娲的脸颊，随即哈哈大笑着跑开。

"你真是坏死了，人家可是用心捏的。"女娲冲着站在湖边傻笑的伏羲一把扔了过去。

"开玩笑的啦，只要是你做的，都是世上最独一无二的，我都喜欢。"伏羲转身一兜，一把接住了小泥人，忍不住亲了口，将其举起来对着朝霞观摩许久，"等我们成婚了，我们生好多好多胖娃娃好不好？"言罢转身，但见朝霞洒在女娲身上，她的脸唰地红到了脖子根。

女娲刚准备说什么，突然用手指向湖面，道："你看。"

伏羲赶忙转身，顺着女娲手指的方向望去，湖面不远处正有一条小木船缓缓驶来，船头有一位穿蓑衣戴斗笠的老者，正不断地朝水里丢着渔网，并随之捞上来，如此循环往复。好奇怪，今晨一丝风花都没有，水流也无一丝波动，这条无人撑篙的小木船竟直奔岸边而来。

"老人家，渔网不是这么用的。"伏羲在小木船靠近的时候大声喊道。

船突然定了下来，老者停下手中的活计，缓缓抬头，只听传来一句沙哑之声，道："哦，那该怎么用？"

伏羲侧身挥臂，边比画边说："看，这样，要撒出去才行。"

老者大笑不止，笑声突然止住，有样学样，道："是这样吗？"只见他冲着伏羲女娲的方向，横空甩出那张渔网。渔网脱手而出，像一张飞毯，越飞越大，似一张天罗地网。

"小心！"伏羲顿觉不妙，就地打了个滚，顺势抱起不明就里的女娲滚至一旁。只听身后轰隆一声，再回首，那张经纬交织的渔网竟似一座小山砸在了地上，直砸得尘土飞扬。

"好。"老者立于船头，轻轻鼓掌。

"你没事吧？"伏羲压着女娲问道。

"没事。"女娲一头雾水。

"你是何人？"伏羲拍了拍屁股起身，指着老者鼻子问道。

"你无需关心这些。"老者摘下斗笠，顺手一甩，未及眨眼，斗笠便似一把飞刀直奔伏羲而来。

伏羲忽地翻身，不偏不倚夹住了斗笠的边缘，顺势旋转了两圈，借力用力，反客为主，嗖的一声，将斗笠又甩了回去。老者赶忙跃起，飞刀似的斗笠贴着腰间擦过。

"果有两下子。"老者落于船头立定。

"你是那条'蚯蚓'请来的救兵吧？"伏羲突然想起什么，

不禁大笑，"早知道把它剁几段得了。"

"把东西交出来吧。"老者冲着伏羲缓缓伸出一只手。

"什么东西？"伏羲瞪着老者。

"山海印。"老者带着一丝莫名的笑意。

"休想！"女娲抽出腰间嗡嗡作响的柳剑，横眉怒斥。

"岁数大的都像你这么不讲理吗？你也不打听打听我伏羲是谁。"伏羲用手指着自己的鼻子道。

"伏羲……原来你叫伏羲。"老者默念了一下这个名字。

"没错，'好吃没钱酒，偏打老年人'的正是在下。"伏羲双手叉腰，随后用手指着立于船头的老者，"在我没后悔之前，你最好从哪来、回哪去，立刻、马上。"

"呵，看来不虚此行啊！"老者一声冷笑，一甩手，湖面竟似被一把利剑劈开，一股凌厉的气像一条游龙，刺向岸边并肩站着的伏羲女娲。

伏羲女娲双双散开，游龙扑了个空，撞在沙土上，徒留一地水迹。女娲率先跃起，冲着船头横挥一剑，一道绵柔刚劲的绿光欻的一下射出，炸出了数丈高的水浪，把船头炸成齑粉。老者反应迅速，后翻至船尾立定。

"天选之子果然名不虚传。"老者啧啧称叹。

话音未落，一道竖劈的绿光疾驰而来，眨眼之间，小木船被劈得四分五裂。老者侧翻至一旁，避开了迎面而来的剑气，轻踩在一块浮木之上。

伏羲女娲

"我可以让你们一只手。"老者将一只手背向身后。

"省省吧。"伏羲嗤之以鼻，屈膝舒臂，竟将老者四周的湖水搅动起来，随着手势上抬，一圈越升越高的水柱将老者团团围住。

老者抢拳砸向水柱，竟似打在了棉花堆里，且胶着难收，这真是吃软不吃硬的一招。隔着隐隐透明的水柱，老者看见女娲蜻蜓点水而来，柳剑剑心好似毒蛇吐信。就在女娲剑心刺破水壁的瞬间，只听老者大喝一声，一团火球轰的炸开，火强胜水，水柱如落珠纷纷跌落。女娲被这股突如其来的迸发之气震翻至岸边，被伏羲一把揽住才不至于摔倒。老者消失不见，取而代之的是一位庄严冷酷的中年男子，此人正是烈，因其是十个太阳的化身，刚刚那股火球似的迸发之气正出自他手。

"原来你是雷神的徒弟。"烈掸了掸衣袖。

"何以见得？"伏羲好奇道。

"闻香识花，听风知雨。"烈看了看脚下的阵阵涟漪。

"你既知雷神乃吾师，何来自讨没趣？"伏羲煞有介事地问道。

"你师傅恐还敬我三分。"烈轻蔑地笑了声，"那个老不死的还教了你什么三脚猫功夫？一并放马过来。"言罢冲着伏羲勾了勾手指。

一个"死"字激起了伏羲莫名的思绪，不禁怒火中烧，只见其双拳紧握，周身骤然起风，岸边的沙土顿时浮起，伴着一声怒吼，顺着手指的方向，一束束沙土好似一把把弯刀从四面八方袭向烈，不间断地迂回攻击。伏羲得雷神"天地雷风水火山泽"八方阵法真传，草木皆可为刀，风霜亦能作剑。

烈见来势汹汹，心知不可轻敌，赶忙左躲右闪，旋又取出龙生九子的神灵之石化守为攻，湖面上空"乒乒乓乓"火光四射。沙如雨下，烈终究棋高一着。

"还有吗？"烈立于半空中，居高临下。

"你——"伏羲愤愤不已。只见他伸出掌心，五指缓缓扣起，似在抠什么东西，随即猛地一抓，并往后一拽，伴着一声"起！"只听得不远处传来了地动山摇的声音。

烈闻之转身，原来身后那座山头竟似元神出窍被伏羲摄了过来，一座一模一样的透明之山如炊烟悄然飞起。"果然新鲜。"烈望着飘至头顶摇摇欲坠的透明之山，举掌相迎，龙生九子的神灵之石骤然显现，并升空扩成一个大圈硬生生顶住了这乍看轻如鸿毛、实则重若千钧之力。

伏羲御气下压，烈御气上顶。正相持不下间，女娲趁势一跃向前，嗡嗡作响的柳剑直直地刺向烈。于烈而言，这可真是典型的趁人之危，情急之下，只听得烈一声怒吼，整个人拔地而起，九颗闪闪发光的神灵之石悉数聚合到拳头正上方，似一个高速旋转的钻头，伴着嘎吱嘎吱的响声，烈竟然硬生生把这座山自下而上穿了个通。哗啦啦一阵响，透明之山分崩离析，如坚冰坠湖，溅起阵阵水浪。女娲扑了个空，望着砸下来的巨石，赶忙避开。

再看不远处，一轮红日刚刚爬上那座山头，未及眨眼，整座山竟轰然塌了下去，与分崩离析的透明之山如影随形。

"啊？"伏羲女娲立于岸边怔住了。

半空中传来阵阵大笑，烈开口道："下面是不是该我了？"言未尽，只见其勾起双臂，两条巨大的水龙呼啸着蹿出水面，绕着烈盘旋不止。烈冲着伏羲女娲猛地推掌，两条巨龙交织着撞了下去。

伏羲近前一步，一脚后抵，双掌竟在空气中抹出了一道赤焰火圈，旋即握拳将这道火圈推了上去，跟迎面袭来的两条水龙撞了个满怀，冲击波震得一旁的女娲身形不稳。伏羲身体前倾，他撑得有点吃力。

烈伸出右手，食指和中指并拢，指尖突然燃起一束火苗，只见烈轻轻一甩，两束火苗顺势飞出，就在火苗飞触到龙尾的瞬间，两条水龙竟似燃烧了起来，顷刻之间，龙尾至龙头全被点燃。古来水火相克，但相融的水火对抗单独的火，便毫无悬念了。听得两条水火龙齐声咆哮，竟将挡在面前的火圈撕咬得稀巴烂，并一口吞了下去。

伏羲被震得后翻倒地，口吐鲜血。女娲赶忙上前抱起伏羲，避开了横冲直撞的两条水火龙。两条张牙舞爪的水火龙扑了个空，在地上抠出了四个大窟窿，凹陷的沙坑里冒着袅袅青烟。水火龙并无善罢甘休之意，腾空跃起，一左一右，直冲伏羲女娲而来。

这一次，瘫在地上的伏羲女娲避无可避。

人在绝望之前真的会坐以待毙，就在两条水火龙夹击扑来之际，伏羲女娲紧紧相拥，下意识地闭上双眼。说时迟那时快，两束幽寒的冷光自上而下横扫而来，齐刷刷切在了巨龙的脖颈上，将两条水火龙尽皆斩首。只听闻耳畔轰的两声巨响，待伏羲女娲睁眼之时，两条张牙舞爪的巨龙应声倒地，两对如灯的龙眼似油尽灯枯缓缓熄灭，直至整个身子如冰雪消融，像是什么都没发生过一样，徒留缕缕青烟。

这两束寒光正是威慑三界的屠龙斩，乃掌管九丘之神颛顼的必杀技。果然，伏羲女娲抬头望去，一位手执青龙刀的长者缓缓从天而降，立于他俩跟前。颛顼将一丈长的青龙刀狠狠地插进沙地，一动不动地望着不远处湖面上方的烈。

烈咬牙切齿，一时竟不知如何区处，相视无言，沉默许久。

"呵，堂堂昆仑大神，竟对两个孩童残忍至此。"颛顼突然厉声喝道。

"好！"烈闻之仰天大笑，旋即甩了下衣袖，踏着水面，消失在视线的尽头。论头衔，烈执掌昆仑，自然要比仅掌管九丘的颛顼高出几等。但论资历，颛顼乃开天辟地清定三界之元老，威望崇高。

早晚的事要比预想的还早，烈此番现身，给伏羲女娲提了个醒。

3

南蛮地处天之涯、海之角，虽有层峦叠嶂，但多乌烟瘴气，素来人烟稀少，兽族从牛。

穷奇部落便是南蛮一大霸主，它们形似老虎，生有一对黑色硬翅，喜食人肉，且喜从头吃起。天帝不止一次派军镇压，但千年的鱼子、万年的草根，穷奇在那片蛮荒之地生根日久，如何剿灭得尽？

应龙携昆仑密令行至南蛮之地的一处山坳里歇脚，"一去二三里，烟村四五家。亭台六七座，八九十枝花"。

"难得。"应龙正自赏玩间，忽听得不远处一座庄子传来阵阵犬吠，还有隐隐的啼哭声，遂循声而去，但见三只凶神恶煞的穷奇正缓缓走向一对母子，母子俩被逼到了墙角。再抬眼望去，呵，远处的庄子狼烟四起，鳞次栉比的房屋东倒西歪，有穷奇不停地进进出出，四下血迹斑斑，断手断脚零落一地，整座庄子竟似被烧杀抢掠一空。

"不要，不要……"年轻的母亲瑟瑟发抖，无助地摇头，怀里搂着的小男孩只知一个劲啼哭。

穷奇兽性大发，怎会跟人讲道理？只见中间为首的一只穷奇舔了舔沾满鲜血的虎口，猛地跃起扑上前去，吓得女子本能地捂住孩子的头。伴着一声撕心裂肺的吼叫，这只穷奇轰然倒地，通体焦糊，原是一道闪电从后面不偏不倚地劈中了这只穷奇的脑袋。旁边两只穷奇警觉地转身，望见了立于屋顶上伸出四爪的应龙，嗞嗞作响的闪电缠绕应龙掌间。

"哪来的杂种，敢坏老子的好事？"其中一只怒不可遏的穷奇发出闷沉的声音。

应龙并未答话，果然，他的沉默彻底激怒了它们。其中一只穷奇仰天咆哮的声音吸引了好多同伴从村头巷尾聚集而来，还有几只是扑腾着翅膀从天而降，将院子里激得尘土飞扬。母子俩和一只小土狗仍缩在墙角，看着底下一群穷奇与屋顶上的应龙对峙，竟忘了害怕。

一只穷奇连跳带飞扑向屋顶，被应龙迎面一挥爪打得瘫倒在地，呻吟不止，脸上赫然出现四道深深的血印。又一只穷奇从另一侧扑了上来，被应龙侧身一脚踹飞。三只穷奇同时扑了上来，应龙双手并用，一爪一个，再左右两勾拳，把第三只穷奇打得满地找牙。未及应龙站稳，他的身后又冷不丁蹿出一只穷奇，扑腾着翅膀张牙舞爪而来，应龙躬身躲过，并旋即拽住这只穷奇的尾巴横空掼在了地上，掼得五脏俱裂血肉模糊。

"真是活腻了！"应龙怒斥道，一只脚踩着这只刚被掼死的穷奇，随即从怀里掏出一卷隐隐发光的竹简放在掌心。

"昆仑密令？"一只年长的穷奇凑上前，惊讶道。

"还算你有点见识。"应龙隔空轻轻一推，竹简便悬浮在了那只穷奇眼前，"速去回禀，共襄盛举。"

"敢问尊神大名。"那只穷奇颔首伏地，其他穷奇皆齐刷刷颔首伏地。

“应龙。”应龙冷笑一声，“还不快滚！”

“是。”为首的那只穷奇用嘴衔住竹简，转身一跃，扑腾着翅膀飞向了远方，剩下的穷奇紧随其后，飞沙走石，但见天空黑压压一片。

“你是来救我们的吗？”灰头土脸的女子突然开口问道。

应龙正望着远去的穷奇兀自出神，竟忘了墙角还有人，扭头瞥了眼，踱步走去，蹲下身，从怀里掏出一颗糖递给小男孩，笑道：“喏，很甜的。”

看着应龙非同一般的黑色四爪，小男孩迟疑了一会儿。应龙又朝前递了点，示意小男孩拿糖。小男孩终于伸出一只白白胖胖的小手接了过来，含在嘴里，笑开了花。

“还不快谢谢叔叔。”女子轻轻晃了晃小男孩。

“谢谢叔叔。”小男孩噘嘴笑道。

“等你长大了，你要成为一个了不起的大人物，保护你的娘亲。”应龙笑着摸了摸小男孩的头。

女子抱着小男孩目送应龙离开，小男孩冲着应龙直挥手。应龙随即转身，望了望院子上空灰蒙蒙的天，倏地跃起，但见半空中一只盘旋的黑色巨龙呼啸着向北方疾驰而去。

4

放眼九州大地，北方比南方大有不同，就地势而言，南低北高，南方多山水，北方多旷野。一首北朝民歌《敕勒歌》便是极好的写照：敕勒川，阴山下，天似穹庐，笼盖四野。天苍苍，野茫茫，风吹草低见牛羊。

应龙连夜赶路，径追北斗，历时三天三夜，借着星月之光，终于看见了一片辽阔的旷野。一条黑色巨龙于夜色中悄然降落，环顾周遭，旷野上有无以计数安营扎寨的帐篷，还有训练有素的士兵正在轮班值勤，这些士兵皆人身犬首，手执圆月弯刀，彪悍异常，这里正是犬戎部落的地盘。

"站住！嗯？"一个金色帐篷的前面有两排严阵以待的士兵刀戟交叉，拦住了应龙，并伸手似乎要什么。

"要钱，还是要命？"应龙左右瞥了一眼。

"无大王请帖，擅入者，格杀勿论。"为首的一个士兵恶狠狠地说道。

"格杀勿论！"其余的士兵异口同声，以助威风。

"哼！"应龙不屑地哼了一声，倏地化作一道黑影从空隙处瞬移了进去，只见帐篷的布帘轻轻动了一下，更无其他动静，两排士兵面面相觑。

"呵，我的老朋友，好久不见。"肥胖异常的犬戎首领听到了外面的动静，放下手中的一坛美酒，欲起身一看究竟，不承想应龙早已出现在跟前，遂赶忙上前相拥。

应龙一动不动，任凭犬戎首领嬉笑拥抱。

"来，干了这美酒。"犬戎首领转身拎起酒坛，递给应龙。

"不必了。"应龙轻轻推开酒坛。

"好，我先干为敬。"犬戎首领仰天大笑，开怀畅饮，"啊，真是好酒。"

一坛饮尽，酒坛摔碎在地，"咣啷"一声，犬戎首领胡乱擦嘴，似有了朦胧醉意，只听其大喊一声，道："把昨天掳来的美……美人，都给我带……带上来。"

没一会儿，几位士兵便推搡着七八位虽风姿绰约但惊慌失措的曼妙女子进来，只见她们被打得伤痕累累，衣服上仍可见清晰的血印，皆瑟瑟低头立于一侧。

"来，挑一个，包……包你满意。"犬戎首领搭着应龙的肩，指着那一排美人，醉醺醺地说道。

"胡闹。"应龙嗤之以鼻，推开犬戎首领的手，转身走向帐篷另一侧。

犬戎首领一个踉跄，差点摔倒，猛地撞到了一个女子的怀里，惊得女子尖叫不已。犬戎首领顺势搂抱住这个女子就亲。女子愤恨隐忍地扭头避开。犬戎首领笑得淫荡不堪，待其立定，用手勾起这位女子的下巴，色眯眯地道："真是个美人胚子。"言罢猛地反手抽了女子一个大嘴巴子，转身挥手，示意将这些女子全部带出去。

"你们也退下。"犬戎首领瞪了眼案几旁的两个侍卫。

帐篷里顿时安静了下来，应龙转身，踱步至犬戎首领跟前，伸出一只手，掌心突然出现一卷隐隐发光的竹简。犬戎首领伸出两只手刚准备去抓，应龙一下子避开，犬戎首领扑了个空，待他再回过头来看时，竹简已被应龙轻轻一挥，稳稳当当地丢在了案几之上。

"这是天帝的旨意，还是烈的旨意？"犬戎首领走至案几前，旋又转身望着应龙。

应龙轻轻勾手，示意犬戎首领附耳来听，道："烈让我原话转告你，事成之日，你坐我的位子。"

"好！好！"犬戎首领闻之大笑不止，大喝一声，"拿酒来！一醉方休！"

待一位士兵手捧着一坛美酒走进来时，犬戎首领上前一把夺过，刚欲转身递给应龙，却发现应龙早已无影无踪。"不送。"犬戎首领开坛畅饮，拎着酒坛朝帐篷上方敬了下。

5

《山海经·海内经》载："北海之内，有山，名曰幽都之山，黑水出焉。其上有玄鸟、玄蛇、玄豹、玄虎、玄狐蓬尾。有大玄之山。有玄丘之民。有大幽之国。"北海海域这片暗黑王国正是水神共工的治所，此海域终日恶浪滔天，雁过难行。

往下数千米，漆黑的海底悄无声息，偶有点点深海水母漂浮。不远处隐约可见一座透亮的行宫，行宫后面有一处开阔的练兵场，由九根定海石柱围成，刀枪剑戟等十八般兵器皆整齐列于一侧。水波翻涌间，只见一只巨大的鳌精缓缓从天而降，稳稳当当落在练兵场的正中央，鳌背上踩着一位铜头铁臂的猛士。这位刚烈的猛士正是共工，其手执一对震天铁锤，发如灼烧的钢针，横眉怒视。他脚下踩着的鳌精少则有近千年修行，是共工当年清定三界时降服的一个水怪，横冲直撞，所过之处生灵涂炭，后来成了共工的坐骑。

共工举起一对震天铁锤猛地一敲，腾空跃起，再一敲，海底像炸开似的，九束嗞嗞作响的闪电射向了九根定海石柱。定海石柱通体闪耀出万丈金光，照亮了幽暗的海底世界，石柱上奇形怪状的水生物浮雕好似苏醒般在四壁游弋。

待共工缓缓落至鳌背之上，他举起其中一只嗞嗞作响的铁锤朝天一戳，只见一束紫色的电光射向了头顶那一层灰白的水罩，电光在水罩上四下散开，竟似撞出了一片旋转的蓝色星云。共工又举起另一只震天铁锤，同样一束紫色的电光射进头顶那片旋转的星云里。星云熠熠生辉，积聚的蓝色能量顺着两束紫色电光反注而下，电光由紫变蓝，源源不断地注入震天铁锤里，并随即传输到共工体内。

"好！"一阵稀松的掌声从脚下传来。

共工赶忙收功，循声望去，石柱旁正缓缓走来一位仪表堂堂的男子，正是执掌昆仑的烈。

"向来我去昆仑上报山河之事，何劳你大驾光临？"共工紧绷着一张脸。

"水患几无，普天之下，谁人不知你共工大神的尊名？"烈仰天大笑。

"当然。"共工毫不谦虚地轻哼了声。

"但是……"烈在鳌精跟前来回踱步，欲言又止。

"但是什么？"共工追问道。

"但是，赫赫有名的水神，竟成天憋在这里花拳绣腿，跟这只乌龟有什么区别？"烈忽地侧身，一手指向鳌精。

"你——"共工愤怒地举起一只震天铁锤指向烈，脚下的鳌精似乎也开始躁动不安。

"我？"烈笑着指着自己的鼻子，"真话总是那么刺耳。"

"有屁快放。"共工摁住性子。

"果然是爽快人，我真的很欣赏你这种干大事的魄力。"烈纵身一跃，飞至鳌背之上，立于共工对面。

"天帝有何旨意，拿出来吧。"共工将一对震天铁锤的柄部相对扭转了一下，"咔嗒"一声，一对震天铁锤合而为一，腾出一只手伸向烈。

"天帝不就在你眼前吗？"烈的嘴角泛起一丝莫名的笑意。

"嗯？"共工皱了下眉头。

烈侧身踱步至一旁，背执双手，望着深海，若有所思道："你想永远泡在这片臭水沟里，还是想执掌整个下界？"

"哼，听不懂你在说什么。"共工收回伸出去的手，转身望着烈的背影。

"我前几天遇到一位老朋友，也是你的故交，你猜他说了什么。"烈不禁冷笑。

"谁？"共工好奇道。

"青龙刀，屠龙斩，不周山……"烈悠悠地说道。

"颛顼！"共工攥紧双拳，咬牙切齿。

于共工而言，这是一段不堪回首的陈年往事。当年他和颛顼武力相当，战功显赫，但因性情放浪不羁，在由谁执掌不周山天柱这件头等大事上，众神近乎一致推举颛顼，共工只能退而求其次屈居北海，颇有英雄落魄之意。这么多年过去了，他的脾气不仅没有随着年岁的增长变得稳重些许，反倒变本加厉，就好比对待行宫里的侍从，但凡有一丁点儿不顺眼便重刑伺候，遂搞得人心惶惶，以致很多虾兵蟹将舍命溜走投奔他处，经年累月，行宫变得与冷宫无异。

"他说什么？"共工恶狠狠地问道。

"罢了，怕伤了你们和气。"烈大手一挥。

"快说。"共工手腕顺势一转，那对震天铁锤的一端在快要砸到烈的脑袋前忽地定住。

"呵，你倒真是一点没变。"烈瞥了眼耳畔的一个大铁锤，用手轻轻推开，踱步至共工耳畔，"他说，提那个窝囊废作甚？我刚准备问……"

烈还没说完，便见共工怒发冲冠，一跃而起，咆哮着冲向了正前方一根定海石柱，"乒乒乓乓"一阵巨响，定海石柱自下而上被砸得火花四射，震得整个练兵场晃荡不止。共工旋又双脚一蹬，用头朝另一根石柱撞去，硬生生将石柱撞出了一个凹坑。如此疯狂地左冲右突许久，直搞得练兵场一地碎石。

"何必呢？"烈冷笑一声，头也不抬地挥了下衣袖，一束金光甩出，把头顶落下的一块巨石击得粉碎。

"不杀颛顼，誓不罢休。"共工急吼吼地喊道。

"一个千载难逢的机会就在你面前。"烈从鳌精身上跃下。

"嗯？"共工转身，半信半疑地望着迎面走来的烈。

"试想一下，如果不周山天柱断了，天破了一个洞，天河之水倾泻而下，兴风作浪岂不由你一人说了算？"烈仰天大笑道，"再者，天柱一断，颛顼定难辞其咎。"

"这……"共工暗暗思忖。

"当然，这是下下策。"烈转身走向一侧，"以你这么多年的闭关修炼，我看，颛顼恐未必是你的对手。"

"这倒也是。"共工点头道。

"不周山由九丘护绕，那可真是个通天入地的好地方。"烈言罢大笑不止，变成一束金光消失在头顶旋转的蓝色星云里。

共工攥紧拳头，猛地砸在跟前的一块巨石之上，巨石碎如齑粉。他举起这只拳头打量一番，缓缓吐出"颛顼"二字。

6

百花幽谷烟雨迷蒙，争妍斗艳的百花娇翠欲滴，放眼望去，淡如水墨的山脉此起彼伏，奇花异草遍布其间，不知何处才是尽

伏羲女娲

头。这片世界没有蜂舞蝶绕，没有鸟鸣风拂，多么的梦幻迷离。

是的，百花幽谷是九尾狐一手打造的梦境。

梦里落了瓣花，是你。

柴门惊了犬吠，非你。

围炉煮了抔雪，等你。

九尾狐轻轻吟罢这首小诗，兀自出神地立于山顶眺望着眼前的一切，脚下百花绽放，她看见伏羲正从另一座山头迎面飞来，他穿透迷雾御风而来的样子是如此的让人着迷。眨眼之间，伏羲便稳稳地落在跟前，笑意盈盈地朝自己走来，彼此不言不语，跟山谷一样寂静。她的心里似有一只小鹿乱撞，脸颊泛起了百花的红晕，她羞涩地埋下了头，等着心上人拥自己入怀。

伏羲走至九尾狐跟前，轻声道："看着我。"

九尾狐闻声缓缓抬头，望着眼前这位干净的少年，他的眸子有如山间那一汪清泉，又似那一抹温暖的家园落日，望着望着，眼泪竟在自己的眼眶里打转，她等这一天等得太久了。伏羲伸出一只手，托住了九尾狐的脸颊，笑着揩掉了她汩汩滑落的泪珠，慢慢凑上去，亲吻了九尾狐的额头，也深情地吻起九尾狐轻咬的朱唇，并一把将九尾狐紧紧揽入怀中。情至深处，伏羲轻轻将九尾狐按倒在地，倒在脚下那一片繁花似锦的花丛里，用手捋顺了九尾狐耳畔的青丝，也缓缓褪去了九尾狐肩头的衣袂。

"朝为云，暮为雨，朝朝暮暮悦君颜。"九尾狐在伏羲摸到自己肩头的瞬间，下意识地用纤纤素手抓住了伏羲的手腕，没有丝毫拒绝之意，只是不知为何，她觉得该停一下，旋又深情地望着伏羲，任由心上人摆布。花丛里传来九尾狐阵阵娇喘的呻吟声……在梦里，她可以如愿以偿地与心上人幽会；在梦里，百花一年四季绽放。但是，为什么梦里总是烟雨迷蒙呢？

"呵，好一个相思痴情的种。"一阵刺耳的大笑声打破了百花幽谷的寂静，一束金光穿透迷雾，由远及近落在山顶上，来者正是烈。

"你是谁？"九尾狐怒斥道，惊得她赶忙掀起一阵风以乱花挡住眼前这位不速之客，并随即抓起衣服转身穿上。

"你不应该更好奇我为何舍生忘死入你梦境吗？"烈顺手夹起一朵飘舞的花瓣，递至鼻尖，闭上眼睛嗅了嗅，随后将其一手甩开。

"你就不怕我杀了你吗？"九尾狐一手抓向花丛，五颜六色的花瓣似被吸引一般旋转聚合成一柄灵动的剑。

他俩说得都没错，在梦里，造梦者是真正的王，近乎为所欲为，人性的善恶以及先天后天的能量会在梦境中无限放大。

"怕，我当然怕。"烈大笑不已，走至崖边，背执双手望着一望无际的百花幽谷，叹道，"我更怕的是，你永远自欺欺人地活在梦里。"

"你……"九尾狐举起手中的那柄百花之剑。

"爱一个人有错吗？"烈转过身，张开双臂走向九尾狐，"为什么不勇敢一点呢？"

"我……"九尾狐手中的剑颤了一下。

"愚蠢的人都拿天命自欺欺人，那天地混沌之前，何来天命？所有今天你看到的结果难道不是你昨天付出的验证吗？你明天想要的结果难道不正是写在你今天的所思所虑所做所为里吗？"烈的喉头直抵剑尖，冲着九尾狐轻轻笑了笑。

九尾狐忍不住退后一步，手腕轻轻一拧，那柄百花之剑复归百花飘落，如心思碎了一地。望着眼前这位突如其来的中年男子，虽素未谋面，但她觉得他说的每一个字都落在了心坎里。

"那我该怎么办？"九尾狐似喃喃自语。

烈走至一旁，挥了两下衣袖，只见两束金光驱走迷雾，阳光撒落一地。"你如此善良，"烈转身望着妩媚异常的九尾狐，笑了笑，"但是，成大事，光靠善良还不够，还要……"

"还要什么？"九尾狐追问道。

"感情终究是自私的，这可是你的终身大事。"烈顿了顿，"再难走的路，走几步，回头看看，也就不会出差错了。"

"我还是不太明白。"九尾狐摇头道。

"你真是单纯得可爱。"烈仰天大笑，"想想与心上人的初相遇吧。"

"初相遇？"九尾狐不禁陷入沉思。

"故事写好了开头，何妨再设一局？"烈侧身瞥了眼九尾狐。

"再设一局？"九尾狐蹙眉，望着蓝天白云，百花幽谷从未如此明媚动人，这是一个多么真实的梦境，她不禁暗暗点头。

世界那么大，又有谁会真正在乎自己呢？但一定有那么一个人，他就是自己的全世界，那是自己活着的全部意义。

7

掌管九丘的颛顼素来神龙见首不见尾，随着年岁渐增，他已很少亲自过问政务，但那天偏偏看到了虚空图上的异动，一个血滴似的红点赫然闪现在神民之丘，一圈圈红色涟漪不断扩散，想来定有劲敌入侵，才有了后来从天而降的屠龙斩。也算伏羲女娲命不该绝，若非颛顼及时出手，他俩早已成了一对苦命鸳鸯。

密室之内，颛顼端坐于上首，青龙刀笔直地插在一旁，伏羲女娲分列左右，木神、燃月、重、黎等人依次坐下。颛顼轻轻抬了下手臂，一卷透明的画轴飘至头顶并徐徐展开，九丘地形及生活在上面的子民一举一动清晰可见。伏羲等人皆好奇地观望着画轴里的影像，他们穷其一生也不可能对九丘的每个旮旯了如指掌，而这张虚空图竟包罗万象。

"这就是虚空图。"颛顼缓缓开口道，"我与烈共事多年，此人心高气傲，他单枪匹马来到九丘，定有异常。"

"为了山海印。"女娲望着颛顼说道。

"什么？山海印在九丘？"颛顼不免惊讶。

"嗯。"伏羲点头，扯下胸口那块四方形璞石，"颛顼爷爷，这是山印。"

"这是海印。"女娲也一把扯下胸口的那块半球形璞石，递给颛顼。

"啊？"颛顼望着他俩掌心托着的一蓝一红两块璞石，默然慨叹。

"山海印不是一个传说吗？"木神目不转睛地打量着隐隐透亮的山印和海印。

"原来山海印也像咱哥俩。"重、黎俩兄弟捧腹大笑。

颛顼接过山印和海印，双手缓缓靠拢，随着两块璞石的接近，胶着之力愈发强劲，颛顼暗自发力，额头悄然渗出了汗珠。只听砰地一声，空气似炸开一般，一股绵柔刚劲的冲击波震得所有人踉跄不稳。待大家立定，山印和海印在半空中交缠旋转、欲拒还迎。伏羲女娲缓缓伸手，似从天幕摘下一颗星星，各将山印和海印收好不题。

"怪哉怪哉，天选之子竟是两个人……"颛顼若有所思。

"此前一条'蚯蚓'和这个烈皆为山海印而来，他们似乎早已知道山海印在女娲妹妹那儿，但不知道还有一块在我身上。"伏羲回想道。

"女娲姐姐。"燃月关切地喊了声。

"没事。"女娲搂住燃月，莞尔一笑。

"你说的那条'蚯蚓'是一条黑龙吧？"颛顼问道。

"嗯。"伏羲点头。

"他是烈麾下的先锋，名唤应龙，乃昆仑大将。"颛顼言罢看了眼伏羲。

"我看不过如此。"伏羲噘嘴道。

颛顼摸了摸伏羲的头，大笑道："那你的师傅是雷神喽？"

"颛顼爷爷从何得知？"伏羲好奇地问道。

"但凡山水之招，无出雷神其右。敢问，能使移山出窍之法的又有几人？"颛顼啧啧称叹道，"雷神现在何处？"

伏羲沉默不语，泪花闪闪，在颛顼的再三追问下，他才低声说道："我师傅，被刑天杀死了。"

"什么？刑天？"颛顼着实大吃一惊。

"是的，刑天。"女娲接道。

"刑天记恨师傅当年斩首之仇，并未真正死去。"伏羲扭头朝虚空图望去。

"这真是破天荒的一件事。"颛顼转身踱步至青龙刀后面，望着寒光阵阵的刀刃。

"那我们接下来该做什么？"木神安静地问道。

"对，那我们接下来该做什么？总不能坐以待毙吧？"重、黎俩兄弟面面相觑。

"颛顼爷爷，为之奈何？"燃月也忍不住问道。

颛顼来回踱步数周，走至伏羲跟前，带着慈祥的笑意问道："伏羲，如果是你，你觉得该怎么做？"

"以静制动。"伏羲很认真地想了想，"这些可恶的家伙一定还会再来，我们要做好最坏的打算。"

颛顼轻拂美髯须，仰天大笑，道："好！说说你的计划吧。"

"对，伏羲，跟咱们讲讲。"重、黎俩兄弟异口同声。

"好！"伏羲又看了看木神、燃月和女娲，随后走至虚空图下伸手一拽，将神民之丘的影像单独剥离出来，"神民之丘是漩涡的中心，让我们从这里开始吧。"

"嗯。"颛顼欣然点头。

"木神，你擅御木，接下来要辛苦你带头搜集制造一批削尖的木头，粗的话放在外围及各部落主要路口当路障，细的话当武器备用，或投掷，或射发。"伏羲边说边比画，指尖在神民之丘的虚空图上拖出丝丝脉络。

"没问题。"木神双手交叉于胸口，"要多少？"

"越多越好。"伏羲答道。

"好。"木神应声点头。

"重、黎二兄弟，你俩天生神力，下面要辛苦你俩牵头在这里挖一条一箭之地的护城河。"伏羲用手指着虚空图外围说道。

"什么叫一箭之地？"大块头重用胳膊肘怼了下一旁高挑的黎，黎耸了耸肩。

"把最硬的弓弩拉满，箭射到哪，彼岸就在哪。"伏羲笑道，"攻，我们主动；守，我们不至于被动。"

"好。"重、黎俩兄弟握拳支持，但发现好像少了点什么，旋又问道，"那水呢？"

"问得好。"伏羲转身走向燃月，一手指着虚空图旁的蓝色区域，"燃月妹妹，你擅牵引之术，待护城河挖好，可否有劳你将入海口的水牵引进来？"

燃月二话不说，点头默许。

"燃月妹妹，辛苦你了。"女娲看了看燃月。

"姐姐说哪里话？"笑嘻嘻的燃月怒了努嘴。

"那我呢？"女娲走至虚空图下，望着跟前的伏羲。

"你……"伏羲欲言又止。

"让我躲起来？"女娲看出了伏羲的心思，"躲得过去吗？"

伏羲沉吟半晌，也没能厘出什么头绪，女娲总能一下子猜透他的心思。

"人多力量大，我捏一批泥人备用吧。"女娲斩钉截铁地说道。

"泥人与你气脉相连，心血耗费巨大，你知不知道？"伏羲目不转睛地看着女娲。

"覆巢之下，焉有完卵？"女娲笃定地望着伏羲。

"也罢。"伏羲知道拗不过女娲，摆了摆手，走到颛顼跟前，"颛顼爷爷，可否劳烦您通知各部落首领全权配合？"

"好！你说得很好。"颛顼轻轻拍了拍伏羲的肩头，"以不变应万变，是我们目前最应该也是仅仅能做的。"

颛顼缓缓走至女娲身旁，也轻轻拍了拍女娲的肩头，旋又看

着大家，和蔼可亲地说道：“你和伏羲都要好好的，你们都要好好的，你们就是未来。想当年，我征战三界时可没你们这般有勇有谋。”

“记得年轻而勇敢！”伏羲猛地想起师傅雷神临终时念念不忘的这句叮嘱，遂情不自禁地念出了声。

“记得年轻而勇敢！”在场所有人都情不自禁地重复着这句耳熟能详的话。

“大家有没有信心？”伏羲突然握紧拳头喊道。

“有！”大家闻之像是打鸡血一样热情高涨，他们忘了即将迎来的是一番艰苦卓绝的鏖战，更似一场庆祝，庆祝这非同凡响的年少青春。

“好！”伏羲欣然点头，“我要实地勘察一下地形，以防缺漏，大家各行其是。”

颛顼望着眼前这些年轻而勇敢的少年，莫名动容，他深知，对青春而言，只有收获，没有输赢，只要上路，就一定会有庆典。

8

梦是最真的现实，九尾狐的百花幽谷梦境并非毫无依据，若往青丘国纵深处寻去，定可见一片终年烟雨迷蒙的空谷，淡如水墨的山脉此起彼伏，罕有人迹。

伏羲正在掌心虚空图的指引下索路前行，不知不觉间便行至青丘国的这片空谷，他能清楚地听到自己的脚步声。"青丘国竟还有这么个地方。"伏羲站在山顶喃喃自语。

"救命啊——救我——"空谷里突然回响起阵阵扎耳的嘶喊声。

侧耳细听，呼救声从对面的山顶传来，好似一位蒙难的女子，伏羲赶忙收起虚空图，伸手一抓，扯起了脚下的一堆枯叶，顺势一甩，片片枯叶像在空中架起了一座桥，伏羲旋即纵身跃起，像一阵风，似一束光，轻踩着一片片枯叶，倏忽间便跃至对面的山顶。

有别于九尾狐百花幽谷梦境里繁花似锦的山顶，这片空谷的山顶没有百花浸染脚踝，甚至连一朵无名的小花都不曾得见。

"小九？"伏羲定睛细看，眼前这位衣衫凌乱的女子不是别人，正是许久未见的九尾狐。

"伏羲哥哥，救我。"九尾狐哭腔着喊道，她正被一位凶神恶煞的彪形大汉步步紧逼，再往后挪两步，非掉下悬崖不可。

"哪来的狗杂种？少管闲事！"彪形大汉听到了身后的动静，手举狼牙棒直指伏羲。

伏羲冷笑一声，并未搭话，仍似当年在林间降服那只猛虎一般，只见其双臂来回勾了圈，空谷中的水汽竟凝结成两束寒冰，兵分两路，一左一右抵住彪形大汉的太阳穴，唬得欲冲上前来的彪形大汉不敢动弹，手举的狼牙棒悬空定住。

"滚！"伏羲快步上前，一把扯过彪形大汉手举的狼牙棒，

凌空一脚，将其踹得滚落山径。

"好耶！"绝境逢生的九尾狐好似当年那般欢呼雀跃起来，一下子扑进了伏羲的怀里，"伏羲哥哥，谢谢你。"

"没事就好，没事就好。"伏羲丢掉了狼牙棒，望着怀里衣衫凌乱的九尾狐，一下子手足无措起来，但还是轻轻拍了拍九尾狐的后背。

九尾狐突然抬头，含情脉脉，轻声细语唤了声："伏羲哥哥，看我……"

伏羲与九尾狐相视的瞬间，九尾狐轻轻吹了口气，一股幽香扑面而来，似百花之佳酿，撞得伏羲骨软筋酥、醉眼迷离。

"女娲妹妹。"伏羲紧紧地搂住九尾狐，他不知道女娲何时出现在自己眼前，他俩的脚下繁花似锦，空谷里开满了争奇斗艳的百花，一直绵延到天际。

"吻我。"九尾狐一动不动地望着眼前这位干净的少年，他的眸子有如山间那一汪清泉，又似那一抹温暖的家园落日，相视良久，不忍移开，望着望着，眼泪竟在自己的眼眶里打转，她等这一天等得太久了。

伏羲伸出一只手，托住了九尾狐的脸颊，笑着揩掉了她泪泪滑落的泪珠，慢慢凑上去，亲吻了九尾狐的额头，也深情地吻起九尾狐轻咬的朱唇，并一把将九尾狐紧紧揽入怀中。情至深处，伏羲轻轻将九尾狐放倒在地，倒在脚下那一片繁花似锦的花丛里，用手捋顺了九尾狐耳畔的青丝，也缓缓褪去了九尾狐肩头的衣袂。

"朝为云，暮为雨，朝朝暮暮悦君颜。"九尾狐在伏羲摸到自己肩头的瞬间，下意识地用纤纤素手抓住了伏羲的手腕，没有丝毫拒绝之意，只是不知为何，她觉得该停一下，旋又深情地望着伏羲，任由心上人摆布。花丛里传来九尾狐阵阵娇喘的呻吟声……

山脚下，那个彪形大汉变回了一位中年男子的模样，正是烈。烈看见不远处有一群小孩子正在嬉笑打闹，遂从身后变出一个风车，蹲下身，递给为首的一个小男孩，摸了摸他的头，笑着说："小娃娃，快去喊女娲姐姐，就说青丘国山顶上有好戏看。"

"好耶，有好戏看。"小男孩冲着风车吹了口气。

烈起身，望着捎话的小孩子蹦蹦跳跳远去，冷笑不止。

人生如戏，自此啼笑皆非。

9

女娲的屋子里有一间密室，半黑半白的鹅卵石圆台实际上是一扇鲜为人知的门，打开这扇门，可通往别有洞天的地下室。地下室是女娲抟土造人的作坊，一眼望不到头的架子上整齐有序地排列着一个又一个舞刀弄棒的小泥人，俨然一批活力四射的部队。

"燃月妹妹，我心突然跳得厉害。"女娲放下手中的活计，起身在架子前徘徊。

"是不是要下雨啦？怪闷得慌。"燃月一把拉过女娲，"走，咱上去透透气。"言罢顺着蜿蜒的阶梯走了上去。

"我就说嘛，要下雨。"燃月推开木窗瞅了瞅。

"也是。"女娲走至窗前，望着阴云密布的窗外兀自出神。

一群小屁孩突然出现在视野里，正屁颠屁颠地冲了过来，为首的一个小男孩举着一个风车边喊边跳。女娲赶忙开门迎了出去，蹲下身，摸了摸眼前这个胖乎乎的小男孩，笑问道："你是谁家的孩子啊？要下雨了还出来耍？"

小男孩转身指向远方，一字一板地说道："女娲姐姐，有好戏看。"

"哪里？"女娲顺着小男孩手指的方向望去。

"青丘国。"一个小女孩说道。

"青丘国山顶。"另一个小男孩补充道。

"嗯。"为首的小男孩直点头。

待女娲赶至青丘国杳无人烟的空谷，本就烟雨迷蒙的空谷在暴雨来临之际显得更加扑朔迷离，人立其间，恍若隔世。空谷幽静异常，隐隐传来一位女子娇喘不迭的云雨之声，女娲循声往山顶赶去，燃月紧随其后，没一会儿工夫，两人双双登顶。虽隔着迷雾，但女娲看得分明，自己的心上人跟九尾狐正赤身裸体地缠绵不休。"你……"此情此景，女娲气得手直哆嗦。

一声惊雷，倾盆暴雨如约而至。九尾狐闻声赶忙坐在地上抱腿蜷缩成一团，伏羲也瞬间清醒。

"小九，你？"伏羲拍了拍自己的脑袋，看着一旁的九尾狐，也看见了不远处如注暴雨中的女娲，旋又埋头望了望全裸的自己，丈二和尚摸不着头脑。

"你们……"燃月匆忙赶到，未及站稳，便看见女娲哭啼啼地转身离去，再定睛细看眼前这不堪入目的一幕，不禁愤恨甩袖离去。

"伏羲哥哥……"九尾狐怯懦道。

"胡闹！"伏羲气不打一处来，把淋湿的衣服摔给九尾狐，自己也赶忙胡乱穿好，起身去追女娲。

"你的心里还是只有她。"九尾狐一个人坐在山顶啜泣不止，雨水把她淋了个透，她想不通，哪怕只是昙花一现，老天爷为何不能成全她一个善始善终呢？比起大珠小珠落玉盘的哗啦啦雨声，她连哭泣声都是如此的卑微至极。

九曲十八弯，穿过层层迷雾，也不知漫无目的地跑了多久，女娲被一汪湖水挡住去路，此时此刻，她的脑子里模糊一片，看着雨点在湖面砸出一个个气泡，她的眼泪也止不住地泛涌。

"姑娘——"烟雨迷蒙的湖面上远远地传来一声老妪的叫唤，果然，没一会儿工夫，一位穿着蓑衣的老奶奶撑着一艘小巧的乌篷船稳稳当当地停在女娲眼前，笑意盈盈道，"呦，这是谁家的姑娘？"

"老人家不用管我。"女娲赶忙揩掉泪水。

"此岸苦，且去彼岸吧。"老妪招手道。

"彼岸？"女娲喃喃自语。

"走！"老妪将乌篷船朝岸边撑了撑，直抵女娲脚尖，"是花总会谢的，是雨总会停的。"

女娲不由自主地抬起一只脚跨了上去，躬身走进船篷里坐定。老妪竹篙轻点，小船便缓缓离岸而去，伴着雨打船篷的声音，老妪唱起了动人的歌谣。女娲依稀能听出是一首《洞仙歌》：

君言归时，天雨流芳散。相逢沧海桑田换。仍记否、明月萤火中宵，为谁立，执戟临风星汉。

红烛杯盏旁，书卷慵翻，对镜贴花青丝断。秋水总无痕，泪眼望穿，好一个、人定天算。愿岁月温柔待君卿，冬至春会来，总有些盼。

当年不知曲中意，再听已是曲中人。女娲百感交集，想着想着，眼泪又不争气地夺眶而出。

"女娲——"伏羲赶至湖畔，什么都看不清，不禁跺脚自怨自艾起来。

"女娲姐姐——"燃月冲着湖面大声喊道。

"姑娘，找你的人可真不少啊。"乌篷船行至湖心，老妪忽然停下了手中的竹篙，循声望向来处。

女娲并未搭话，仍嘤嘤啜泣不止，倒是船突然停了下来让她莫名警觉起来，侧身望去，此前撑船的老妪呢？怎么好似变成了一位体型宽大的男子？女娲刚欲起身，便发现船舱像一个机关盒子瞬间闭合，用力劈去，有如打在铜墙铁壁之上，直震得筋骨生疼。

"我也在找你。"烈稍稍侧脸，冷笑一声。

黑黢黢的船舱里，隐隐能听见雨点噼里啪啦的声音，还有一位男子的仰天大笑。女娲心知不妙，但却为时已晚。

10

女娲俨然成了囊中之物，待其重见光亮时，已被反手绑缚在一根石柱上，石柱上生发出的丝丝金线好似藤蔓，将女娲勒得动弹不得。女娲环顾周遭，这里像是一间密闭的监狱，一壁厢摆满了各种刑具，对面一位男子正盯着镶嵌于石壁上的一面巨大铜镜兀自出神。

"果然是你！"女娲冲着背影怒斥道。

"嘘——"烈转身瞥了眼女娲，轻轻一挥手，女娲身后的石柱上便冒出几束金线，像一块胶贴，紧紧封住了女娲的嘴，"女孩子说脏话就不好看了。"

烈不再搭理挣扎的女娲，旋又转身盯着那面铜镜，似在等什么。约莫半盏茶工夫，忽闻脚步声响起，铜镜里竟出现一个手执盾牌和巨斧的无头之人缓缓走来。女娲听雷神讲过刑天的故事，想来这位以乳为目、以脐为口之人必是战神刑天无疑了。女娲以为刑天是从身后走来，遂忍不住扭头望去，黑暗之中空空如也，刑天呢？正自迟疑间，只见刑天一脚从铜镜里跨出。刑天是怎么做到的？女娲暗自惊叹。

"师傅。"避让一旁的烈谦卑至极。

刑天走到女娲跟前，上下打量一番，视线最终停在她胸前那颗半球形血红色吊坠上。执盾牌之手举起的瞬间，盾牌消失不见，刑天一把扯下那块璞石，观摩许久。

"哼！"刑天突然将海印紧紧握在手中，踱步至铜镜前，望着镜子里的自己，"好一个狡猾的天帝。"

"此话怎讲？"烈一头雾水，赶忙问道。

"山海印由浑浊四方的山印和清澈圆融的海印合铸而成，世代传于天选之子。"刑天摊开掌心，顿了顿，"而这枚，是海印。"

"也就是说，天选之子并非一人？"烈若有所思。

"恐所言不差。"刑天转身望了望女娲。

烈大手一挥，贴封女娲嘴巴的那几束金线悄然缩回到石柱上，上前问道："山印现在何处？"

"呸！"女娲朝烈狠狠啐了口唾沫。

烈一气之下猛地反手抽了女娲一个嘴巴子，怒斥道："说！"

"不知道！"女娲细皮嫩肉的脸蛋赫然出现几道血印，扭头至一旁。

"你——"烈朝一侧伸出刚刚那只手，悬挂于石壁上的一柄尖刀倏然飞至其掌间，烈用这柄尖刀抵住女娲吹弹可破的脸蛋。

"住手！"刑天浑厚的声音从身后传来。

烈闻之赶忙收手，转身望着朝这边走来的刑天。刑天走至女娲跟前，看了看女娲，又转身盯着烈，道："好好的一盘棋不要自己下砸了。"

"望师傅明示。"烈躬身作揖。

"比翼鸟，连理枝。"刑天绕着捆绑女娲的石柱缓缓踱步，"天选之子既然是两个，你不去，他也会来的。"

"师傅所言极是。"烈恍然大悟。

"偌大昆仑，何处最难寻？"刑天问道。

"昆仑之巅。"烈思忖了一下。

"好，就把她关到昆仑之巅。"刑天大笑不已，一步步走远，走进了先前的那面铜镜消失不见，"我们请君入瓮。"

女娲突然打了个喷嚏，她开始担心起伏羲来，那场雨淋得自己浑身湿透，伏羲会不会受凉呢？伏羲一定有什么难言之隐，自己为何如此意气用事？昆仑之巅又是什么地方？伏羲如果找来，他怎能是刑天的对手？上次一个烈都差点要了他俩的命啊……想着想着，不禁又掉下两滴泪来。

11

伏羲带燃月一起寻至雷泽之下的那片世界，万一女娲躲在这片世外桃源也未可知。伏羲无心赏景，燃月倒新奇不已，但见：

峰峦起伏，薄雾缭绕，青山绿水，鸟雀翻飞，牛羊散漫，还有数不尽的奇花异草、蜂舞蝶绕……

"原来如此，没想到九尾狐竟干出这等卑劣之事。"燃月听了伏羲一番解释之后，愤恨地说道。

"不管怎样，错还是在我。"坐在地上的伏羲捡了块石子漫无目的地扔了出去，望着远方兀自出神。

"现在不是谁对谁错的时候，女娲姐姐已经好几日不见了，会不会有什么不测？"燃月走至一旁，不无担心地说道。

伏羲没有搭话，自大雨滂沱那天女娲从青丘国空谷消失，谁也不知道到底发生了什么。

"快看，三足乌。"燃月突然用手指向空中。

伏羲被燃月这一声尖叫拉回现实，顺着燃月手指的方向定睛细看，果然看见一只如黑炭般长着三只脚的大鸟振翅飞来。"昆仑山信使三足乌？"伏羲喃喃自语，他打小便对天下奇珍异兽多有耳闻。

三足乌体型巨大，似一坨肉球，全身乌黑，如其名，长有三只脚，这三只脚正好稳稳当当地支撑着肉嘟嘟的身体。三足乌有一个最显著的特征，就是它的脊背是凹陷下去的，像一个坑，所以三足乌家族世代负责驮载太阳远渡重洋至东海扶桑树。一个太阳刚至，另一个太阳便从扶桑树上升起。

三足乌强有力的振翅声响彻山谷，顷刻便飞至头顶，只见它盘旋数周，看清了底下站着的伏羲和燃月二人，尖叫一声，猛地翻了个身，一件东西从它凹陷的脊背里落下。伏羲赶忙伸手接住，再抬头，三足乌已疾飞而去。

"女娲姐姐的项链怎会在三足乌那里？"燃月一眼便认出此物。

"山海印……"伏羲手中这串断掉的项链独独少了颗吊坠，即那枚海印。

"女娲姐姐不会有什么事吧？"燃月来回踱步，"她是大好人，苍天保佑，肯定没事。"

"看来我要上一趟昆仑山了。"伏羲攥紧了手中的那串项链，转身走向不远处的石龛。石龛中有一尊的雷神石雕，一侧的岩壁上凸出来一根石刻龙头挂杖。

"我也去。"燃月跟在伏羲后面，"喊上木神，再多叫几个人，对，人多力量大。"

"不必了，我不是去打架的。"伏羲头也不回地走向石壁。

"万一打起来怎么办？"燃月关切道。

"如果连心爱的人都保护不了，那江山自此了无颜色。"伏羲停下脚步，稍稍侧脸。

燃月立于原地，不再言语，望着伏羲继续朝前走去。只见伏羲在石龛前扑通一声跪下，给雷神磕了三个响头，随后起身缓缓抬起一只手，猛地一抓，听得咔嚓一声，石壁上的龙头挂杖竟似硬生生被抠出来一般，倏地飞至伏羲手中，石龛连同一大片石壁瞬间轰然倒塌。

伏羲女娲

伏羲一把扯下自己胸前的那个吊坠，缓缓将这枚隐隐透亮的四方形山印塞进了龙头拄杖空洞的龙眼里。龙眼瞬间绽放出宝蓝色光芒，龙头拄杖从上至下褪去一层石皮，露出了本来面目。

"龙头拄杖不是灰飞烟灭了吗？"燃月惊诧不已。

"冰融成水，水变成汽，汽落成雨。"伏羲抬头望向苍穹，"以其不变而观之，物与我何尝不是永恒呢？"

伏羲旋又仔细打量着手中这根焕然一新的龙头拄杖，龙头脖颈上的那一滴血迹仍在，似挑衅，似召唤，那是他人生旅途中不得不沾染的一段红尘啊！

第四卷　救人：江山何曾比美人

> 地下室原本让人压抑窒息的氛围被燃月这么一搅和，瞬间变得轻松起来，大家忍俊不禁。不管生活有多苦，不管未来有多难，这似乎才是真正属于他们的样子。

1

神民之丘好不热闹，似春回大地时农人准备耕耘，男女老少络绎不绝、有条不紊地忙碌着。

大人国的国民一肩一根扛着圆木搬至指定地点，然后一个人扶住，另一个人打夯，将这一根根两三丈长、水桶粗的木头斜插进泥土里。

"报告将军，前方路阻。"一根横躺的圆木挡住了小人国士兵的去路，一位哨兵回禀道。

"绕！"小人国的将军手搭凉棚望去，随即朝一侧挥了下手中的戈戟。伴着整齐划一的"呵——哈——呀——哒——"口令声，小人国士兵像蚂蚁一样绕过圆木。最后一位士兵刚绕过去，大人国的一位巨人便搬起了这根横躺的圆木缓缓离开。

"岂有此理！"小人国将军攥紧拳头，狠狠瞪了眼远去的巨人。

关于这场潜在的危机，颛顼已向九丘各部落首领下达了最高指示，宁可信其有不可信其无，所有部落要紧急动员，积极参与防御体系建设，在做好本土基础防御工作的同时，还要大力支援"重灾区"神民之丘。九丘的子民素来淳朴热情，唇亡齿寒这些简单而古老的道理，又有谁不懂呢？

小人国将军率众抵达约定地点时，眼前一排排赫然壮观的圆木，似迎宾礼炮，一直延伸到空地的尽头，大人国的巨人们早已布置好了这道路障。

"上！"将军一声令下，只见小人国士兵两个一组，噌噌噌爬到圆木的最顶端，取下刀斧或削或斫，像啄木鸟一样勤快，木屑纷飞间，原本秃头秃脑的圆木竟被削得有如一把利剑，直刺长空。

木神从天而降，黑压压一片削尖的木头和竹子紧随其后，只见木神用手一指，木头和竹子好似听到了指令，齐刷刷插进了圆木前后左右的空隙处，颇有让进犯者寸步难行之意。

"岂——岂有此理！"小人国将军吓尿了一地，一根竹子正好擦着圆木上一位小人国士兵的后脑勺唰地飞过，硬生生插在将军的裤裆下。

且将视线移至神民之丘靠近入海口的那一道防御体系。

重、黎两兄弟夯劲与巧劲兼具，遇土挖土，遇石碎石，带头开凿出了一条既宽且长的壕沟，约有大半个人深。

"哎呦子嗨——"一位老者跟一位年富力强之人一前一后担着一块大石头，大石头被绳网绑缚着系在担子中间。

"愚公爷爷，这些石头什么时候才能搬完啊？"一个虎头虎脑的小男孩手捧着一块小石头，屁颠屁颠地跟在他俩身旁。

这三个人是爷孙三代，世代生活在神民之丘，听到家园或有灾难，义无反顾奔赴第一线。

"一块一块搬，总会搬完的。"愚公乐呵呵地说道。

"爷爷，你要是搬不完呢？"小男孩抬头望着他爷爷，不依不饶地问道。

"傻孩子，我搬不完，还有你父亲啊，你父亲搬不完，还有你啊。"愚公移开一只扶担子的手，笑着摸了摸小孙子的头，"等你长大了，生了孩子，可以继续搬啊，孩子再生孩子，万万没有搬不完的道理，非搬完不可。"

小男孩似懂非懂地点了点头，走了几步，突然努着嘴嚷道："等我长大了，我要生好多好多孩子，那样石头就可以早点搬完了，爷爷跟爹爹就不用忙了。"

"真是亲生的。"一旁同路的一个汉子调侃道，壕沟里的笑声此起彼伏。

月明星稀，乌鹊南飞，隐隐可听见此起彼伏的海浪拍岸之声，薄雾笼罩下的九丘渐入梦乡。壕沟经由一整天的清理，已基本畅通无阻，接下来便是引入海口的水注入其中。

木神早早地将几十根巨大的圆木劈成两半，并刳挖成水槽，这些水槽在木神的摆弄下，像叠罗汉似的在半空中次第连接，一直延伸到入海口那儿。燃月望得出神，只见木神掌间散发出的光正稳稳地托住这些水槽，他的心上人真是个了不起的人，想着想着，竟莫名痴笑起来。

"开始啊！"不远处的重、黎俩兄弟搬完最后一个水槽，冲着燃月喊道。

"哦。"燃月猛地从思绪中惊醒，一跃而起，看了看眼前这片波光粼粼的大海，月色中的海真是美极了，这片与世无争的海怎会卷入波澜呢？她不禁蹙眉。

燃月望着海上那一轮大大的圆月兀自出神，暗暗攥紧双拳，瞬间分身为12个一模一样的燃月绕成一圈，每个燃月缓缓从心口掏出一个形态各异的月亮，或满月、或残月、或半月……这些月亮缓缓升空绕成了一圈。12个燃月一齐伸手，将12个月亮构成的光圈扭转九十度，远远望去，这个悬浮在水槽和入海口之间的光圈更像是一个出入口。12个燃月伸出一掌对向波光粼粼的海面，12个月亮如影随形生发出12束丝丝白光触碰到水面，海水开始异常涌动，12个燃月随即伸出另一只手，食指和中指并拢，齐刷刷指向水槽。酝酿许久，只见燃月深吸一口气，对向海水的那只手猛地一抓并往回一拽，海水似被唤醒的雄狮，忽地跃起，顺着12

束白光禁锢的隧道蹿了上来，源源不断穿过矗立的光圈，不偏不倚冲入水槽。

"厉害了，我的姐！"大块头重啧啧称叹。

"男女搭配，干活不累。"黎瞅了瞅不远处的木神，又瞅了瞅半空中的燃月。

有志者，事竟成；苦心人，天不负。多少人满怀收获的期待，却毫无耕耘的姿态，这怎么能行呢？

2

夜色中的昆仑山被星月和薄雾笼罩，顺着点点灯火望去，那一层层陡峭的石阶径入云霄，手可摘星辰。伏羲手执龙头拄杖，于山脚下伫立良久，负责看守山门的一对开明兽正在打盹，偌大的昆仑山安静异常，除却偶尔惊飞的鸟雀让人感觉到一点真实，眼前这座众山之首竟像是一个虚幻的传说。

昆仑山这么大，女娲会被关在哪呢？伏羲暗自思忖。终于，在直觉的指引下，伏羲决定走一趟昆仑之巅。伏羲顺手甩出龙头拄杖，宝蓝色的龙眼在夜色中忽隐忽现，转瞬便幻化成一条同样忽隐忽现的宝蓝色巨龙，伏羲一个箭步翻身跃了上去，紧抓龙角，乘风直上。

"嗨，哥们，有动静。"一只开明兽扭头眨了眨惺忪的睡眼，它隐隐看见了一束蓝光，遂赶忙伸出爪子捣醒了它的同伴。

这对镇守昆仑山正大门的开明兽，一个唤作耳聪，一个唤作目明，奇丑无比，但也憨态可掬，皆手执戈戟。耳聪长着一对大大的招风耳，像两把蒲扇；目明瞪着一双大如铜铃的眼睛，炯炯放光。

"你眼观六路，自己不会看呐？"耳聪眼都不睁地挪了挪。

"你耳听八方，帮我听听，万一怪罪下来，咱哥俩没一个讨好。"目明又扭头看了看，刚刚拾级而上的那束光消失不见。

耳聪就势懒懒地翻个身，一耳贴在地上，没一会儿，嘟囔句："大惊小怪。"还没说完，就瘫在地上跟死猪一样打起了呼噜，哈喇子直流。

"也是，谁没事吃饱了撑得擅闯昆仑呢？"目明耸了耸肩，甩了甩脑袋，倚着石柱，鼾声顿起。

伏羲驾驭着巨龙疾驰而上，穿过半山腰的薄雾，穿过伸手可触的星辰，直上九重天，果真飞到了昆仑之巅，那里竟有一间璀璨如星辰的屋子，像一颗夜明珠镶嵌在昆仑之巅。"女娲！"伏羲远远便看见屋内的一个身影，巨龙宝蓝色的龙眼突然闪烁起异样的光泽。

这间有如星辰的屋子本为群仙高宴处，后因天帝整顿纲纪，这间日夜吸收天地灵气的屋子便闲置了，成了昆仑山最高级的一间监狱。若无昆仑山最高令牌，外人根本无从攻破这间天地护持的监狱，同样，里面的人也休想逃出。

"伏羲……"女娲喜极而泣，扶着透明的墙壁绕圈，只见伏羲正骑着一条宝蓝色巨龙绕着屋子盘旋。

女娲大喊着伏羲的名字，伏羲听不见；伏羲大喊着女娲的名字，女娲听不见。两人只能隔着透明的墙壁，四目相视，掌心相对。

伏羲翻身跃至屋顶，收回龙头拄杖，但见屋顶波光粼粼，激起阵阵涟漪。伏羲猛地朝屋顶砸了一拳，砰地一声，竟似硬生生打在铜墙铁壁上，震得手生疼。伏羲旋又腾空跃起，急速坠落，伸出龙头拄杖直捣屋顶，不承想，龙头拄杖竟似捣在棉花堆里，正自胶着间，一股蓄势已久的反弹之力将伏羲连同龙头拄杖震飞，身不由己翻滚了好多圈才勉强稳住。伏羲蹲在屋顶上，环顾满天星辰，屋内的女娲同样焦急不已。

一筹莫展之际，屋顶突然裂开一道缝，伏羲还没来得及"啊"一声，便狠狠地摔落下去，女娲赶忙迎了上来。

"我……"瘫在地上的伏羲欲言又止。

"我想你了！"女娲二话不说抱住伏羲亲吻，两人在地上相拥翻滚。

一番深吻之后，伏羲趴在女娲身上，望着女娲含情脉脉的大眼睛，轻轻说了声："对不起。"

女娲伸出一根手指，抵住伏羲的嘴唇，笑道："你有没有想我？"

"嗯。"伏羲点头。

"那就好。"女娲搂住伏羲，亲了下他的额头。

伏羲女娲

两人正你侬我侬，身后突然传来一位中年男子的声音：

"呵，清风明月，才子佳人，真是浪漫得很啊。"唬得伏羲女娲赶忙起身。

"果然是你！"伏羲攥紧了龙头拐杖，咬牙切齿道。

"谁系罗衫，对镜贴花，一绺青丝乱。"烈从伏羲女娲的跟前走过，望着屋外璀璨的星辰，悠然慨叹，"谁不曾年轻过呢？为爱痴狂。"

"你要的东西我给你带来了。"伏羲朝前走了两步，用龙头拐杖轻轻敲了一下地面。

"一表人才的天选之子果然识时务。"烈笑着转身，摊开双手，似拥抱状。

"东西可以给你，但是，人，我要带走。"伏羲侧过脸瞥了眼女娲。

"伏羲，不可以。"女娲移步上前，一把扯住伏羲。

"没有你，梦都是灰色的。"伏羲扭头看了看一旁的女娲。

"师傅誓死保护山海印，怎能落入贼人之手？"女娲蹙眉道。

"傻丫头，人在，什么都在，人没了，什么都没了。"伏羲笑着摸了摸女娲的头。

"商量好了吗？"烈踱步走来。

伏羲横举龙头拐杖，拦在烈的跟前，道："山印在此。"

烈仔细打量了一番龙头拐杖，最终盯着隐隐闪烁着宝蓝色的龙眼，欲伸手抠去，不承想，被龙眼骤然射出的一束光划出一道血印，遂赶忙缩手。"果然是宝贝。"烈冷笑一声，背执双手，"人，我可以放，但是，只放一个。"

"你——"女娲横眉怒视。

"一物换一物，很公平嘛。"烈耸了耸肩。

"回去代问大家好，就说我没事。"伏羲松开悬空的龙头挂杖，双手握住女娲的肩膀，笑着说道。

"可我还是很担心你。"女娲还没说完，眼泪就扑簌簌滑落。

"如果你的担心有用的话，那咱俩现在什么也不做，就站在这里一起担心，好不好？"伏羲忍不住刮了下女娲的鼻子，"来，笑一下。"

女娲想想也对，遂止住泪水，揩了揩眼角，破涕为笑。

"这才对嘛。"伏羲轻吻了一下女娲的额头，"你笑起来真好看。"

一旁的烈缓缓抬手，龙生九子的神灵之石骤然浮现，它们属性相通，皆属龙族，只见九颗神灵之石金光交织间便将龙头挂杖护定，确而言之，是禁锢。烈触不到山印，伏羲也休想再摸到。

3

燃月袖口一甩，无以计数荧光闪闪的小精灵点亮了女娲住处的地下室，赫然可见一排排架子上排兵布阵的小泥人，木神、重、黎等人凑上前赏玩不尽。

"姐姐，你回来真好，我们都很担心你。"燃月一蹦一跳地跑到女娲身旁，看着小精灵漫天舞蹈。

"我没事。"女娲笑了笑，踱步巡视木架上的小泥人，"防御事宜进展如何？"

木神站在对面的架子旁，转身道："全部到位。"

"好。"女娲点头。

"我总觉得哪里不对劲。"大块头重突然开口道。

"我也是，总觉得哪里不对劲。"一旁的肌肉美男黎若有所思。

"哪里？"女娲抬手摆正了一个手执大刀的小泥人。

"哥，还是你说吧。"黎用胳膊肘捣了捣重。

"弟，还是你说吧。"重用胳膊肘怼了怼黎。

"磨磨叽叽，扭扭捏捏。"燃月忽地伸手指着重的鼻子，"你说。"

"我就说嘛，哥，你说。"黎在一旁傻乐。

"我那天突然在想，"重清了清嗓子，"如果敌人从天而降，那我们岂不是白忙活了？"

"嗯。"黎不住地点头。

"果然。"木神双手叉于胸前，抬头朝架子最上面望去。

"所言极是。"女娲沉吟了一会儿，绕到后面一排架子前，心不在焉地摆弄了一会儿上面的小泥人。

"我怎么没想到？"燃月紧随其后。

"山海印。"女娲似喃喃自语，"所有的事皆因山海印而起。"

"伏羲哥哥不是将山印拱手相让了吗？他们还要什么？"燃月困惑道，"难不成还有第三个天选之子？"

"天选之子不是只有两个吗？"重、黎俩兄弟异口同声。

"山海印一分为二，天选之子注定只有两人。"女娲止步，怅然道，"你们上次也目睹了颛顼爷爷将山印和海印靠近，事实是，山印和海印根本不可能合体。"

"如何才能合体？"木神安静地问道。

"需要一件引子。"女娲摊开掌心，看着几个飞舞的小精灵栖息在上面，旋又将它们吹散。

"什么引子？"燃月好奇道。

"滴血结晶。"女娲转身看着燃月，"我和伏羲的滴血结晶。"

"滴血结晶是什么东西？"木神追问道。

"说来话长。"女娲踱步朝前走去。

"那它现在何处？"燃月前脚贴后脚地跟了上去。

"在一个很安全的地方。"女娲走到尽头，左拐，又绕到后面一排架子前，"当务之急有二：一是如何救出伏羲，二是狼子野心之徒接下来会做什么。"

"对。"重、黎俩兄弟点头如捣蒜。

"他们拿到山印和海印，肯定会发现问题，如若逼问伏羲哥

伏羲女娲

哥无果，肯定还会再来。"燃月自言自语道，"伏羲哥哥肯定不会说的。"

女娲点头，沉默不语，随后问道："颛顼爷爷有没有什么指示？"

在场所有人摇头，颛顼爷爷把所有事都委托给了他们，不管他们想什么、做什么，颛顼爷爷总能给予无限的包容、勉励和支持。

"那你们觉得接下来该怎么做？"女娲殷切地望着大家。

"颛顼爷爷也一定会这么问我们。"重、黎俩兄弟耸了耸肩。

女娲见问不出什么所以然，遂转身继续朝前走去。燃月等人立于原地，看着女娲一个人走到了一排排架子的纵深处，地下室静得能听到她脚底踩住碎石子的声音。突然，女娲停了下来，头也不回地蹦出一个字："撤！"

"撤？"燃月听得真切。

"谁撤？往哪撤？什么时候撤？"木神言罢走至燃月身旁，冲着燃月笑了笑。

"让九丘老弱病残率先撤离，撤到不周山，马上就撤。"女娲斩钉截铁地说道。

"不周山？"重、黎俩兄弟面面相觑。

"姐姐，为何撤到不周山？"燃月不解地问道。

"九丘世代秘密守护天柱不周山，不管牛鬼蛇神，但凡听到不周山三个字，无不敬畏，射箭之人皆不敢朝不周山方向举弓。"女娲顿了顿，"天柱毕竟是天柱，料狼子野心之徒也不敢妄为。"

"在理。"木神点头道。

"重、黎二兄弟，此事头等重要，全权拜托你俩。"女娲走至重、黎俩兄弟跟前。

"应该的，应该的。"重、黎俩兄弟腼腆地笑起来。

"木神，你随我夜闯昆仑之巅，救下伏羲。"女娲旋又走至一旁白衣翩翩的木神跟前。

"嗯。"木神双手仍叉于胸前，安静地点了一下头。

"但是，昆仑之巅有天地加持，唯昆仑令牌方能打开。"女娲突然愁眉紧锁。

"令牌现在何处？"木神道。

"烈。"女娲转身，深吸了一口气，"此人执掌昆仑。"

"他那么坏，天帝为何还要选他执掌昆仑？"重、黎俩兄弟困惑道。

"画虎画皮难画骨，知人知面不知心。"女娲苦笑了一下。

"我也去。"燃月跑上前插了句。

"太危险了。"女娲扭头望着焦急的燃月。

燃月突然大笑起来，蹦蹦跳跳地跑到木神身后，一把搂住木神，望着女娲道："我才不是担心你呢，也不是担心你的伏羲哥哥，人家是担心这个木头。"

"有……有人。"木神白皙的脸庞唰地红到了脖子根。

"怕什么？谁会吃了你？"燃月拧着木神的耳朵问道。

地下室原本让人压抑窒息的氛围被燃月这么一搅和，瞬间变得轻松起来，大家忍俊不禁。不管生活有多苦，不管未来有多难，这似乎才是真正属于他们的样子。

正所谓"说者无心，听者有意。"木神无意中一句"有人"让地下室入口处偷听的一个人心头一惊，咯的一声，脚后跟撬动了一块鹅卵石。

"谁？"木神第一个冲出去大喝一声。女娲等人随之赶到，四下望去，什么也没发现。

"好像起风了。"燃月见窗户开出了一条缝，走上前顺手关了起来，"大惊小怪。"

没人发现屋外的窗户下面正蜷缩着一只小狐狸，一只九条尾巴的小狐狸，没错，正是青丘国的九尾狐。

4

昆仑山拾级而上的灯火依次亮起，今夜，注定无眠。

耳聪和目明这对憨态可掬的开明兽在昆仑山脚下的石门前直挺挺地站了会儿，见四下无人，又犯瞌睡虫了，先倚在石柱上，后慢慢滑落瘫坐在地上，最后索性打个滚席地而睡，鼾声此起彼伏。

"有人。"耳聪一耳贴地，突然惊醒。

"喏，前面不是嘛。"昏昏沉沉的目明眨了眨眼，朝跟前的一对香足怒了努嘴。

"啊——有人！"耳聪和目明瞬间惊醒跃起，拾起兵器，睡意清醒大半，抖擞精神拦住去路，异口同声，"来者何人？报上名来！"

来者是一位曼妙的女子，好似天地尤物，月色洒在她的肩头，晚风拂起她的衣袂，花香袭人。"小女子青丘国人氏，深夜赶路，迷了方向。"九尾狐怯懦地说道。

"迷路哒。"耳聪嘟囔道，一对蒲扇似的大耳朵甩得呼呼作响。

"打哪来？到哪去？"目明一双炯炯发光的大眼睛瞪得像铜铃。

"小女子打那边来，去找心上人。"九尾狐冲着身后胡乱一指。

"心上人？"耳聪和目明手执戈戟，捧腹大笑。

楚楚可怜的九尾狐顺着石阶方向望去，很认真地问道："你们有见到我的心上人吗？"

"不曾见，不曾见。"耳聪和目明摆摆手，笑得更厉害了。

就在耳聪和目明这两家伙乐得忘形之际，只见九尾狐袖口一挥，一道迷魂香烟瞬间弥漫开，直熏得耳聪和目明像两坨肉球瘫倒在地昏睡不醒，手中的戈戟"咣啷"一声摔落一旁。

"睡吧。"九尾狐冷笑一声，转身变成了一只九尾的小狐

伏羲女娲

狸，蹦蹦跳跳地拾级而上，眨眼消失在黑夜深处。

九尾狐并未径直奔向昆仑之巅，而是七拐八绕、飞檐走壁，在一间隐隐透亮的屋子旁停下，隔着窗眼，她看见一位中年男子正在案几灯火前来回踱步，上次入自己梦境的竟是执掌昆仑的众神之神烈，九尾狐暗自思忖。

只见烈缓缓伸出一只手，在眼前来回横抹了几下，像是在擦拭一面镜子，空气中果真出现了一面虚幻的铜镜，泛黄的镜像里出现了一位风姿绰约的女子，回眸一笑百媚生。听闻这位女子的声音响起，似喃喃自语：

> 日落时想起你
>
> 你说花落前骑匹战马
>
> 赶回江南
>
> 君可知
>
> 朝夕一日日常新
>
> 花开花落须一年
>
> 自此
>
> 度日如年

镜像里的女子笑意盈盈地回首，冲着烈招手，伴着嘤嘤的笑声，女子越走越远。"晶晶——"烈伸手抓去，空空如也，怅然若失，"那位少年说得没错，没有你，梦都是灰色的。"言罢，那只抓空的手顺势一甩，熄灭了案几上的灯火，徒留余烟袅袅，转身就寝不题。

"晶晶？"九尾狐在心里嘀咕道，难道她就是烈的梦中情人？想来再冷血的人都有温柔的一面，九尾狐的嘴角泛起了一丝莫名的笑意。正是以其人之道还治其人之身，待烈熟睡些，九尾狐变成了一束白光倏地钻进了烈的眉心，遁入烈白茫茫一片的梦境里。烈不禁蹙眉，眉心间隐隐透着白光。

"烈？"九尾狐幻化成了那位风姿绰约的女子模样，望着不远处的烈——呵，年少时意气风发的烈。

"晶晶，真的是你？"烈猛地转身。

晶晶一声不吭，三步并两步，拽起烈的手臂，朝胳膊上狠狠地咬了口，"咯咯"直笑，噘嘴道："不然呢？"

烈顾不上疼痛，一把搂住晶晶，百感交集："只怪我贪恋武功，让你等太久了。"

"才不呢。"晶晶在烈的怀里撒娇道，"我的心上人是一个了不起的大人物，你什么时候娶我，我就等你到什么时候。"

"真好。"烈紧紧搂着小鸟依人般的晶晶，忍不住亲吻了一下她的青丝。

"你等我一下，我去拿一样宝贝给你，我没回来，你不准走。"晶晶突然推开烈，蹦蹦跳跳到前面，转身冲着烈回眸一笑，"说好了，我没回来，你不准走。"

"好。"烈一动不动地立于原地，冲着晶晶傻笑。

年少的烈望着她欢快的背影渐行渐远，晶晶每走一步，她的脚下便会生长出五颜六色的花，竞相争艳，直至世界的尽头。终

于，花开了一路，晶晶消失在了百花深处，依稀可听见银铃般的笑声撒落一地。烈痴痴地笑着，痴痴地等着。

一束白光自烈的眉心钻出，九尾狐转身看了看眼前这位权倾天下的男人，情不自禁叹了口气，多少有点同是天涯沦落人的共情。兀自出神了好一会儿，赶忙撩起烈的衣袍，解下了他系在腰间的那块金晃晃的令牌，想来必是昆仑山最高令牌无疑了。

无巧不成书，就在九尾狐气喘吁吁地爬上昆仑之巅时，女娲和木神已先她一步赶到，唬得九尾狐赶忙躲至一旁。另一方面，燃月比九尾狐慢了一步，待她找到烈的行宫时，蹑手蹑脚钻进去翻了个半天，始终没能找到令牌，沮丧不已。

"伏羲。"女娲从木神所御的一柄木剑上跳下来。

木神一个翻身，顺手一指，大喝一声："走你！"嗖的一声，这柄巨大的木剑便刺破黑夜，直奔昆仑之巅那颗明珠而去。

"不要——"伏羲在屋子里看得真切，跳起来喊道，虽然外面听不到他的声音。

木箭在刺到球形壁面的瞬间激起了圈圈涟漪，竟似扎进了棉花堆，木神暗自发力，正自僵持间，一股强劲的反弹之力硬生生将木剑折成两截，一并将木神震飞。这真是糟糕之极的一件事，身后无所依凭，木神跟跄后翻，直坠悬崖。

"木神！"女娲见势不妙，赶忙抽出腰间的柳剑，忽地一甩，柳剑竟似变成了一根绵柔细长的柳枝无尽延伸，紧随木神其后。幸好，木神对木头有天生的吸引之力，急坠之时伸手抓去，柳枝倏地贴在掌心，再一拽，翻身跃至女娲身旁，虚惊一场。

"好生厉害。"木神望着昆仑之巅那间有如星辰的屋子暗自慨叹。

"不知燃月取到令牌没有？"女娲回头朝山下望去，星辰布满周身，错落有致地铺在他们脚下。只见熠熠生辉的星光里，12个光点由远及近，旋转上升，顷刻而至，12个光点合而为一，气喘吁吁的燃月早已立于跟前。

"怎么样？"女娲赶忙近前问道。

燃月大口喘气，沮丧地摇了摇头。

"这……"木神闭目沉思。

就在大家一筹莫展之际，身后传来一位女子的声音："你们要的东西在这。"

"是你？"燃月转身挥了下衣袖，好多萤火虫似的小精灵迎面飞去，照亮了那位女子的神容，"你来作甚？"

九尾狐并未搭话，径直朝前走去，望着跟前的女娲，一动不动地说道："我知道你恨我，但是，爱一个人有错吗？至少，今晚，我们是朋友。"言罢举起手中的昆仑令牌。

女娲一声不吭，他们给九尾狐让开了一条路。九尾狐在与女娲擦肩之时止住了脚步，稍稍侧脸，开口道："我不止一次想，如果杀了你多好，或者，你杀了我。"

九尾狐脚尖轻点，似一束光，忽地跃至屋顶，小心翼翼地把那块金光闪闪的令牌置于中间的一个交汇点上，用力一摁，屋子

竟如含苞待放的莲花徐徐展开，光影错乱，美轮美奂。

"谢谢你。"伏羲走向立于对面的九尾狐，轻轻笑了笑。

伏羲顺着石阶走下，女娲第一时间冲了上去，紧紧地抱住伏羲，啜泣不止。伏羲拍了拍女娲后背，笑道："好啦好啦，我不是好好的嘛。"

燃月也情不自禁地倚进木神的怀里，望着天边和眼前，莫名慨叹："真美。"

"走吧。"伏羲转身冲着上面的九尾狐招了招手。

"你走吧。"九尾狐苦笑了一下，"我一个人在哪都一样。"

"这怎么行? 快下来。"伏羲说道。

九尾狐转身避开了伏羲的目光，走向一侧，望着漫天繁星，道："你是干大事的人，还有很多事等着你。烈马上就会过来，如果我不在这里，那你们也就竹篮打水一场空了。"

伏羲迟疑了一下，望了望一旁的女娲，女娲轻轻点了点头。倏忽之间，伏羲四人的身影消失在昆仑山茫茫夜色中。

九尾狐扭头望了望寂寂如也的周遭，情不知所起，思不知所终，忍不住冲着天际大喊一声，蹲下身子号啕大哭起来，天上真的太冷了。

5

一束白光自上而下打在伤痕累累的九尾狐身上，身后的石柱像一棵茁壮生长的树苗生发出无数根隐隐透亮的枝蔓，这根曾绑缚女娲的石柱如今又将九尾狐绑了个结实。

"晶晶是你的初恋情人吧？"九尾狐冷笑道。

烈正背对着九尾狐，望着镶嵌于石壁上那面铜镜里的自己，听闻"晶晶"二字，稍稍侧脸，并未搭话。

"你一意孤行，她应该很伤心吧？"九尾狐顿了顿，"你觉得自己幸福吗？"

"江山何曾比美人！"烈悠悠叹道，随即转身望着对面的九尾狐，有那么一瞬间，他宁愿相信眼前这位骨子里妩媚异常的女子就是晶晶，他挥了挥手，九尾狐后脑勺的石柱上便生发出几束胶贴似的枝蔓，将她的嘴封了个严实，"你知道我最欣赏晶晶哪点吗？就是，她从不啰嗦。"

烈不再搭理九尾狐，没一会儿，便见以乳为目、以脐为口的刑天一手执巨斧、一手盾牌从铜镜里迎面走来，旋即从铜镜里跨出，这同样让九尾狐惊诧不已。

"师傅。"烈立于铜镜旁，躬身作揖。

刑天轻哼了一声，并未止步，径直走向九尾狐，上下打量了一番，旋又折回。"东西呢？"刑天开口道。

烈走向一侧，摊开掌心，龙生九子的神灵之石护绕的龙头挂杖骤然浮现。刑天收起手中的巨斧和盾牌，缓缓伸出一只手，将龙头挂杖吸至手中，龙头挂杖脖颈上的那一滴血迹是多么的刺眼，刑天抓龙头挂杖的那只手越攥越紧，用龙头挂杖狠狠地击了下地面。地面晃荡不止，铜镜支离破碎。待大地停止颤抖，刑天伸出另一只手，缓缓靠近宝蓝色的龙眼，猛地一抠一拽，扯出那枚隐隐透亮的四方形山印。一旁的烈看得百感交集，自己虽贵为王者，但论实力，刑天才是当之无愧的无冕之王啊。

刑天扔掉干枯的龙头拄杖，另一只手的掌心悄然浮现出一枚血红色、半球形的海印。刑天左右看了看，大笑不止，这可是天下人梦寐以求的至宝啊。

"果然是两颗。"烈盯着刑天掌心的山印和海印兀自出神。

笑声渐歇，刑天翻掌，暗自发力，光束交织间，山印和海印愈加靠近，但是，随着双掌的距离越来越近，刑天的双手竟开始止不住地颤抖。很明显，刑天非常吃力。只听砰地一声，像爆炸一般，山海和海印交缠时迸发出的一股强大的冲击波震得所有人身形不稳。刑天不甘心，试图再次合拢山海和海印，依旧未果。

"师傅，这到底是怎么回事？"烈上前问道。

"上山容易下山难呐。"刑天收手，目不转睛地望着眼前交缠旋转的山印和海印。

"如何才能合二为一？"烈看了看交缠的山印和海印，也看了看一旁的刑天。

"解铃还须系铃人。"刑天若有所思。

"伏羲女娲？"烈好奇道。

"嗯。"刑天点头，"需要天选之子的滴血结晶。"

"滴血结晶是什么东西？"烈困惑道。

"不管是物，还是人，彼此的连接都需要媒介。"刑天踱步走向一旁，"滴血结晶就是那个媒介，或者说，胶水。"

"原来如此。"烈恍然大悟，"那滴血结晶现在何处？"

"这是你应该关心的。"刑天冷冷地说道，随即转身将悬浮的山印和海印一把扯下，收于掌中。

"是。"烈点头作揖。

刑天一手执巨斧、一手执盾牌，跨过脚下的碎石，朝石壁走去，破碎的铜镜竟鬼使神差地复原，完好无损地镶嵌于石壁之上，刑天一脚跨了进去，头也不回地渐行渐远。

烈实指望顺利拿到山印和海印便大功告成了，遂心生一念之仁不再追究天选之子，毕竟上天有好生之德，人皆有恻隐之心。如果不是九尾狐入梦设局，被关在昆仑之巅的伏羲无论如何都逃脱不掉，当事人在，事情总归不会像如今这般被动。"其实在昆仑之巅我就该杀了你。"烈愤愤不已，举起来欲打九尾狐的一只手悬空了一会儿，旋又收了回去，绕着石柱踱步一圈，突然伸出一只手将九尾狐吸了过来，紧紧地掐住她的脖子。

"杀了我吧。"九尾狐怒目而视，发簪被石柱上的枝蔓拽落，青丝散乱。

"连脾气都一样。"烈望着眼前这位衣衫凌乱但却愈加妩媚动人的女子，掐她脖子的手突然松开，整个人像一头野兽抠住九尾狐的双肩，疯狂地撕掉了九尾狐的衣袂，将她摁倒在地。

人在江湖，多少身不由己，九尾狐徒劳地挣扎着。

6

神民之丘的议事堂好似一座露天音乐台，仅正前方有一块平地，环形石砌台阶如涟漪般一圈接一圈向外扩开，俯拾而去，像极了一把精致的扇子。

今晚的议事堂火把通明，上上下下挤满了人，大人国、小人国、三首国、一目国、厌火国、君子国、不死族等首领在最前面的一层台阶上一字排开坐定。

"速度！速度！"贯胸国首领手舞足蹈地前后嚷着，他的胸前有个洞，一根棍子穿插其间，两个仆役正一前一后紧赶慢赶地抬着他赶至议事堂。贯胸国首领至最前面那一层台阶上寻得一个空位，挤得小人国将军愤懑不已。

"列位呵——"伏羲清了清嗓子，"紧急召集大家，实属情非得已，因为，神民之丘，乃至九丘，或将迎来最黑暗的时刻。"女娲、木神、燃月、重、黎皆列于一侧，一动不动地看着伏羲。

"敌人到底是谁？"厌火国首领冷不丁喷出一口赤焰，恶狠狠地问道。

"岂有此理！"小人国将军攥紧了拳头。

"烈。"木神双目紧闭，双手叉于胸前，"执掌昆仑的最高领袖。"

"啊……"议事堂一片哗然，"就是10个太阳化身的烈吗？

好像有天帝给他撑腰啊！咱们哪里得罪他了？"

"烈逆天而行，必遭天谴。"伏羲转向一侧的重、黎俩兄弟，"撤退一事进展如何？"

"整顿完毕，今晚就撤。"重、黎俩兄弟异口同声。

"多少人？"女娲转身问道。

"老弱病残近万人。"重很认真地掰着手指计算着。

"如何撤？"伏羲追问道。

"不周山由九丘护绕，必经水路，已跟颛顼爷爷调来虚空图分发各丘，确定捷径。我们根据各丘实际撤离人数全力调配并赶造大船，由各丘遴选的身强体壮之人全程护送。"黎有条不紊地说道，"神民之丘我哥当头，我负责断后。"

"要多久？"伏羲问道。

"逆风的话，三天。"黎说道。

"追风的话，一天多一点。"重补充道。

"好。"伏羲点头。

女娲朝前一步，望着伏羲，蹙眉道："只是……"

"只是什么？"伏羲扭头望着欲言又止的女娲。

"重、黎俩兄弟上次给我们提了个醒，如果敌人从天而降，为之奈何？"女娲不无担忧地说道。

"对啊，打天上来，那咱岂不是白忙活了？"在场好多人拍了拍脑袋，抬头望着漆黑的夜空，似恍然大悟。

伏羲暗暗点头，一声不吭，在议事堂来回踱步，看着眼前的各部落首领，道："诸位可有什么高见？"

"挖个坑，到地下。"一目国首领瞪着圆溜溜的一个大眼睛，竖起一根手指，从天上指到地下。

"不说话，没人当你是哑巴。"一手执剑的君子国首领鄙夷不屑，趴在跟前的两只大老虎甩头咆哮了一声。

"哈—— 哈—— 哈—— 哈—— 哈！"不死族首领止不住大笑。

伏羲不再言语，兀自望着苍穹，愁眉紧锁。只见其缓缓闭目，攥紧双拳，伴着一阵劲风，"天地雷风水火山泽"八方阵法的幻象骤然现于周身，伏羲抬手，似将幻象托起，旋转的幻象越扩越大。

燃月走上前，好奇道："这是什么？"

"自天地来，自天地去。"伏羲大喝一声，"起！"言罢向上奋力一跃，八方阵法的幻象便被托举至高空。

八方阵法的幻象在高空旋转不止，待伏羲降落，女娲心有灵犀，相视一笑，双双伸出一掌，对向头顶的这片星空，苍龙、白虎、朱雀、玄武四大星阵渐渐明亮起来，只见这四大星阵突然交织连接，中间的交汇枢纽处似有一颗星星迸发出耀眼的红光。伏羲伸手一抓，倏然之间，掌心便多了颗血红透亮的明珠——滴血结晶。女娲用自己的手轻轻托住伏羲的手，滴血结晶似被唤醒般缓缓升空，飞至八方阵法幻象的正中间，八方阵法骤然闪耀出漫天红光，并迅速波及开，一道防盾俨然成形，笼罩了整个神民之丘。红光渐渐褪去，星空依旧，看不出丝毫异样。

"八方阵法护顶，滴血结晶锁定，真是铜墙铁壁啊。"鹤发童颜的先知爷爷喃喃自语。

"恐烈绝不会善罢甘休。"木神上前一步，突然开口道。

"木神兄弟但说无妨。"伏羲转身望着木神。

"一物降一物。"木神安静地说道。

"能不能一次把话说完？"燃月走到木神跟前叉腰瞪着他，娇嗔道。

"燃月——"女娲笑着将燃月拽至一旁。

"得找到建木才行。"木神一字一板地说道。

"建木？"伏羲望着夜空，顿了顿，"通天的建木？"

木神点了点头，转身挥了下衣袖，一道白光闪现，大家转瞬置身另一片世界，白茫茫的世界里什么都没有，只有一棵高大异常的合抱之木顶天立地。

"建木通体紫色，乃天地祥瑞，长着青色的叶子、黑色的花朵、黄色的果实，主干高百仞，上面倒刺丛生，且没有任何枝丫，主干之上有九根盘错遒劲的分支，同底下九根盘错遒劲的分支异曲同工。"木神跨过脚下的树根，边走边说。

"呵，栋梁之材。"伏羲仰望着建木，啧啧叹道。

"此树现在何处？"女娲好奇道。

"九丘。"木神答道。

"放屁！这棵树这么大，老远就能看到，我怎从未见过？"

燃月怒斥一声，走到树旁摸了摸，一不小心被上面的倒刺刺得生疼。

"我也从未见过。"木神耸了耸肩。

"啊？"在场所有围观之人唏嘘不已，"这不胡扯嘛。"

"家父掌管三界草木，我也是听闻。"木神踱步走至树旁，转身看着大家。

"令尊厚德，想来定非虚妄之言。"女娲点头道。

"找寻建木所为何事？"伏羲望着不远处的木神。

"轩辕箭。"木神抬头，望着耸入云霄的建木。

"嗯？"燃月猛地揪起木神的耳朵。

"啊——"木神惊了一下，赶忙说道，"据说建木为黄帝所植，可通天，名震天下的轩辕箭便在那里。"

"轩辕箭竟藏在建木……"伏羲若有所思，朝前走了几步，"轩辕箭乃上古巧匠倕为黄帝亲手锻造，取九州山海精华淬炼，至阳之物，一旦射出，攻无不破。"

"为何非轩辕箭不可？"女娲紧随其后。

"要是女娲箭名震天下，小生也是愿意登门拜求的。"伏羲摆出捏弓搭箭的造型，扭头冲着女娲笑道。

"贫嘴。"女娲扑哧一声笑了出来。

一旁的燃月插话道："那如何才能找到建木？"

木神耸了耸肩，他确实不知道答案。

"会找到的。"伏羲接了句。

其实伏羲也不知道如何才能找到建木，遑论轩辕箭，但是，还有什么比希望更让人心生向往呢？念念不忘，必有回响。

7

待议事堂所有人陆陆续续散去，伏羲女娲牵手走至旷野高处，并肩坐下，但见不远处的山坡上有两棵参天古树的轮廓，更远处，远山如墨。

"那两棵树应该在一起很多年了吧？"女娲最先开口。

"嗯。"伏羲点头。

"咱俩像不像它们？"女娲痴痴地问道。

"嗯。"伏羲笑了笑。

"你说那两棵树叫什么名字呢？"女娲好奇道。

"双生树。"伏羲轻轻搂住女娲。

呵，好一对历经春夏秋冬、风霜雨雪的双生树，有《水调歌头·双生树》一词为证：

天涯明月起，有树自双生。稻花香里顾盼，执手转星辰。多少乾坤日夜，呢喃私语诉尽，才子俏佳人。许此去经年，只朝夕与争。

看枯荣，览春秋，思为何。顶天立地，一亩三分任去留。万家灯火忽见，爆竹声声骤闻，悲欢总无由。尽清茶浊酒，风雪上层楼。

"如果有一天，天空永远这样，你最想做什么？"女娲依偎在伏羲怀里，望着璀璨的星空傻傻地问。

伏羲埋头看了看怀里的女娲，笑道："依然仰望，至少，不会满手污泥！"

女娲突然正襟危坐，用手指着远方，喊道："快看！"神民之丘的天幕上竟下起了一场叹为观止的流星雨，无以计数拖长了尾巴的流星安静地划过天际，这着实让女娲兴奋得手舞足蹈。

"真是罕见。"伏羲随后起身，望着眼前跳舞的女娲。

不远处的女娲突然定住，转身问道："如果有一天，我跟流星一样消失了，你会不会找我啊？"

伏羲又好气又好笑，一步步走上前，忍不住刮了下女娲的鼻子，道："傻丫头，哪来那么多的如果？如果有一天，你真跟流星一样消失了，就算你躲到天涯海角，我也会把你追回来的。"

"你跑起来有风快吗？"女娲欢快地转了个圈。

"比你快一点。"伏羲移步换影，在女娲身后一把搂住她。

女娲的笑声突然止住，只听其开口问道："伏羲，如果真跟烈打起来，你有几成胜算？"

伏羲沉默不语，缓缓闭目，深吸一口气，把脸贴进女娲的青丝里，似喃喃自语："还有更好的选择吗？"

女娲强忍住眼泪，哽咽道："你要好好的，我们都要好好的，你答应过还要娶我呢，你可别忘了。"言罢转身扑进伏羲怀里。

"不知迎来送往，不知南北西东，不知前世今生，不知过客归人，我只知，天地和你。"伏羲紧紧搂住女娲，暗暗点头，"我一定会娶你的。"

熠熠生辉的星空下，青草茵茵的旷野中，良辰美景，绝世佳人，情至深处，伏羲女娲自是一番云雨。安静而绚烂的流星止不住地划过，见证了这对有情人的诺言。

8

神民之丘、陶唐之丘、叔得之丘、孟盈之丘、昆吾之丘、黑白之丘、赤望之丘、参卫之丘、武夫之丘的渡口火光摇曳，老弱病残络绎不绝登上了大船，大家皆神情肃穆。

"丫头乖，天亮就不怕了哦。"一位母亲一手抱着孩子，一手挽着包裹。

"爹爹什么时候来？"身穿大红花布格子、扎着一对马尾辫的小女孩趴在肩头哭道。

"爹爹打猎呢，打到野兽就回来，回来做红烧肉给你吃好不好？"母亲笑着亲了下孩子。

"好耶，红烧肉，爹爹喜欢吃肥的，我就吃瘦的。"小女孩破涕为笑，咽了咽口水。

"后面的跟上。"黎在岸旁不断招手。

小女孩跟她母亲登船没多久，船上便挤满了人。大人国的巨人在船尾解下缆绳，轻轻一推，这条船便悄然前行，缓缓驶入了茫茫夜色中。但见夜色中，一条条大船源源不断地从九丘的各个渡口出发，驶向一个叫不周山的地方。

"不周山呐，高到撑起了头顶的一片天，那里有数不尽的金银珠宝，还有各种奇珍异兽。多少人信誓旦旦，要把这处世外桃源追寻，但大多无终而返，还有好些执拗的，终于一去不回。"神民之丘一位侥幸脱险的老者撸起一条空空的裤腿，后怕不已，"重重迷雾里怪兽丛生，造化低的，非死即伤啊。"

"那我们会不会碰到怪兽？"一旁的小男孩好奇道。

"天佑苍生，天佑苍生。"老者望着黑黢黢的水面和夜空，默默祷告。

果不其然，眨眼之间，迷雾重重，伸手不见五指。大船前后用绳索扣紧，以防走失，这样做虽无异于增大了集体毁灭的风险，但同样大大增强了集体求生的力量。生死攸关，怎得双全法？但有一丝光明，必须押注所有。

今时不同往日，他们有恃无恐，因为，颛顼早已将九丘的虚空图分发给了每一丘的领航者。在虚空图上，他们能清楚地看到自己身在何处，以及即将去往何处，两点之间的路线一目了然，只要严格按照虚空图的指引即可如履平地。

"左！"夜色迷雾中，只见大块头重正立于船头挥旗，虚空图在他正前方隐隐透亮，一个光点正顺着红色预定轨迹缓缓移动，大船便是那个光点。

大船缓缓左拐的瞬间，不远处翻起一阵巨大的水浪，晃得大船上的胆小之人尖叫不已。隔着迷雾，他们隐隐看见一条巨蟒蹿出水面，旋又轰的一声沉了下去。"巨蟒！"眼疾手快之人喊道。船舷一侧站满了手执长矛刀斧的汉子，他们随时准备进入战斗，但是，等了许久，水面再无丝毫动静。

"好险！"重拍了拍胸脯，虚惊一场，刚刚若撞上那条巨蟒，后果不堪设想，他望了望虚空图，大喊一声，"继续前进。"

"转！"其余八丘浩浩荡荡的船队也在夜色迷雾中陆续改变航线，领航员皆严格遵循虚空图的指引。历经战斗的勇士都知道，不失误是最起码的标准，甚至可以说，是制胜的不二法门。

天佑苍生，行夜如昼，一路风平浪静。正所谓"人不犯我，我不犯人。"不周山水域里的奇珍异兽果真灵性具足。

9

黑云压城城欲摧，穷奇大军振着强有力的硬翅，张牙舞爪，从天际直奔神民之丘而来。

"攻过来啦——攻过来啦——"一只肥嘟嘟的信鸟落于山巅，用一只翅膀指着天边，气噗噗地嚷道。

伏羲、女娲、木神、燃月正立于山巅，大人国、小人国、贯胸国、一目国、三首国、厌火国、君子国、不死族等首领皆环列左右。"速去告知颛顼爷爷。"伏羲蹲下身，捋了捋那只肥嘟嘟信鸟的毛发。

"好——好——"肥嘟嘟的信鸟扑腾了两下翅膀，呼啦啦地飞去。

顷刻之间，大军压境，烈一旁立着应龙、一旁立着穷奇大军的首领，身后是黑压压一片的穷奇大军。烈看了眼应龙，应龙心领神会。

"容卑职一探究竟。"只见应龙纵身跃下，转瞬变成了一只黑色四爪龙，嘶啸着盘旋两圈，蹿了下去。砰地一声，半空中骤然出现一层隐隐透亮的防盾，应龙硬生生撞了个措手不及，头晕目眩，赶忙摆尾向上飞去，旋又钻猛子似的游弋而下。隐隐透亮的防盾在龙爪触碰到的瞬间再次显现，应龙像是摸到了烫手的山芋，赶忙折回。

"我看到了。"烈大手一推，挡住了一侧刚欲回禀的应龙。

"门都进不去，俺们岂不是白走一遭？"穷奇大军的首领颇不耐烦。

"你们原地待命。"烈瞥了眼一旁的穷奇大军首领，"我倒要看看他们葫芦里卖的什么药。"言未毕，烈便似一束光悬于防盾之上，头也不抬地伸出一只手朝上一掏，掼下一只穷奇。可怜了这只还没反应过来的穷奇，竟被烧得连骨头都不剩，唬得穷奇大军躁动不安。烈冷笑一声，摊开掌心，取出龙生九子的神灵之石，随即握拳，九颗旋转的神灵之石护绕在拳头的正上方，只见烈翻身跃起，猛地朝下砸了一拳，九颗光点构成的光圈疾驰而出，无限放大。九个光点在防盾上砸出了"天地雷风水火山泽"的阵阵幻象，转瞬就被防盾吸收溶解，烈暗自惊叹，又如此两个回合，依旧无果。

"八方阵法果然了得。"这真是莫大的挑衅，烈将龙生九子的神灵之石护绕周身，双臂忽抬，大喝一声，神灵之石元神出窍，袭向防盾。出窍的九条似龙非龙的家伙奇丑无比，分别唤作：囚牛、睚眦、嘲风、蒲牢、狻猊、赑屃、狴犴、负屃、螭吻。龙生九子的神灵之石同"天地雷风水火山泽"八方阵法一样集自然大道，乍看数量，九颗神灵之石明显胜八方阵法一筹。但烈不知道的是，隐匿在八方阵法之后的，还有天选之子的滴血结晶。囚牛、睚眦、嘲风、蒲牢、狻猊、赑屃、狴犴、负屃、螭吻九个奇丑无比的家伙在防盾上来回突围，久攻不破，正僵持不下间，防盾迸发出了一圈血红色的光波，将九个家伙尽皆震飞。

烈咋舌不已，悻悻而回。"哼！"烈恶狠狠地甩了下衣袖，"天选之子定在神民之丘。"

"主公，接下来怎么办？"应龙上前问道。

"调虎离山。"烈思忖了一下，嘴角泛起一丝莫名的笑意。

"俺们大老远过来，还不算离山？"穷奇大军的首领纳闷道。

烈瞥了眼一旁的穷奇大军首领，摇了摇头，无言以对，随即用手指着远方若隐若现的一丘，道："全力攻打那一丘。"

"是。"应龙躬身作揖。穷奇大军振翅转向，紧随其后。

"哼，还算他们识趣。"燃月叉腰瞪着天空。

"耶！"各部落首领望着天空，手举兵器欢呼雀跃。

伏羲女娲

天空渐渐明朗，伏羲望着朝西北方向移动的穷奇大军，突然喊道："不好！"

"伏羲，怎么了？"女娲赶忙问道。

"若果真撤退，该是从哪来回哪去，如今他们奔向西北……"伏羲掐了掐手指，"九丘轮值护绕不周山，昆吾之丘今日正好在我们西北方向，恐危在旦夕。"

不谋全局者，不足谋一域。伏羲所言不差，一行人等风也似的紧随其后，抄近道奔向毗邻的昆吾之丘。

10

上古有一宝剑，名曰"昆吾"，此剑正产自昆吾之丘，该丘由此得名。因得天独厚的地理环境，昆吾之丘素来盛产铸剑的铁矿石，生活在这里的人个个耍剑习武，算得上一个战斗民族了。

"准备战斗！"手提昆吾宝剑的将军立于城墙之上。昆吾之丘的士兵吹响了战斗的号角，大家摩拳擦掌、操刀提剑，眺望着由远及近的大片黑云。

一箭之地的护城河和城墙下一大排削尖的木障俨然形同虚设。铺天盖地的穷奇大军呼啸着陆，有的落在了护城河里、有的落在了对岸、有的落在了木障之外、有的落在了木障之内、有的落在了城墙之上、有的落在了城墙之内……这些家伙逢人便啃，且喜欢从头开始啃。

木障后面原本有两排交错的强弩小分队，如果敌人从护城河方向涉水而来，他们好远程射杀。计划赶不上变化，面对来势汹汹的穷奇大军，强弩小分队仅射杀了几只穷奇便自乱了阵脚，现场混乱不堪，惨叫声一片。

穷奇大军的首领稳稳地落在了城墙之上，虎视眈眈地望着手提昆吾宝剑的将军的同时，并一步步向对方逼近。将军瑟瑟发抖，屎尿横流。穷奇大军的首领猛地跃起扑了过去，将军闭着眼大吼一声，将昆吾宝剑胡乱朝前劈去。穷奇大军的首领扑腾一下硬翅，赶忙侧身避开那一道凌厉的剑气。

"昆吾宝剑，果然名不虚传。"穷奇大军的首领啧啧称叹。

将军下意识转身，惊恐地望着在他身后立定的穷奇大军首领，双手握剑挡在跟前。显然，穷奇大军的首领没有丝毫退缩之意，依然一步步朝前紧逼。将军一步步退后，一不小心踩到了其他士兵的断胳膊断腿上，心头一惊，一个跟跄后翻在地。

"你——你别过来。"将军一手撑地后移，一手举着颤抖的昆吾宝剑。

穷奇大军的首领突然停了下来，"咔嚓"一声，但见一只穷奇从一侧的城墙翻了上来，二话不说将瘫在地上的将军的头咬断了，一口整吞了下去。

"剑，不错。人，孬了点。"穷奇大军的首领走至摔落一旁的昆吾宝剑上下打量了一下。

刚刚那只穷奇扭头发现首领便在跟前，赶忙趴下身子，把头埋到地上。

伏羲女娲

"很好。"穷奇大军的首领从它跟前走过，瞥了眼这个突然出现的手下。话音未落，一束寒光从它的眼前擦过，昆吾宝剑不偏不倚地插在刚刚这只穷奇的脑袋里。首领未及转身，看到这柄昆吾宝剑旋又腾空转向，直奔自己袭来。不明就里的首领赶忙跃上城墙左躲右闪，翅膀还被剑锋割伤。终于，剑心直抵眉心，首领走投无路。

"退兵，可饶你不死。"伏羲双指御剑，侧身看了看源源不断自上而下涌入的穷奇大军。

"开弓没有回头箭。"穷奇大军的首领并无惧色。

"来得正好，喏，交给你啦。"伏羲看了眼从城墙一侧翻上来的女娲，用手指了指不远处的穷奇大军首领。他随即翻身跃至城墙之上，连翻带跳跑到了最高处，脚下混战一片，能一眼看到12分身术的燃月、御木拒敌的木神及各部落首领正在鏖战。

伏羲屏气凝神，世界似乎突然安静了下来，紧握的双拳间竟有缠绕的闪电嗞嗞作响，只见其双拳一顶，裂变出无数道嗞嗞作响的闪电四下散去，但凡触碰到闪电的穷奇皆应声掉落，瘫在地上抽搐不止。伏羲旋又转身，望着最密集的南方天空，摊开双掌在跟前抹了一圈，一道闪电光圈赫然成型，只见其握拳一顶，顺势打出这道越扩越大的光圈。这道光圈圈住了一大批穷奇，伏羲随即猛地一抓，闪电光圈瞬间收缩，勒得穷奇纷纷掉落，底下的战士们拼了命地朝瘫倒在地的穷奇连砍带刺。如此数个回合，穷奇大军元气大伤，这且不表。

"天选之子，好生了得。"天空突然传来一阵大笑之声。

伏羲闻声望去，烈和应龙正缓缓降落在对面。嗖的一声，沾满鲜血的昆吾宝剑从伏羲的耳畔擦过，直勾勾地射向烈。烈轻轻侧了下身，避开了这把突如其来的宝剑，只见昆吾宝剑被身后的应龙硬生生夹住。未及伏羲转身，女娲便早已跃至身旁，怒目瞪着对面嬉皮笑脸的烈。

"我放了你们，你们就这般以礼相待吗？"烈转身取下应龙指间夹着的昆吾宝剑，捏在手中，转身朝伏羲女娲走去。

"你丧心病狂，勾结邪祟，丢尽了昆仑山的脸。"伏羲一手指向烈。

"呵，好一派慷慨陈词。"烈又朝前走了两步，嘴角仍挂着莫名的笑意，"人往高处走，水往低处流。好东西大家都垂涎三尺，与我何干？"

"少废话，动手吧！"女娲嗤之以鼻，顺手抽出腰间嗡嗡作响的柳剑。

"年轻人的血总是热的。"烈缓缓伸出另一只手，"交出滴血结晶，我可以既往不咎。"

"呸！痴人说梦。"女娲啐了口唾沫。

"真是浪费时间。"烈止住脚步，夹着昆吾宝剑的那只手轻轻一甩，昆吾宝剑似一把飞刀横向旋转着袭向伏羲女娲。

"小心。"伏羲猛地推开女娲，昆吾宝剑顷刻而至，伏羲顺势翻身避开，未及立定，昆吾宝剑又呼啸着折回袭向伏羲，伏羲

伏羲女娲

赶忙后仰，昆吾宝剑贴着鼻子擦过。伏羲随即侧翻，追风般伸手一抓，竟一把抓住了昆吾宝剑，翻转了好几圈方才化掉昆吾宝剑的剑气，待摊开掌心时，手上赫然出现两道被剑锋刮伤的血印。

"伏羲——"女娲赶忙上前，托起伏羲被刮伤的手。

"无妨。"伏羲冲着女娲笑了笑，旋又看着对面的烈，一滴滴鲜血从他捏着昆吾宝剑的手中滴落。伏羲暗自用力，昆吾宝剑竟被他硬生生捏成了齑粉，在折断的昆吾宝剑未坠落之前，随着伏羲的一拳推出，空气中赫然聚合出一道圆形的气波，秋风扫落叶般裹挟着昆吾宝剑袭向烈。

烈和应龙双双翻至城墙上避开伏羲的攻势。伏羲女娲接连跃上前去。应龙刚欲挺身而出，几根削尖的竹子"唰唰唰"从天而降，插进城墙的岩石里，恰到好处地困住了他的手脚。"哪里跑？"木神踩着一根圆木飞来。

燃月从圆木上跳下来，分身为12个一模一样的燃月跃至应龙身旁，对他一顿拳打脚踢，边打边骂："让你欺负老娘！让你欺负老娘！"直打得应龙鼻青脸肿，叫苦不迭。

"老娘饶命——老娘饶命——"应龙涕泗横流。

且将视线移至半空中，伏羲女娲正围着烈厮杀成一片，真个是左遮右挡、前冲后突、上顶下踹，因彼此交过手，遂多了些提防周旋。

烈知道跟伏羲女娲如此耗下去也不是事，于是倏地跃起，居高临下，唤醒了龙生九子的元神，但见囚牛、睚眦、嘲风、蒲牢、狻猊、赑屃、狴犴、负屃、螭吻九个神兽纷纷出窍。

伏羲赶忙使出"天地雷风水火山泽"八方阵法，幻化成八龙迎敌，但见：天龙清澈明朗、地龙黢黑厚实、雷龙嗞嗞作响、风龙缥缈轻盈、水龙灵动无骨、火龙赤焰熏天、山龙崎岖刚劲、泽龙刚柔并济。

烈和伏羲在幕后控制着自己的神兽，虽说龙生九子的体型不大，但灵活异常，且九大于八，伏羲遂渐渐支撑不住败下阵来。

"伏羲——"女娲追上因元气大伤被震翻的伏羲，在坠地前奋力揽住他，使其免遭掼地之苦。

燃月一脚踢晕应龙，赶忙随木神跃至城墙之下，立于伏羲女娲一旁。

"我本不想动手。"烈缓缓降落，踱步走来。

没待烈走两步，一柄青龙刀应声而落，忽地插在他和伏羲女娲的中间，"后生可畏！"颛顼随即赶到。

"颛顼爷爷，他是坏人。"燃月指着烈喊道。

"你可真是个多管闲事的老头。"烈停下脚步，冷笑道。

"山海印自有天命，你逆天而行，何以善终？"颛顼横眉冷对。

"呦呦呦，又是一个了不起的大人物。"烈用手掏了掏耳朵，转身往回走了几步，仰天大笑，"天？谁有山海印，谁就是天！"言罢怒指颛顼。

"山海印已落你手，你还意欲何为？"颛顼一动不动地看着烈。

"揣着明白装糊涂。"烈挥了下衣袖,指向伏羲女娲,"你俩,跟我走。"

"如果我不同意呢?"颛顼攥紧了青龙刀。

烈进退两难,上次在神民之丘的湖畔,是他跟颛顼第一次过招,自己全力驾驭的两条水火龙竟被颛顼的屠龙斩轻松斩杀,多少心存忌惮。

"是吗?"不远处传来一阵低沉的吼声,一道横跨半边天的白光劈向城墙,将上面厮杀的穷奇和士兵瞬间斩杀,数丈高的城墙也应声坍塌,激得尘烟四起。

所有人皆循声望去,隔着隐隐烟尘,只见一位手执巨斧和盾牌的无头之人缓缓落于废墟之上。"刑天——"此人虽以乳为目、以脐为口,但颛顼一眼便能认出是战神刑天,不免惊诧。

"乌合之众。"刑天不屑地瞥了眼废墟中呻吟不止的穷奇和士兵。

"师傅。"烈遥遥躬身作揖。

刑天转瞬出现在烈的跟前,踱步走向瘫在地上的伏羲,与颛顼擦肩而过时稍稍停了下,望了眼颛顼,并未说话,随后径直朝前走去。

"你,你,跟我走。"刑天用巨斧指了下伏羲女娲。

"休想。"一旁的木神顺手一挥,嗖的一声,地上一根削尖的竹子刺向刑天的心口。

刑天以迅雷不及掩耳之势转到木神的身后，盾牌消失不见，空出来的这只手拎起木神，将他放到自己原先站着的位置，挡在跟前。削尖的竹子在木神的喉咙前定住，手足无措的木神根本还没反应过来这到底是怎么回事。

"木神——"燃月跃起，伸手朝前抓去。

刑天用巨斧狠狠敲击了一下地面，燃月瞬间被震得后翻，在场所有人都被震得身形不稳。"干大事，少用这招。"刑天在木神耳畔言罢，顺手一甩，将木神摔出老远，随即用巨斧轻轻推了下悬空的竹子，只见这根削尖的竹子腾空翻转，不偏不倚地插在木神的耳畔。

"我们跟你走。"伏羲艰难起身，看了看女娲。

自古英雄出少年，而英雄有迍邅，少年注定多磨难。刑天插手，伏羲女娲此去吉凶未卜。

11

被囚禁于密牢之内的九尾狐衣衫不整，双臂环膝，正埋首蹲坐在地上，眼角泪痕犹见。她不止一次拿起墙壁上悬着的匕首试图了此残生，但始终下不了手，手松刀落，眼泪也随之而落。

"轰隆"一声有如春雷滚地，一扇厚重的石门缓缓打开，昆仑山一个侍卫端着一盘酒菜走了进来。年轻的侍卫目不斜视，径直走向一侧的石台，小心翼翼地将盘子里的酒菜轻放了上去。因是烈特地叮嘱过，所以送给九尾狐的菜肴有模有样，还有一壶香

伏羲
女娲

醇的美酒。但九尾狐怎么吃得下呢？

"小哥哥，留步。"九尾狐见侍卫朝石门走去，突然在身后轻声唤道。

"有……有什么事吗？"年轻的侍卫听九尾狐娇软的声音在背后喊自己，刚欲转身，九尾狐不知何时早已移步近前，不禁面红耳赤，脚底生根。

"小哥哥，你叫什么名字啊？"九尾狐摸着侍卫的后背绕到跟前。

"我……我叫……阿……阿楼。"年轻的守卫顿时手足无措。

"阿楼？"九尾狐扑哧一声笑了出来。

"你笑什么？"阿楼困惑地问道。

"我笑你傻得可爱。"九尾狐突然一把搂住阿楼，抬头用水汪汪的大眼睛望着他，"阿楼，你觉得我美吗？"

"美……美……"阿楼略略低头瞥了眼怀里的九尾狐，心跳扑通扑通加快，赶忙移开视线。

"那你为什么不正眼看人家？"九尾狐娇嗔道。

"不……不敢。"阿楼像个木头人一样直挺挺地立着。

"看我。"九尾狐用纤纤玉手托住阿楼的脸颊。

视线相交，阿楼骨软筋酥，竟情不自禁地想亲吻九尾狐，身体不由自主地前倾，就在嘴唇快要碰到九尾狐时，一口百花之香从九尾狐口中吐出，正好吸入鼻内。此香乃百花幽谷的万花精酿，花本无毒，但如烈酒，着实醉人，闻一口，少则昏睡三天三夜。

"你也配？"九尾狐轻哼一声，一把接住快要落地的盘子，一手扶住瘫软的阿楼，轻轻将他放在地上，"睡吧。"

出了密室这扇厚重的石门，走过一段狭长的过道，不远处还有一扇厚重的木门，两旁有士兵把守。"开门。"九尾狐走到门首，冲着外面的守卫喊了声。

守卫转身瞥了眼，头也不抬地拿出钥匙，打开木门放行。有一个守卫突然凑近嗅了嗅，他闻到了空气中有股莫名的香气。

"菜香酒香女人香，大惊小怪。"九尾狐一手拿着盘子，另一只手举起龙头拐杖，瞪了眼那个嗅鼻子的守卫，"受主公之命，取回此物。主公还说，务必上心，但有丝毫差池，定不轻饶。"

"是！"两旁的守卫齐刷刷躬身作揖。

九尾狐在他们眼皮子底下一步步走远，她刚刚偷梁换柱，褪下了阿楼的装束，变成了阿楼的模样，虽说体香异常，好在有惊无险。

第五卷　夺印：轩辕一箭真名世

> 星辰重若千万钧，这一张看似轻灵的星空渔网无异于天塌了下来，烈和刑天徒劳地抗衡着，应龙俨然乱了方寸，冲着星空渔网阵胡乱射发嗞嗞作响的闪电，终如螳臂当车、泥牛入海。

1

最危险的地方往往是最安全的地方，刑天由此藏身昆仑山一隅，与天帝近在咫尺。他的道场与山海印构造颇为相似，基部是一个巨大的四方形壁洞，隐隐透着宝蓝色的光，顶部是一个同样巨大的圆形穹顶，隐隐透着血红色的光，置身其间，多少让人觉得有点压抑。隐隐透亮的墙壁及穹顶上不断闪现着刑天征战四方的场景，呵，真个是"刑天舞干戚，猛志固常在"。

伏羲女娲背靠背，双双被绑缚手脚，瘫坐在中间凸起的石台上。千丝万缕的金线有如一条条吐信的金蛇围聚在他俩周遭，颇有万箭穿心之势。

"你就是那个少年？"伏羲把视线从影像里意气风发的刑天移至对面隐忍异常的刑天。

"大胆！"烈大喝一声，用手一指，一根根闪闪发光的金线瞬间逼至伏羲眼前。

"住手。"刑天哼了声。

"是。"烈赶忙收手。

"曾经有一个少年，一路坎坷，所以注定愤世嫉俗。"刑天踱步走至一旁，望着墙壁上不断闪现的过往画面，"他发誓要改变这个世界，但世界的尽头在哪呢？"

"后来呢？"伏羲接道。

"后来，慢慢的，欲望侵蚀了志向。"刑天一动不动地站着，一手执巨斧，一手执盾牌，似喃喃自语，"少年总想证明点什么，多么可笑的一个想法。"

"证明自己是天下第一？"伏羲望着刑天魁梧的背影。

"是不是很可笑？"刑天仰天大笑，随后转身朝伏羲女娲这边走来。

"但是你输了。"女娲冷冷地说了句。

"哼！"刑天攥紧巨斧猛地击打了一下地面，壁洞剧烈晃荡起来，"我只是暂时没赢。没赢，不代表输。"

"师傅九死一生，可喜可贺，此番再战，定能取胜。"烈上前说道。

"天帝收你为义子，真是讽刺。"刑天从烈跟前走过，稍作

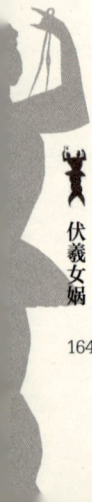

停留，旋又朝前走去。

"是你杀了我师傅？"伏羲质问道。

"呵，原来雷神是你师傅。"刑天冷笑一声，"何劳我亲自动手，而他，当年欠我一滴血。"

伏羲沉默了一会儿，缓缓说道："我一定会亲手杀了你。"

"伏羲……"女娲在背后赶忙用胳膊肘捣了捣伏羲。

刑天冲着伏羲突然挥了下巨斧，将他眼前的金线齐刷刷斩断，笑道："我很欣赏你。"

"师傅，正事要紧，少跟他们废话。"烈看着自己千丝万缕的金线被刑天唰的一下斩断，暗暗咋舌。

"废话？"刑天转身瞪着烈。

"弟子不敢。"烈额头涔涔冒汗，他知道刚刚言语失当。

刑天收好巨斧和盾牌，摊开双掌，一蓝一红的山印和海印骤然浮现在掌心之上。刑天手腕一震，山印和海印飞至空中，四方形宝蓝色的山印在下方，半球形血红色的海印在上方，两枚印交缠旋转。刑天抬头看了看，问道："是不是跟这间屋子很像？"

伏羲扭头看了看，果然很像，思忖片刻，道："山海印毁了你所有的骄傲。"

"不，我要感谢它。"刑天大笑一声，"山海印重燃了我的斗志，如果没有它，刑天早已从这个世界消失。"

"与帝争位难道不是你的初衷？"伏羲有点好奇。

"不是所有人都迷恋狗屎权力。"刑天踱步至烈的跟前停了下来，瞥了眼烈，继续朝前走去，"如果你有天帝的武力，我倒很乐意去找你一战。"

"非如此不可吗？"伏羲问道。

"子非鱼，焉知鱼之乐？何况，子更非吾。"刑天终于走到伏羲跟前，伸出一只大手，"交出来吧。"

伏羲并未搭话，而是将头扭向一侧。刑天的手悬空了一会儿，旋又缓缓收回，踱步走向另一侧。

啪的一声，一记响亮的耳光抽在伏羲脸上，气急败坏的烈揪住伏羲的胸口，骂道："混账！"言罢又反手狠狠地抽了伏羲一个嘴巴子，直抽得伏羲嘴角流血。

"够了！"女娲突然厉声喊起来。

烈闻之莫名地笑起来，起身走向女娲那一侧，用手勾起女娲的下巴。女娲扭头避开。"我给你三秒钟，交出滴血结晶，否则，可别怪我不怜香惜玉。"烈一伸手，空气中便幻化出一把赤焰匕首，刀刃紧贴女娲的喉咙，"三、二……"

这招果然好使，"一"字还没念到一半，便听得伏羲大声喊道："住手！"

"嗯？"烈停了下来，扭头看了看伏羲。

"你放她走，我就把滴血结晶交给你。"伏羲咬牙切齿地说道。

"你以为我还会上当吗？"烈冷笑一声，赤焰匕首又贴紧三分。

"伏羲——"女娲不知为何，忍不住喊起心上人的名字。

"滴血结晶确实不在身边。"伏羲一字一板地说道，"劳烦你随我走一趟。"

烈见伏羲说得认真，并无撒谎之意，遂收回赤焰匕首，起身望着不远处的刑天，但见刑天点了点头。

"好，料你也不敢耍什么花招。"烈怒哼了一声。

伏羲抬头望着天旋地转的山印和海印，血迹未干的嘴角不禁泛起一丝隐隐的笑意。

2

九尾狐从昆仑山径回神民之丘，不承想被拦在了关卡之外，削尖的一排木障后面守卫森严。

"来者何人？"两个守卫用戈戟交叉着拦住去路，厉声质问。

"小女子青丘国人氏。"九尾狐应声答道。

"俺们神民之丘的青丘国？"一个守卫扭头瞅了瞅同伴。

"问实了，以防奸细。"同伴递了个眼色，小声说道。

这个守卫暗暗点头，随即厉声问道："青丘国咋的打外面来？"

"这——"九尾狐一时语塞，竟不知从何说起。

"着实可疑。"两个守卫用戈戟指着九尾狐，"说，姓甚名谁？打哪来？到哪去？家里几口人？人均几亩地？地里几头牛？”

“小女子九尾狐，打昆仑山来……”九尾狐镇定自若，瞥了眼手执的龙头拄杖。

“昆仑山？”还没等九尾狐说完，两个守卫大惊失色，面面相觑。

正在僵持间，木神、燃月、重、黎等人闻声而来。“是你？”燃月横眉怒指，“你还好意思回来？”

“请你放尊重一点。”九尾狐立于关卡之外，顿了顿，“我来，是想把这个交给伏羲，他人呢？”

“他被抓走了。”重耸了耸肩。

“不，他又被抓走了。”黎瞅了瞅重。

“你咋不说他俩都被抓走了呢？”大块头重抬头瞪了眼高挑的黎，颇不服气。

“他俩都被抓走了。”黎摊开双臂，叹了口气。

“他俩？”九尾狐喃喃自语。

“现在满意了吧？都是你干的好事。”燃月冷笑一声。

“他在哪？”九尾狐朝前一步，逼得拦路的两个守卫不自觉地后退了两步。

“昆仑山。”木神双手叉于胸前，安静地答道。

“那你们为何不去搭救？”九尾狐追问道。

“哼，说的比唱的好听。”燃月嗤之以鼻，将头扭向一侧。

“从长计议。”重看了看一旁的黎，打了个圆场。

"对，从长计议。"黎也看了看一旁的重，点头如捣蒜。

九尾狐沉默不语，她暗暗攥紧手中的龙头拄杖，许久，才开口道："伏羲，我一定要找到你！"言罢头也不回地渐行渐远。

"你到哪找他？"木神一个箭步冲上前去，拦在九尾狐侧前方。

"不管他在哪，我一定会找到他。"九尾狐停下脚步，看了看白衣翩翩的木神。

九尾狐在所有人的目送中消失在小路的尽头，这一次，她走了很远很远，跋山涉水，也走了很久很久，披星戴月。不知不觉间，她又转回了昆仑山。九尾狐看着朦胧夜色中的龙头拄杖，一度产生幻觉，以为那个笑意盈盈的大男孩便是伏羲。

"伏羲，你到底在哪？"九尾狐望了望深邃的夜空，搂着龙头拄杖，默默掉泪。

3

多少江山英雄事，都在寒星里。值夜色尚好，伏羲带着烈和刑天在山路间七折八拐，应龙押解着女娲紧随其后，一路上但闻狼嚎，更无一人吭声，行够多时，走至一片雾气氤氲的山谷。

"站住！"烈突然警觉起来，厉声喝道，"你是不是走反了？"

"哪里反了？"伏羲转身嬉笑道。

"九丘不应该是那个方向吗？"烈转身用手指了一下。

"谁告诉你我要去九丘了？"伏羲耸了耸肩。

"哼！"烈自讨没趣，甩了下衣袖，继续赶路。

不知不觉间，一行人等已行至山谷深处，放眼周遭，层层山峦好似一聚宝盆，他们恍若池中之鱼。"到了。"伏羲停下脚步，抬头看了看星空。

烈朝前走去，绕着伏羲转了一圈，仔细打量了一下四周，并未发现什么名堂。"滴血结晶怎会在这？"烈暗自思忖。

"如果你知道它在哪，还抓我作甚？"伏羲不屑地说道，言罢扭头冲着女娲笑了笑，"如此夜色，泛舟江湖，如果能捕一条鱼下酒就好了。"

"你捕鱼，我沽酒，再喊三五老友。"女娲开心得了不得，只恨双手被反缚着舞不起来。

"还要愣多久？"刑天上前一步，挡在伏羲女娲中间，望着兀自出神的伏羲。

"哦。"伏羲转身，抬头看见东方苍龙、西方白虎、南方朱雀、北方玄武这四大星阵的脉络悄然显现，只见他张开双臂，深吸一口气，奋力一跃，腾空而起。

所有人的视线都紧随着伏羲移至浩瀚星辰里，这个风一样的少年总是那般惹人注目。伏羲悬空许久，闭目沉思，一动不动，似在等待着什么，时间一分一秒地过去，头顶的星辰似被一只无形的巨手悄然挪移。突然，伏羲猛地睁眼，一个后翻，用脚一蹬，更上一层，一手高擎，颇有摘星之势。果然，夜空中突然大放异彩，伏羲手中闪耀着一颗火红的星辰，点亮了黑夜。这颗璀璨异常的星辰正是伏羲女娲的滴血结晶，伏羲在半空中等待许久，是在等苍龙、白虎、朱雀、玄武四大星阵的交汇点挪至头顶。"海上生明月，天涯共此时。"大抵便是风月同天之意。

"果然——"刑天暗自称叹。

"还等什么？快下来。"烈大声喊道。

伏羲将浑圆透亮的滴血结晶握在手里观摩了一会儿，抬头对着浩瀚星辰默默说了句："打扰了。"只见伏羲举起握着滴血结晶的那只手，又将它塞进了星辰里，手腕用力一扭，咔哒一声，竟似扭动了开关，成千上万颗星辰瞬间闪光交织。伏羲猛地向下一拽，交织的星辰竟似剥了层皮，他的手里赫然多了张渔网，一张熠熠生辉、铺天盖地的渔网。

"不好！"刑天突然大喝一声，侧身朝上劈出一斧，一道白光扫向半空。

"小心！"女娲挣扎着喊道。

"给你，星空渔网阵！"伏羲顺势甩下这张星空渔网。他的师傅雷神并未传授他这一招，这全然是伏羲自己从"天地雷风水火山泽"八方阵法里彻悟自然大道所得。置身天地间，天地何尝不是我们的主场？关键是，你的注意力在哪。好比走在同一条路上，有人听见了鸟鸣风和，有人听见了市侩俚语，有人听见了钱币叮当，自此各分千秋。

刑天劈出去的那一斧在夜空中划出一道美丽的弧线，只听砰地一声，这道凌厉的巨斧之气竟被铺天盖地的星空渔网阵撞断，震得刑天踉跄不稳。他赶忙又挥出一道纵向的斧气，如此数回，竟丝毫挡不住好似泰山压顶的星空渔网阵，被动不堪。

烈见势不妙，赶忙推出龙生九子的神灵之石，龙生九子的元神纷纷出窍，苦苦支撑了一会儿，被星空渔网阵里来回穿梭的苍龙、白虎、朱雀、玄武四大神兽打得遍体鳞伤。

这张星辰织就的渔网似为这片山谷量身打造，像一个罩子，先将山谷四周罩得滴水不漏，中间再随后缓缓下压。星辰重若千万钧，这一张看似轻灵的星空渔网无异于天塌了下来，烈和刑天徒劳地抗衡着，应龙俨然乱了方寸，冲着星空渔网阵胡乱射发嗞嗞作响的闪电，终如螳臂当车、泥牛入海。

女娲情不自禁笑了起来，多么熟悉的渔网啊，多么熟悉的手法啊。记得伏羲发明了渔网，她不止一次痴想，如果自己是一条鱼多好，就那么心甘情愿地被伏羲撒出去的渔网捕捞，然后与岁月耳鬓厮磨，想着想着总能笑出声来。女娲定睛细看，渔网上交织的星辰不断变换着位置，但她看到了一个隐约的漏洞，被两颗交错闪亮的星辰挡住大半，那个漏洞正是伏羲最初手拽的地方。女娲趁所有人自顾不暇之际，纵身一跃，像一条鱼，扭着身子迂回翻过那两颗交错闪亮的星辰，再猛地一钻，从一个黑洞中钻出，似芙蓉出水，天地顿时清朗，再回首，自己果真穿过了铺天盖地的星空渔网阵。

"果然捕到一条鱼，还是一条美人鱼。"伏羲不知何时早已出现在女娲身旁，一把托着悬空未稳的女娲，紧紧搂住。

"酒虽好，可别贪杯哦。"女娲扑哧一声笑了出来。

头顶的星空依然璀璨，脚下的星空更加璀璨，星辉映衬下，少年玉树临风，少女亭亭玉立，时空在这一瞬定格成永恒。

4

《诗经·小雅·十月之交》有云："高岸为谷，深谷为陵。"意思是高山变成了深谷，深谷变成了丘陵，言世事变迁之大。伏羲甩下的星空渔网阵颇得此句之妙，一颗颗交织的星辰有如燃烧的陨石轰隆隆砸下，一层摞一层，以致原先凹陷的山谷转瞬变成了一座凸起的丘陵，隔着尘烟望去，竟有百仞之高。

九尾狐老远便看见了天际迸射出的一束红光，起初她并未在意，只道是一颗星星的诞生或毁灭，这是再寻常不过的一件事了。但没过一会儿，她又隐隐听见了阵阵有如闷雷的声响，循声望去，呵，无以计数的火光从天而降，那里似有人在打斗。伏羲惯用自然之法，莫不是他借了星辰之力？虽说人困马乏，但一想起伏羲，她的睡意顿时消了七分，她觉得有必要亲自去一趟。

待九尾狐赶到时，四起的尘烟尚未落定，她摸了摸拦在眼前的这座高山，竟似摸到了烫手的山芋，不禁倒吸一口气，把手缩了回来。"好烫的一座山。"九尾狐正自迟疑。

忽听得山体"嘎吱嘎吱"作响，伴着越来越强烈的颤抖，好似冰面要崩裂一般，吓得九尾狐赶忙跃至不远处的一块巨石之后，刚蹲下身，便听见轰的一声巨响，电光石火间，刚刚那座山炸得四分五裂，乱石漫天。好几块碎石猛地撞在她藏身的巨石上，也有擦着她头顶飞落的，更有甚者，还有两块猛地砸落在她脚旁，吓得不明就里的九尾狐噤若寒蝉，紧紧地抱着龙头挂杖，一动不敢动。过了好一会儿，动静全无，九尾狐忍不住好奇探出头来，隔着夜色和尘烟，她什么都看不清，但是，她听见有人在说话，像是在抱怨，其中有一个声音于她而言实在是再熟悉不过了，她恨不得分分钟将那个人千刀万剐。

"奇耻大辱。"刑天一手执巨斧，一手执盾牌，立于乱石之上。

"我非亲手宰了伏羲那小子不可。"衣衫褴褛的烈咬牙切齿，掸了掸身上的尘垢，攥紧一只手恶狠狠地朝一旁的巨石击去，将巨石击得碎如齑粉。

"不劳主公动手。"身后的应龙有一只胳膊流血不止，听烈如此一说，忍痛请缨。

"你个废物。"烈怒斥一声，猛地转身反抽了应龙一巴掌，唬得应龙不敢吱声。

"看来我有必要亲自去一趟神民之丘了。"刑天随后说道。

"师傅打算如何？"烈吃不透刑天到底是什么意思。

"活捉伏羲女娲。"刑天望着头顶的星空，缓缓说道。

"请师傅回昆仑稍作休息，不劳您亲自动手。"烈作揖道。

"神民之丘的结界有滴血结晶护持，非九丘之人莫能得进，

174

你打得破吗？"刑天不屑地哼了声。

"这……"烈若有所思。

"他们一定不会交出滴血结晶，但是——"刑天欲言又止。

"但是什么？"烈赶忙追问道。

"但是，将山海印合二为一的方法并非只有滴血结晶。"刑天笑着瞥了眼烈。

"请师傅明示。"烈好奇不已。

"血祭！"刑天言罢一跃数丈，消失在茫茫夜色中。

"血祭？"烈思忖了一会儿，突然仰天大笑，紧随刑天其后，应龙也一并跟上，一行人等眨眼之间消失得无影无踪。

九尾狐躲在巨石之后听得分明，百感交集，一则是庆幸伏羲逃脱魔爪，二则是担心伏羲即将面临更大的威胁。"我要赶紧告诉伏羲才对。"九尾狐喃喃自语，摇身一变，变成了一只灵巧的九尾小狐狸，趁着夜色从小路拼命往回赶。

5

大黄狗在女娲特地给它搭建的小窝里酣睡，一只黏人的小猫咪正趴在狗肚上打盹。屋内灯火通明，伏羲、女娲、木神、燃月、重、黎等人皆神情肃穆，促膝无言，或蹙眉、或哀叹、或沉默、或思索。

"女娲姐姐，他们一定还会再来吧？"燃月最先打破沉默。

"嗯。"女娲应声点头。

"听我爷爷说，刑天可厉害了。"重、黎俩兄弟异口同声。

"岂止刑天。"伏羲嘀咕道。

"兵来将挡，水来土掩。"木神安静地说道。

"万一……"伏羲欲言又止。

"没有万一。"一旁的女娲突然用一只手捂住了伏羲的嘴巴。

"一定会有万一的。"伏羲笑着拽开女娲的纤纤素手，亲了口手背，"万一我们赢了呢？"

"说来听听。"木神依旧双手交叉于胸前。

"要是龙头拐杖在就好了。"伏羲摊开空空如也的手看了看，旋又攥紧，若有所思。

话音未落，墙角的大黄狗忽地睁眼抬头叫了起来，唬得睡意正浓的小猫咪"喵喵"直叫，所有人循声望去，木门咣的一声被一个神色慌张的人猛地撞开，定睛细看，来者正是九尾狐，只见她的手里正紧紧攥着那根龙头拐杖。

"小九。"伏羲第一个迎了上去。

"伏羲，对不起。"上气不接下气的九尾狐一把扑到伏羲怀里，号啕大哭，"我……我找了你好久好久。"

伏羲一下子不知所措，犹豫了一下，还是用手摸了摸九尾狐的头，道："没事，回来就好，回来就好。"

"贱人。"燃月站在女娲身旁，愤恨不已。

"燃月。"女娲瞪了燃月一眼，一把拽住欲要上前的燃月。

"姐姐——"燃月扭头看了看女娲，拗不过，跺了下脚，没好声没好气地走到木神跟前，双手叉腰，"看什么看，你们男的是不是都很羡慕啊？"

木神丈二和尚摸不着头脑，又好气又好笑，一把搂住燃月，道："是、是、是，大小姐生气了，桌椅板凳都该死。"

"喏，你的东西。"九尾狐笑着揩掉泪痕，将龙头拄杖递给伏羲。

伏羲接过龙头拄杖打量一番，深情地说了句："谢谢你。"也不知是说给九尾狐听，还是说给龙头拄杖听。

九尾狐扭头看了看开着的木门，待回头时，伏羲已转身朝前走去，遂赶忙冲着他的背影喊道："他们要来了。"

伏羲止住脚步，身体略微侧了侧，头也不回地说了句："我知道。"

"他们马上就要来了。"九尾狐焦急异常，转身指向门首。

"没关系。"伏羲言罢径至女娲跟前，从心口里掏出一颗红光阵阵的明珠，正是滴血结晶，伏羲随即将这颗滴血结晶推入龙头拄杖的龙眼里，龙眼红光绽放，龙头拄杖重焕生机。

"滴血结晶有几颗？"木神好奇道。

伏羲将龙头拄杖朝前稍稍一推，笑道："仅此一颗。"

"那怎会天上有，这里也有？"燃月用手指着龙头拄杖的龙眼。

"滴血结晶有如星辰，经天选之子之手，母体可幻化无限。"女娲上前一步，随即扭头看了看伏羲，"我们下去说。"说完便启动机关，打开了黑白圆台之门。

"小九，你也来。"伏羲转身招手，一行人等尽皆移步地下室。

伏羲只身踱步，望着一眼看不到头的一排排木架上错落有致的小泥人，许久，走至女娲一旁，道一声："辛苦了。"随后朝木神走去，将龙头拄杖递至木神跟前。

木神不知何意，一动不动。

"滴血结晶万不能落入贼人之手，你御木如神，龙头拄杖亦是木属，与你颇有渊源，你带它走得越远越好。"伏羲握着龙头拄杖的手依然横举着。

"那你呢？"木神问道。

"我跑得掉吗？"伏羲耸了耸肩。

"这是我见过最拙劣的战术。"木神接过龙头拄杖仔细观摩了一会儿，突然笑了笑，"其实我们有更好的选择。"

"此话怎讲？"伏羲好奇道。

"我真的很讨厌每次说话只说一半的人。"燃月瞪了眼木神。

"祸起山海印，我和伏羲在劫难逃。"女娲走至伏羲身旁立定。

"姐姐，刚那个木头不是说了嘛，我们有更好的选择。"燃月蹦到女娲身旁，拽着女娲的臂膀，"难逃，只是难而已，不代表不能，对吧？"

"对！对！"重、黎俩兄弟点头如捣蒜。

"这……"女娲听燃月这么一说，不禁蹙眉，旋又望了望目光坚定的木神，想来自己或是当局者迷了。

"不管你们做什么，我都全力配合。"九尾狐在背后突然说道，她一个人在螺旋阶梯那儿已经站了很久，似乎所有人都忘了她的存在。

"好！"木神轻轻吐出一个字。

伏羲冲着九尾狐笑了起来，仍似当年，所有人皆转身望去。

在绝境之前，如果有一个人傻傻地相信事情并没有那么糟，且愿意舍生忘死赴汤蹈火，这需要何等的勇气和魄力？更何况，那个人还是一介弱女子，所以，弥足珍贵。

6

一道道让人眼花缭乱的白光闪耀在神民之丘的天幕，好似电闪雷鸣，大地震颤不止。刑天正手执巨斧，翻飞在神民之丘的防盾之上，一束束凌厉异常的斧气呼啸而出，像一钩残月，不间断攻击着结界。

"96、97、98——"应龙目不暇接，边指边念叨，"99！"

话音未落，只见刑天一个后翻，伴着一声大喝，一道横向无限长的白光顺势甩出，这道无限长的白光较此前那98束凌厉之气颇为不同，像风中的蛛丝悄然覆在防盾之上。奇迹出现了，薄如蝉翼的防盾像是裂开一道伤疤，悄然如烟散去，刑天费了九牛二虎之力，终于击溃了坚不可摧的防盾。

"他们来了。"伏羲安静地望着头顶那片天，女娲等人早已并肩站成一排立于门口。

刑天、烈和应龙齐刷刷从天而降，稳稳地落在院子里。

"我们跟你走。"伏羲女娲上前一步。

刑天踱步走至伏羲女娲跟前，左右打量了一番，突然仰天大笑，道一声："好！"笑声渐息，刑天顺着院子里的小路走进黑暗之中，伏羲女娲紧随其后，在与烈擦肩而过的时候，伏羲稍作停留，烈依然嬉皮笑脸，应龙似有心理阴影，扭头避开了伏羲的视线。

"姐姐——"燃月泪眼汪汪地在身后唤道。

女娲闻声转头，冲着燃月莞尔一笑。烈不屑地瞥了眼，轻哼了一声，甩了下衣袖，随应龙断后，一同走进黑暗之中。只见五束光平地而起，欻的一下，消失在夜空里。

7

昆仑山刑场的肃杀之气与不远处一派绿水青山之境显得格格不入，伏羲女娲被扔进一个干净的池子里泡了一夜，待东方破晓旋又被捞上来，换上一身素洁的白袍，绑缚在两根高大的龙图腾浮雕石柱之上，脚下铺满了干柴。

"有劳诸位。"刑天对身后站成一排的九位上古巫师稍稍

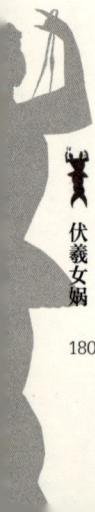

伏羲女娲

欠身致意。这九位上古巫师便是灵山十巫中的九位，此前巫姑被烈所杀，如今还剩九位，依次是：巫咸、巫即、巫盼、巫彭、巫真、巫礼、巫抵、巫谢、巫罗。灵山九巫默而不言，欠身还礼。论资历，灵山九巫与刑天并肩。但论道行，他们怎能与刑天相提并论？刑天此番亲自登门，言血祭天选之子提炼滴血结晶一事。灵山九巫岂敢有丝毫违拗之意？若蹦半个不字，依刑天的脾气，估计整座灵山瞬间就会从三界烟消云散。

巫咸带头朝前走去，走向伏羲女娲，其余几位巫师紧随其后，围着两根石柱绕成一圈。

"我再说最后一遍，交出滴血结晶。"刑天腾空至与伏羲女娲平行处。

"如果你是我，会怎么说？"伏羲镇定自若地盯着对面的刑天。

刑天怒哼一声，降落下去，转过身去。

"开始。"一旁的烈察言观色，冲着灵山九巫大手一挥，甩出一颗火种，不偏不倚落在干柴之上。干柴瞬间被点燃，"嘎吱嘎吱"脆响，越烧越旺，呛得伏羲女娲咳嗽不止。

"如果有来世，我一定娶你。"伏羲扭头，含情脉脉地望着女娲。

"我等你。"女娲泪眼汪汪，止不住地点头。

"天地大道，魂兮归来；天地大道，魄兮归来……"灵山九巫缓缓升空，绕着伏羲女娲旋转，旋转的速度越来越快。灵山九巫手舞足蹈之际，万里晴空骤然乌云四起，只在伏羲女娲的头顶留了个湛蓝的缺口，云层中一条条七彩透明的小鱼游弋而下，冲着伏羲女娲涌来，拖拽推拱着伏羲女娲的魂魄。

"好个灵山九巫。"刑天转身，一动不动地望着天地间游荡的魂灵。

火势正旺处，伏羲女娲已奄奄一息，嘴唇干裂，眼皮耷拉，头颅下垂，但见他俩的魂魄在灵山九巫的召唤下竟似蝉翼之衣，欲脱肉身而去。

"女娲！"伏羲猛地甩了下脑袋，魂魄倏地归位，周遭游弋的小鱼消失得无影无踪。女娲听伏羲这么一喊，已出窍大半的魂魄同样瞬间归位，两人皆神情憔悴，痛苦不堪。

烈冲着不远处一盏未燃的灯笼轻轻一勾，一条细长的火龙从灯笼里呼啸钻出，顺着烈的手势，轰的一声撞进火堆里，以致伏羲女娲脚下的这团火赤焰冲天，愈加让人难耐。

灵山九巫眼看着伏羲女娲的魂魄差点被勾引出窍，不承想功败垂成，遂再次加紧施法，绕着伏羲女娲旋转的那个圈向外围扩大了一两丈，旋转的速度也更快了，手舞足蹈之势夸张更甚此前。没一会儿工夫，一大波七彩透明的小鱼铺天盖地聚拢而来，伏羲女娲的魂魄俨然即将全部脱离肉体。

"住手！"伴着一位女子的怒斥之声，一束如彩虹般跨越天际的水柱从彼岸的瀑布横空而起，自半空冲落，"哗啦"一声，淋得伏羲女娲瞬间清醒，燃烧的干柴被冲得狼藉一片。灵山九巫

伏羲女娲

的阵法被水柱撞散，未及收法，便踉跄摔落，狼狈不堪。漫天游弋的小鱼遇水而融，四起的乌云悄然消退。11个风一样的身影一跃而上，其中9个弹指间便在灵山九巫背后封住了他们的死穴，还有两个解卜石柱上有气无力的伏羲女娲。这11个身影随即复归母体，只见燃月正立于一根圆木之上呼啸而来。

"大胆。"应龙闻声上前，刚欲出手，就看见迎面飞来好多根削尖的竹子，"噌噌噌"插在地上，将他卡得动弹不得，这招屡试不爽。"亲娘哎。"应龙暗自叫苦不迭。

昆仑山刑场的守卫一窝蜂围了上来，但是没有一个人敢贸然上前，皆手执戈戟前后晃荡。

"哼，又是你，让你不要挡老娘。"燃月翻身而下，跃至应龙跟前，啐了口唾沫，朝他一番拳打脚踢，把应龙打成了熊猫眼。

木神随后跃下，伸手一捹，所御圆木便像绣花针一样缩进了袖口里。"你要的东西在这里。"木神径直走向刑天，攥紧了手中的龙头拄杖。

刑天好奇地踱步上前，盯着迎面走来的木神，他更好奇的，自然是木神手中的龙头拄杖，只见龙头拄杖的龙眼隐隐透红，同样透红的，还有龙头脖颈上那一滴熟悉的血迹。刑天冷笑一声，冲着木神伸出一只手。

木神下意识地将龙头拄杖往后拽了拽，道："东西可以给你，但请你放了我的朋友。"

"不要！"不远处的伏羲搂着女娲，冲着木神喊道。

"休想！"一旁的烈跃上前去，扑向木神，伸手就要来抓龙头拄杖。

"小心！"燃月双指并拢，勾起地上的一摊水，一束细长的水流好似银针疾驰飞去。

烈伸出去的手像鹰爪般抠了过来，眼看着就要碰到龙头拄杖了，因太急于夺取龙头拄杖，遂没提防，只听嗖的一声，那束细长的水流如利刃擦着指尖飞过，唬得烈赶忙收手后翻。

"如果我不答应呢？"刑天直视木神，步步紧逼。

木神一步步退后，只见他突然转身冲着天空挥舞了一下龙头拄杖，一条红色巨龙呼啸而出，在头顶嘶啸盘旋。

"走！"木神赶忙拽着一旁的燃月一跃而上。

"快上。"燃月旋又伸手去拽伏羲女娲，就在她快要够到伏羲的瞬间，一道斧气冷不丁袭来，燃月赶忙收手，眼看着刑天侧身即将劈出一道气贯长虹的斧气，燃月只得作罢。

"撤！"木神大喊一声，驾驭着这条巨龙腾空而起。

"姐姐——"燃月紧紧地搂着木神，回望着下面的女娲。

"想走？"刑天劈了个空，望了眼愈飞愈远的红色巨龙，轻哼一声。

"师傅，我去。"烈赶忙移步上前。

"不必。"刑天大手一挥，话音未落，便似一束光，消失在天际，直奔红色巨龙的方向而去。

"一群废物！"烈看着眼前狼藉一片，怒挥衣袖，解掉灵山九巫的死穴，救下被困住的应龙，随后瞪着不远处的伏羲女娲，并缓缓朝他俩走去。

8

刑天不知不觉追了很久，途经一繁花似锦的百花幽谷，忽见红色巨龙一个猛子钻下去隐匿了行迹。刑天赶忙按下风头，紧随其后，攥紧巨斧，在半人高的百花丛中四下找寻。多么蹊跷的一片世界，安静到有如一幅徐徐展开的画卷，阳光明媚，百花争妍，却连一只游蜂戏蝶的影子都看不到。

刑天找寻未果，侧身劈出一斧，这一斧好似刀切豆腐，方圆数里的百花纷纷拦腰断落，只剩下孤零零的茎秆晃动不止，视野顿时开阔起来。"奇怪。"刑天茫然四顾，一无所获。正在迟疑间，神奇的一幕发生了，刚刚掉落的百花竟又纷纷跃上枝头，完好如初。刑天暗暗惊叹，误以为是幻觉，旋又劈出一斧，依旧如此。

刑天转身时隐约望见百花深处有东西在放光，遂赶忙飞奔而去，竟是龙头拐杖，刚刚放光的便是龙头拐杖上的龙眼。刑天一把拔起龙头拐杖，对着龙眼兀自出神之际，龙头拐杖竟悄然灰飞烟灭。

"怎么可能？"刑天看了看空空如也的手，喃喃自语。

"怎么不可能？"一阵爽朗的笑声从身后传来，伴着一阵拂来的风，花枝摇曳。

"果然是你。"刑天听到这个声音，顿时怒火中烧，大喝一声，一跃而起，踏着百花枝头御风而行。刑天的孤僻成全了他的骄傲，直至有一天，山海印"天地合"的大招毁了他所有的骄傲。想着想着，刑天飞驰的速度越来越快，但他循声飞了好久都没看到人影，遂踩在了一朵花上稍作休整。

"就这点能耐？"天帝的声音从侧方传来。

刑天随即循声追去，依然未果。

"不过如此。"天帝传来一声冷笑。

刑天被彻底激怒了，腾空而起，用巨斧在空中画了个圈，这一圈斧气被顺势推了下去，轰的一声，砸在百花丛中，冲击波迅速扩散开，将目之所及的百花扫荡一空。在百花断落旋又复原之际，刑天仔细望去，果然发现不远处的矮坡上立着一个人，但见那个人着一袭金灿灿的龙袍，背执双手，一动不动地望着刑天这边，果真是天帝。刑天仰天长啸，贴着次第复原的百花，挥舞着巨斧，像金刚钻一样急速旋转袭向天帝，百花幽谷由此开出一条花路。

天帝岿然不动，望着刑天劈头盖脸而来，缓缓张开双臂，大笑不止。

刑天旋转的巨斧在天帝跟前突然收势，只见刑天竟硬生生360度后空翻，巨斧随即横向挥出，显然，刑天欲将天帝身首异处。但出乎刑天意料的是，这实打实的一斧竟然劈空了。因巨斧惯

性，有那么一瞬间，身形不稳，就在那一瞬，刑天竟似被一股强大的吸力顺势拽去，一头撞在天帝身上，天帝张开的双臂更像是一扇门。待刑天反应过来的时候，他已踉跄着冲到了地面上，再回首，天帝的幻象消失不见，脚下的百花幽谷仍在，但是，晴空不再，烟雨迷蒙。

"这是谁的梦？"刑天恍然大悟，但为时已晚。

刑天当然不会知道，这片烟雨迷蒙的百花幽谷是九尾狐一手打造的梦境，这是九尾狐最擅长的本事。只见百花幽谷次第生长出好多龙头拐杖，龙头拐杖上的滴血结晶如星辰般熠熠生辉，一直绵延到视线的尽头。

"你好呀。"九尾狐站在刑天的身后冲着他挥手笑了笑。

烟雨迷蒙的百花幽谷静谧异常，能听见一颗颗水珠从花瓣上滑落的声音，刑天一动不动地立于百花丛中，缓缓闭目。

9

整齐划一的脚步声由远及近，烈和应龙正一前一后押解着伏羲女娲离开昆仑山刑场，两列手执戈戟的士兵一左一右护送。

昆仑山刑场地处最北面的犄角边陲，人迹罕至。从昆仑山刑场折回昆仑山主峰，必经一处烟雾弥漫的断崖，断崖上有一座简朴但却不失精致的石桥横跨南北，犹如飞龙在天。这座石桥叵耐玩味，能工巧匠就地取材，以中间一座细长的山峦为依托，再顺势牵引崖边的藤蔓系住两块巨大的石板，天堑由此变通途。

空山鸟语，一行人等行至石桥之上，忽闻轰隆两声巨响，一声在前，一声在后，石桥剧烈颤抖起来，两块石板缓缓滑落。守卫惊魂未定，惊慌失措，纷纷坠崖，有眼疾手快的扯住了藤蔓，随着石板一起撞到了断崖边，大呼"救命"。

伏羲女娲本就虚弱，加上手脚被绑缚了，自然更加措手不及。

"女娲——"伏羲坠落时大喊道。

"伏羲——"女娲在跌落的瞬间也喊出了伏羲的名字。

负责断后的应龙瞬间幻化成了一条黑色四爪龙腾空而起。烈见势不对，也赶忙一跃而起，于黑色四爪龙身上立定。

那一前一后轰的两声巨响并非天公突变电闪雷鸣，而是重、黎俩兄弟作祟，他俩一个擅长托天、一个擅长按地，浑身的夯劲与巧劲。重、黎俩兄弟已于断崖石桥旁蹲守多时，他们的任务就是，待所有人上了石桥，随即同时发力，将这座石桥打断，并牵扯烈的注意力。

烈在半空中看得分明，早已看到了重和黎。重、黎俩兄弟正死死地盯着半空中的烈，丝毫不顾径直跌落断崖的伏羲女娲。

重、黎俩兄弟不约而同怒吼一声，硬生生拽起了此岸和彼岸的巨大石板，并将它们举过头顶，二话不说冲着烈砸了过去。两块石板似两把利剑刺空而来，唬得应龙赶忙摆了下龙尾飞至更高处。听得轰的一声巨响，两块石板撞到了一起，火光迸射，碎成几截，断落下去。未及烈立稳，重、黎俩兄弟把早已准备好的大

石块一口气全部砸了过去，半空中像是爆竹开花般"乒乒乓乓"许久，这种毫无章法可循的不间断攻击让烈和应龙疲于应付。

半空中缠斗不歇暂且不表，且说摔落断崖的伏羲女娲，他俩正急速坠落，身旁好多乱石相伴。

这是如期而来的一局。首先调虎离山，将刑天诱骗至九尾狐的百花幽谷梦境，虽杀不死刑天，但至少能困住他。其次，集中天时地利人和，把烈打个措手不及。最后，拯救伏羲女娲。

"伏羲——"深渊下方传来一声熟悉的叫唤，是木神。

"女娲姐姐——"燃月的声音也同时传来。

"木神？"伏羲蹙眉道，话音未落，便被一把拽住，拉到红色巨龙之上，只见巨龙一个俯冲，旋又将女娲稳稳托住。

"燃月，果然是你。"女娲扭头看了看。

"恭候多时啦。"燃月扑哧一声笑出来。

"谢谢你，兄弟。"伏羲用胳膊肘怼了一下最前方驭龙的木神。

"这家伙好使，改天借我耍耍。"木神紧紧地抓着龙角，"坐稳喽。"

伴着大家"啊"的一声，巨龙扭身避开乱石，疾驰而去，消失在深渊尽头。

10

不周山果然名不虚传，其名虽为"不周"，但颇有自谦之意，这里的每一寸土地、每一株花草、每一抹山水都是那么的让人流连忘返。细细想来，不周山实则并非言己不周，而是暗指天地不周，诚所谓天地尚有缺。此山乃顶天立地之天柱，弥补了天地间的一大不周，若无此山，天塌地陷，彼时恐是真的不周了。

如今，不周山脚下挤满了九丘前来避难的老弱病残，临时搭建的小木棚鳞次栉比。最喜小儿无赖，三个一群，五个一党，跟小鹿一样，漫山遍野四下乱窜。

不周山的晨曦鸟鸣山幽，牛乳般的薄雾笼罩着这片世外桃源，勤快的妇女已经开始张罗早饭。限于条件，这里的人只能因地制宜将就一下，在地上刨个坑当灶膛，四周用几根粗棍子支起来，再将锅灶吊好。袅袅炊烟四起，邻里互致问候。

"娘亲，那里也冒烟了。"一个小男孩站在山丘上用手指着远方跳起来喊道。

"看，那里也冒烟了。"身旁的一个小女孩指着另一处扶摇直上的滚滚浓烟。

"还有那。"另一个小男孩望着背后的方向嚷道。

所有人都好奇地循声望去，视线翻过山岭、越过湖泊，在他们的故园之上，这一束束冲天狼烟依次窜起。

"1、2、3、4、5、6、7、8、9！"小女孩转了个圈，很认真地数了数。

这9束狼烟隔着如此之遥都能看得如此清晰，不疏不密地分散在不周山四围，正是来自护绕不周山的九丘。也就是说，陶唐之丘、叔得之丘、孟盈之丘、昆吾之丘、黑白之丘、赤望之丘、参卫之丘、武夫之丘、神民之丘的战火已被正式点燃。

"打起来了，打起来了……"一位老奶奶拄着拐杖，颤抖着说道。

"这可如何是好？"一旁的妇女忍不住落泪。

"会好的，会好的。"邻居搂住这位妇女，轻轻拍了拍她的肩膀。

山海经行归故里，稚童携手笑乡音。这会是一个遥不可及的梦吗？

11

陶唐之丘、叔得之丘、孟盈之丘、昆吾之丘、黑白之丘、赤望之丘、参卫之丘、武夫之丘的半空骤然出现好多传送门，狗头人身、手执圆月弯刀的北方犬戎士兵纷纷骑马跃下，前仆后继，来势汹汹。

犬戎部落大本营正开着好多传送门，犬戎将士们络绎不绝地穿过传送门，空遁到九丘中的八丘之上。"一个都不留！"肥胖异常的犬戎首领骑在一匹白身红毛、目若黄金的悍马之上，挥舞着圆月弯刀大喊道。他的坐骑倒是个稀罕货，此马名曰吉量，属马中极品，据说骑它长寿千岁。

大人国负责守卫陶唐之丘。

"那个，前面是山还是人？"一位犬戎将军勒马止步，手搭凉棚，远远望见一大排高大的家伙矗立在对面。

"动了，动了，是人。"旁边的一位军师兴奋地嚷道。

"耍老子吧？"这位犬戎将军长吁一口气。

"冲啊——"大人国首领挥了下手中的狼牙棒，大地似乎都震颤了起来。

"妈妈呀——拼了！"犬戎将军勒住受惊的马儿，仰望着高如小山的大人国将士们，挥了下手中的圆月弯刀，咬着牙蜂拥而上。

小人国负责守卫叔得之丘。

"人呢？"一位犬戎将军四下观望。

"吓跑了吧？"一旁的另一位将军仰天大笑。笑声未歇，只听砰地一声，一块石头不偏不倚打进了他的嘴里，把他一嘴的狗牙打得掉了一地。这位将军应声落马，捂着嘴直哼哼，满地找牙。

"谁？"马上那位犬戎将军警惕起来。

"岂有此理！无视本将军，理应重罚！"小人国将军收起了手中的弹弓，长矛一挥，黑压压一大片小人国部队像涨潮般漫了过去。"冲啊——"

小人国将士们个头虽小，但却灵敏异常，无论你怎么抡刀挥剑，就是砍不到他们，反倒被他们骑上肩头，以致犬戎士兵不是被割喉就是被戳成了马蜂窝。

贯胸国负责守卫孟盈之丘。

贯胸国国民每人胸前都有一个洞，他们平时懒得走路，就在胸口穿一根棍子，雇两个人抬。他们虽然生性懒惰，但打起仗来，还真有板有眼。

"冲啊——"贯胸国首领率队冲向了对面的犬戎大军。

你看，贯胸国士兵两人一组，前面一个手执刀剑，后面一个手执长矛。前面一个人负责与敌人缠斗不休，后面一个人负责见机行事，趁敌人不备把长矛从战友胸口的洞里戳出去。如果搭档被敌人杀死，剩下的随即选择就近的战友重新组合。

一目国负责守卫昆吾之丘。

"呵，独眼龙，真是新鲜。"一位犬戎将军用手指着对面的一目国将士们，大笑不止。

一目国的将士们同仇敌忾，滴溜滴溜的大眼珠子如闪电般嗞嗞作响。

"射！"一目国首领朝对面的犬戎大军挥了下令旗。

只见一目国所有的将士们虎视眈眈地瞪着对面的犬戎大军，眼睛眨巴眨巴三下，一束束毒蛇吐信般的闪电齐刷刷地射了出去，前排被射中的犬戎士兵连同坐骑被打得焦糊冒烟。

"冲啊——"一目国首领带头冲了上去。

嗞嗞作响的闪电伴着刀枪棍棒的吆喝声，混战一片。

三首国负责守卫黑白之丘。

三首国国民有三颗自由转动的头颅，可以眼观六路、耳听八方，加之身强体壮，十八般兵器都能耍成一阵风，所以战斗力极强。

"犯我者，杀无赦！"三首国首领怒发冲冠，大臂一挥，"冲啊——"

三首国将士们摩拳擦掌，早已按捺不住内心的怒火，一声令下，奋勇上前，恨不得分分钟将犬戎大军碎尸万段。

厌火国负责守卫赤望之丘。

"火气很大嘛。"一位犬戎将军骑在马上用圆月弯刀指了下对面不断从口中喷火的厌火国将士，冷笑一声。

厌火国将士们脾气天生火爆，且一根筋：你不惹我，我不惹你；你若惹我，我必惹你。

"灭灭他们的火气。"这位犬戎将军扭头大喊一声，"冲啊——"

对面的厌火国将士们也响起了同样震彻云霄的呐喊声："冲啊——"

君子国负责守卫参卫之丘。

君子国的将士们皆如书生，衣冠佩剑，文质彬彬。风吹起了沙尘，也吹起了他们的衣袂，只见他们一手执剑，一手背于身后，安静地望着对面蠢蠢欲动的犬戎大军。同样躁动不安的还有君子国将士们身旁的两只大老虎，或因君子国国民生性好让不争，所以他们的国度流传下来一个久远的习俗，即每个君子国孩子来到这个世上时，父母都要送给孩子两只小老虎陪伴左右，以当护佑。

"徒有冤魂哭九州。"君子国首领忍不住叹息，"唉，何必呢？"

君子国首领吹了一声口哨，所有的大老虎作为先遣部队呼啸着跃起，扑向了不远处的犬戎大军。犬戎士兵的惊骇之情溢于言表，光论坐骑，马见到老虎，岂有不惧之理？

不死族负责守卫武夫之丘。

"呵，枯藤烂木，中原是没人了吗？"一位犬戎将军愤愤地说道。

"他——们——来——了！"不死族首领缓缓转身，举起手中的方天画戟，"冲——啊！"

不死族虽然说话慢了点，动作也慢了点，但是耐性极强，一如他们的生命。好多犬戎士兵的圆月弯刀砍在不死族将士们的身上竟卡得死死的，拔也拔不出来。不死族将士们顺势将其拽下马，或取其首级，或用手臂生长出的枝干刺穿他们的心脏，或抡或掼或摔或扔。

陶唐之丘、叔得之丘、孟盈之丘、昆吾之丘、黑白之丘、赤望之丘、参卫之丘、武夫之丘狼烟四起，厮喊声一片。家园危在旦夕，在这片可爱的土地上生长的可爱的人儿，不奋勇杀敌，又该当如何呢？

12

神民之丘当属重灾区，应龙率着黑压压一片的昆仑山正规军铺天盖地而来。

"这也太多啦。"重搬了块大石头扔了出去，砸倒一大片。

"来一个，杀一个；来一对，杀一双。"黎肌肉凸起，猛地一拳打在了迎面而来的一个士兵胸口，一拳下去，似乎毫发无损。这个士兵埋首看了看，不屑地冷笑一声，刚欲挥刀劈来，一股莫名强劲的气将这个士兵震到了数丈开外，一并砸翻好几个士兵。这几个被突然撞翻的士兵起身欲扶起这位瘫在地上的战友，大家面面相觑，不禁打了个冷战，因为，刚刚被黎一拳打下去的这个战友胸口赫然出现一个大窟窿，龇牙咧嘴，早已不省人事。

木神正被一大群士兵围得水泄不通，但见他安静异常，无数根削尖的竹子随他的手势和身形翻转，将敌人或打晕、或刺杀。

燃月在不远处分身为12个一模一样的身形，把迎面杀来的不速之客看得眼花缭乱，唬得一愣一愣的。

伏羲手执龙头拄杖，站在一处矮坡上。女娲手执柳剑，立于他的身旁。烈从天而降，立于他俩对面。

"这就是你想要的？"烈张开双臂，环顾周遭，仰天大笑。

"少废话。"伏羲愤慨难当，翻身跃起，挥舞着龙头拄杖自上而下劈向烈。

烈攥紧一拳顶了上去，龙生九子的神灵之石骤然出现在他的拳头和龙头拄杖之间。伏羲的龙头拄杖悬在半空，纠缠难解。女娲见状，一个箭步上前，柳剑嗡嗡作响，有如毒蛇吐信，直奔烈的心口而去。烈赶忙暗自用力，手腕一震，将半空中的伏羲连同龙头拄杖一起震翻，随即侧身避开了女娲的攻势。女娲扑了个空，旋又止步收势，扭身将柳剑横着甩向烈，似要割断他的脖子。烈眼捷手快，忽地后仰，嗖的一声，柳剑擦着他的鼻尖扫过。未及烈立定，伏羲便从身后攻了过来，配合女娲绵密的剑阵，将烈围在中间，你推我挡，一时难分高下。

烈无心恋战，遂决定速战速决。一念之间，只听得烈大喝一声，囚牛、睚眦、嘲风、蒲牢、狻猊、赑屃、狴犴、负屃、螭吻这九个家伙纷纷元神出窍，张牙舞爪地护绕着烈。伏羲的手上还被龙生九子中的一个家伙刮出了一道血痕，女娲的衣袂也被另一个家伙扯下一截。烈摊开双掌，在面前抹出一个大圈，末了右拳紧握，猛地推出，龙生九子齐刷刷袭向不远处的伏羲女娲。

伏羲一个转身，龙头拄杖里的那条红色巨龙呼啸而出，与迎面而来的九个家伙厮杀到了一起。红色巨龙寡不敌众，腹背受敌。伏羲赶忙辗转腾挪，"天地雷风水火山泽"八方阵法绕转周身。"起！"伏羲双拳紧握，怒吼一声，八方阵法的幻象竟变成一条条巨龙腾空而起，直扑龙生九子。但见：天龙清澈明朗、地龙黢黑厚实、雷龙嗞嗞作响、风龙缥缈轻盈、水龙灵动无骨、火龙赤焰熏天、山龙崎岖刚劲、泽龙刚柔并济。

不多不少，九龙对九龙，狭路相逢，不是鱼死就是网破。烈的龙生九子虽属龙族，但毕竟带了个"子"，终于，龙生九子纷纷掉落，小命不保，烈跟前的九颗神灵之石也随之灰飞烟灭。

震惊之余，烈恼羞成怒，竟从心口掏出自己那颗耀眼夺目的元神之珠，半空中好似突然出现了一颗小太阳，让人不忍直视。九丘混战的敌我双方皆停了下来，好奇地掩目望去。

伏羲赶忙收回九龙，攥紧龙头挂杖，拽着一旁的女娲落至不远处的一块空地上。那一团似可照亮九幽的白光愈加刺眼，随之刮来一阵阵滚烫的风，忽听得半空中一声咆哮，那一团白光像陨石般砸了下来。伏羲从未领教过如此强大的攻势，最要命的是，他连对方何时出招、如何出招、出的什么招都一无所知。伏羲咬紧牙关，屏气凝神，本能地用龙头挂杖在跟前转出了一圈拦截层。女娲赶忙助力，丝丝绿光从剑心渗入拦截层。

顷刻之间，那一团白光轰的一声砸在拦截层上，毫无悬念地打破拦截层。

"闪开！"伏羲心知不妙，一把将女娲推倒在地。

伴着滚滚尘烟，那一团白光轰的炸开，冲击波震得整个九丘晃动不止。

"伏羲——"女娲瘫倒在地，掩面望去，什么都看不清。

烈在半空中冷笑一声，望着下方四起的尘烟，他料定，伏羲必死无疑。"天选之子，不过如此。"烈不屑地哼了声。

"为什么？为什么？"尘烟渐息，传来了伏羲哭丧的声音。

"怎么可能？"烈闻声望去。

"伏羲——"同样震惊的还有瘫倒在地的女娲，当然，女娲的震惊多了重惊喜之意。

他们没听错，也没看错。尘满面、鬓如霜的伏羲怀里正搂着一位奄奄一息的女子，那位女子不是别人，正是九尾狐。

"小时候，我见过你冲我笑，现在，你还能为我哭，真好。"九尾狐有气无力地笑了笑，嘴角血流不止。

"你明明在做梦，怎能擅自出来？你可知，这与婴儿无异。"伏羲胡乱地摸着九尾狐血肉模糊的胸口，刚刚九尾狐突然蹿出，舍命一挡，化掉了元珠的攻势。

"我知道。"九尾狐扭头咳出一大口血。

"小九，你为什么这么傻？为什么？"伏羲紧紧搂住九尾狐，眼泪扑簌簌滚落。

"所有人都以为我有九条命，但是，我只有一颗心，心在哪，命就在哪。"九尾狐又咳血不止，吃力地说道，"我还是一只小狐狸的时候，在树林里看见你的第一眼，我的心就给你了。伏羲，我爱你……"九尾狐使出全部气力说出了最后三个字，带着一丝安静的笑意闭上了双眼，这一去，自此万年。

宁隔千山，不隔一板。伏羲悲愤交加，仰天长啸。

13

百花幽谷烟消云散，一缕阳光射下来，一根根龙头拐杖灰飞烟灭，刑天身后的九尾狐也灰飞烟灭。

"可惜了。"刑天缓缓睁开眼，喃喃自语，欻的一下消失在百花幽谷的上空，转瞬现身于狼烟四起的九丘之上。果然，他刚出现，便远远地望见躺在伏羲怀里的九尾狐香消玉殒。

伏羲说得没错，按理九尾狐应该躲在一个旁人找不到的地方做梦才是，老天爷很公平，既许你在梦里称王，那么，现实中的你一定脆弱不堪。九尾狐因为放不下伏羲，擅自跑了出来，又要维系梦境，又要示之于众，这种状态下的九尾狐真是虚弱到了极点。

伏羲的力量里因为掺杂了怒气，那种爆发力是惊人的，只见他猛地跃起，红色巨龙连同"天地雷风水火山泽"八方阵法的天龙、地龙、雷龙、风龙、水龙、火龙、山龙和泽龙齐刷刷甩出，龙眼里似燃烧着愤怒的火焰，张开的血盆大口似要一口吞了烈，锋利的龙爪似要将烈撕得四分五裂。

烈很识趣，情知神灵之石和元神之珠接连消失无异于断了左膀右臂，正面迎敌绝非明智之选，遂三十六计走为上，翻身落至乱战的人群中左躲右闪。九条巨龙并未善罢甘休，穷追不舍。

伏羲居高临下，将龙头拄杖左右一拨，九条巨龙随即兵分五路，红色巨龙直窜而上，天龙和地龙左拐，雷龙和风龙右拐，水龙和火龙45度角昂首疾驰，山龙和泽龙继续保持后追态势。眨眼之间，"天地雷风水火山泽"八条巨龙从四面八方将烈团团围住，烈刚欲腾空，便看见张牙舞爪的红色巨龙从天而降。

"主公——"一条黑色四爪龙从侧方蹿了出来，护绕着烈，来者正是大将应龙。

烈轻哼了一声，一脚秋风扫落叶，激起的尘土迷住了八条巨龙的视线，烈旋又凌空一脚，冷不丁踹在了应龙的龙肚上，将

不知端倪的应龙踹了个拦腰闪。伴着应龙一声撕心裂肺的喊叫，这条可怜的黑色四爪龙便被直直地踹到了头顶。说时迟那时快，红色巨龙正好一口咬住应龙将其嚼得粉身碎骨，两只锋利的龙爪像撕蚯蚓一样将应龙撕成两截，溅落的鲜血洒了烈一身。烈见缝插针，一跃而起，跃至红色巨龙身上，五指并拢的右手似是一把利剑，凭空劈出了一道犀利的光，不偏不倚地劈在巨龙的七寸之上。轰的一声，无暇应对的红色巨龙扭身坠地，撞出的沙尘让蠢蠢欲动的八条龙愈加狂躁不安。

对于修行之人而言，御气是最根本的功夫，因为气充斥天地间的任何一个角落，取之不尽，用之不竭。至于那股气强大与否，全凭个人修为。烈从红色巨龙身上翻身跃起，以沙尘为掩护，大袖一挥，如法炮制，将"天地雷风水火山泽"八条龙纷纷打晕。

"啊——"伏羲吐了口血，连同手举的龙头拐杖被猛地震翻。那一股爆发的气透支了伏羲的体力，跟气球一样，爆完就爆完了。九条龙与伏羲气脉相通，九条龙被烈反扑，伏羲难逃其害。

"醒醒，伏羲，快醒醒……"不远处的女娲赶忙爬过去，将面色煞白的伏羲搂在怀里，不断呼唤着伏羲的名字。伏羲的双眼缓缓睁开一道缝，他想说什么，但是连说出口的气力都没有，跟翻滚呻吟的巨龙一样，眸子里燃烧的火焰渐渐熄灭。

女娲扭头看见烈落于跟前，二话不说，奋力跃起欲跟烈拼命。烈轻轻松松便避开了本就虚弱的女娲，一把夺过柳剑，将女娲狠狠地踹飞至伏羲身旁。女娲捡起落在一旁的龙头拄杖，紧紧地搂着瘫倒在地的伏羲。

"何必呢？"烈冷笑一声，将柳剑递至眼前，用手轻轻弹了一下，随即扔至一旁，掸了掸衣袖上的尘土。但见烈深吸一口气，两束被勾起的尘土幻化成一条灰色巨龙绕转周身，烈顺手一指，灰色巨龙应声而出，袭向对面的伏羲女娲。

嗖的一声，一束寒光从天而降，将这条快要抓到伏羲女娲的灰色巨龙身首异处。灰色巨龙轰然倒地，尘归尘，土归土。"得饶人处且饶人。"手执青龙刀的颛顼似一阵风挡在伏羲女娲跟前。

"颛顼爷爷。"女娲有气无力地喊了声。

"带他回去歇息。"颛顼侧身瞥了眼奄奄一息的伏羲。

"又是你这个老不死的。"烈怒挥了一下衣袖。

"多行不义必自毙。"颛顼安静地望着对面的烈。

"哼，真是受够你们这些老东西了。"烈背执双手，咬牙切齿地望着颛顼，"今天也该一了百了了。"

"我打不过刑天，难道还打不过你吗？"颛顼攥紧了一丈长的青龙刀，冷冷地笑了声，一阵轻风吹过，拂起他的美髯须。

烈暗暗攥紧双拳，不再言语，跟颛顼对峙而立。

刑天已在半空中悄然观察许久，因没了头颅，以乳为目、以脐为口的刑天要比往常愈加敏锐，身上的每一个毛孔都能感受到旁人难以察觉的动静。没有人会注意到九丘之外洪波涌起，一位更棘手的不速之客正天马流星般赶来，"是他……"刑天看得分明。

14

伏羲起身四顾，周遭白茫茫一片，一棵高大异常的合抱之树突兀地立于天地间。

"呵，好一棵顶天立地的树。"伏羲啧啧称叹，定睛细看，这棵树通体紫色，长着青色的叶子、黑色的花朵、黄色的果实，主干高百仞，上面倒刺丛生，且没有任何枝丫，主干之上有九根盘错遒劲的分支，同底下九根盘错遒劲的分支异曲同工。"建木？"伏羲喃喃自语。

"是的，这便是可以通天的建木。"一位老者的声音从建木的方向传来。

伏羲循声望去，建木底下盘错遒劲的九根树根竟似风车般旋转起来，伏羲赶忙跳起避开。九根树根正反各转了一圈，只听得建木躯干里似有好多根锁链在牵扯着，没一会儿，树干底下竟突然开了一扇门。一位精瘦的老者从建木里款步走出，他的双手是如此的引人注目，因为，他有六根手指，最小的那根手指上的指甲细长无比。

"这是哪？我怎么会在这里？"伏羲好奇地望着迎面而来的老者。

"这是你该来的地方。"老者慈眉善目，走至伏羲跟前，仔细打量着眼前的这位少年。

"你是谁？"伏羲目不转睛地看着眼前的这位老者。

"徒有一虚名的倕。"老者乐呵呵地说道。

"上古巧匠倕？"伏羲惊诧不已。

"呵，你知道的可真不少。"倕转身望着建木。

"颛顼爷爷跟我讲过您的故事，说您可厉害了，能发明世上最厉害的机关和兵器。"伏羲突然蹙眉道，"但是，您不是死了吗？"

倕好似没听见伏羲在说什么，踱步走向不远处的建木，抬头望了望，许久，才开口叹道："知技知器易，知人知心难呐。"

"此话怎讲？"伏羲不解道。

"刑天的巨斧你应该领略过吧？"倕头也不回地问道。

"嗯。"伏羲点头。

"你觉得怎样？"倕追问道。

"睥睨三界。"伏羲由衷叹道。

"斧柄和斧头皆为天地稀松平常之物，他当年来找我，求我将它们续上去。"倕顿了顿，"那时的刑天尚年少，跟你一样，我很欣赏他素有大志，遂用三天三夜给斧柄和斧头设计了举世无双的卯榫，以致后人误以为刑天的巨斧乃浑然天成之宝。"

"原来如此。"伏羲若有所思。

"当两件稀松平常的东西天衣无缝地结合时，那种力量是无穷的。"倕转身朝伏羲走来，"就好比两个人，心相连了，世界又能怎样？"

"女娲？"伏羲突然想起了女娲。

"你要的东西在那里。"倕走至伏羲身旁，顺手朝建木的最上面一指，并用另一只手轻轻拍了拍伏羲的臂膀，"祝你好运。"

"轩辕箭……"伏羲抬头望了望，目送倕走进建木打开的那扇门，伴着九根树根的来回旋转和树干里咯吱咯吱的铁索声，没一会儿，世界又顿时安静了下来。

天上那九根同样盘错遒劲的紫色枝干长满了青色的叶子、黑色的花朵和黄色的果实，传说中的轩辕箭就藏在林荫隐秘的尽头？伏羲缓缓走至建木底下，望着无枝可依、倒刺丛生的树干，摊开一无所有的双手，不禁蹙眉。想着想着，白茫茫世界里北风呼啸，空中不知何时骤然飘起了鹅毛大雪，好似伏羲一筹莫展的心境。

第六卷　用印：山海英雄正联盟

1

神民之丘的药堂虽简却雅，几间茅草屋依山傍水，院子里里外外种满了稀奇古怪的草药。药堂的主人是一位德高望重的老者，须髯及地，鹤发童颜，妙手回春，他正闭目一手搭着伏羲的脉搏、一手捋着自己的胡须，隐隐蹙眉。

"神医，怎么说？"女娲近侍一旁，焦急地问道。

"唉……"神医摇了摇头，从床边踱步至窗前，盯着自己养的那只鹦鹉兀自出神。

"神医有话但说无妨。"女娲望了望昏迷不醒的伏羲，又望了望神医的背影。

"古来巫医不分，我行医多年，竟从未见过如此迷离的脉象，似芤脉，又非芤脉。"神医喃喃自语，"似病非病，似有还无。"

"此话怎讲？"女娲困惑不解。

"芤脉是葱管一样中空无力的脉象，伏羲气息尚存，乍一摸脉象颇如此脉，也本该如此，但稍稍用力，又隐隐感觉到一丝倔强未断的反冲之力。"神医转身走至床边，摸了摸戳在一旁的龙头拄杖，"巨龙与伏羲气脉相通，经此一战，他本该丧命，真是罕见。"

"无药可医吗？"女娲关切地问道。

"无药可医——无药可医——无药可医——"鹦鹉突然扑腾着翅膀喊了起来。

神医一声不吭，背执双手，又仔细打量了一番躺着的伏羲。

"伏羲——"女娲有气无力地趴在伏羲身上，不觉掉下许多泪来。

许久，传来了神医的声音，道："生死有命，富贵在天。女娲姑娘倒也不必太过伤心，想来伏羲绝非等闲之辈，这里有一味药尚可治他肉体创伤。"

"何药？"女娲听得一个治字，猛地抬头。

"百草霜。"神医转身指着院角的一个土灶台。

"百草霜——百草霜——百草霜——"鹦鹉大声学话。

"百草霜何药？"女娲皱了皱眉。

"锅底灰。"神医顿了顿，"和一些，口服外用，止血有奇效。"

女娲应声点头，赶忙在桌上取了个碗，冲到院子的土灶台那儿，硬着头皮刮了好些锅底灰。想来神医不会欺人，只要对伏羲哪怕有一丁点好处，为什么不试试呢？女娲兑好大半碗水，将伏羲半躺着扶好，用汤匙舀了勺欲递至伏羲唇边，不知为何，她自己先稍稍尝了口。

"来，伏羲，喝了它就好了。"女娲边喂边说道。

"好了——好了——好了——"窗前的鹦鹉观察着女娲的一举一动。

参天古木百鸟啼鸣，药堂愈显幽静，女娲侧耳轻轻贴在伏羲的心口，她能清楚地听到伏羲的心跳。

2

天昏地暗，旋风裹挟着沙尘，将颛顼和烈围在中间，他俩对峙许久。

终于，烈率先出手。漫天沙尘中赫然幻化出一条灰色巨龙，一颗颗沙粒构成的龙鳞好似一副久经沙场的铠甲，烈顺手一指，这条巨龙便张牙舞爪地袭向颛顼，这是烈惯用之法。

颛顼见怪不怪，在所有的原始图腾里，龙族是他最司空见惯的一个种族，这么些年，他凭借独步三界的屠龙斩，不知驯服、斩杀了多少稀奇古怪的龙。面对沙尘中袭来的这条空架子巨龙，颛顼眼都不眨，似一根被风吹弯的芦苇倏地扭到一旁，随即翻身，一丈长的青龙刀随着身体的旋转顺势劈来，手起刀落，可怜了这条还没反应过来的巨龙。

烈气急败坏，恨不得将颛顼碎尸万段，只听其怒吼一声，方圆十余丈的沙尘尽皆悬空。显然，烈欲掀起更大的风沙巨龙。

未及风沙巨龙成形，颛顼将青龙刀横举过头顶，青龙刀在他手中如螺旋桨般飞速旋转，颛顼顺势跃至半空。只见颛顼在半空中将青龙刀左劈一刀、右劈一刀、上劈一刀、下劈一刀、横劈一刀、竖劈一刀，转瞬便已来来回回数十次。蓦然回首，一条有如钢刀铸成的寒光巨龙横空出世。

"斩立决！"颛顼手中的青龙刀有如令旗，刀锋直指沙尘漩涡中心的烈。

寒光巨龙绕颛顼盘旋三周，仰天咆哮一声，自上而下扑了过去，它每一个关节摩擦的声音好似一把钢刀刮在铁器上，闻之让人不禁毛孔战栗。想来也不为奇怪，颛顼极擅屠龙斩，诚所谓大道之行，始终如一，他的御龙之术定也登峰造极。寒光巨龙以压倒性优势将刚冒出头的风沙巨龙撕咬得粉碎，并势如破竹袭向后面措手不及的烈。

神民之丘恐是烈对战至今的滑铁卢，此前他注意力全放在了天选之子身上，法宝尽失，元气大伤，竟忘了留一手。如今，面对道行远胜于自己的颛顼，抗衡俨然成了天方夜谭。烈本能地双手交叉握拳挡在跟前，坐以待毙。

轰的一声巨响，一对燃烧的震天铁锤疾驰而来，一个直直地砸在寒光巨龙的龙头上，一个狠狠地砸在寒光巨龙的龙肚上，将寒光巨龙打得四分五裂，但见钢刀利刃纷纷掉落，插在烈的四周。

伴着大地阵阵颤抖，一只半山高的鳌精从不远处横冲直撞而来，鳌背上踩着一个铜头铁臂的猛士，发如灼烧的钢针，双眼怒瞪。没错，来者正是共工，刚横空袭来的武器便是共工惯用的震天铁锤。

"老朋友，别来无恙啊！"共工低沉的声音从不远处传来，伴着阵阵大笑。

"是你……"颛顼转身望去，不禁蹙眉。

"水神共工？"正在打斗的木神、燃月、重、黎等人皆停下了手脚，循声望去。

"终于来了。"烈的嘴角泛起一丝冷笑。

乱战之中，不速之客，是敌是友？很多人不明就里。

3

风卷云，雨打尘，若待一万年太久，只朝夕与争。

茶醉人，酒销魂，君非南山武陵来，痴心谁燃灯？

这首《长相思》堪为虚空之境里伏羲的真实写照。

"女娲，等我！"北风那个吹，雪花那个飘，伏羲瑟瑟发抖。只见他一咬牙、一跺脚，便跟个猴子一样抱着倒刺丛生的树干爬了上去，鲜血染红了他的双掌和双脚，他的身体也被倒刺戳

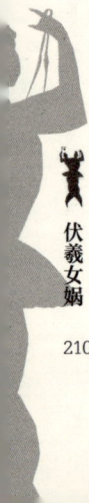

得伤痕累累。伏羲龇牙咧嘴，这些倒刺竟似生根般纹丝不动，直扎得他苦不堪言。

建木突兀地矗立于天地间，丝毫不为外界变幻的天气所动。彼时八尺为一仞，折算下来，建木中间倒刺丛生的这段主干高达300米，说短也短，说长也长，攀爬此段与上刀山、下火海无异。世人皆羡天上好，不历经磨难，怎来笑看风云？

建木九根盘错遒劲的枝干之上还有什么艰难险阻在等着自己？伏羲没有心思再去多想，一则上面枝叶繁茂遮住了视线，二则自己此刻已全然自顾不暇。

倏忽之间，虚空之境里的凛冽寒风和漫天飘雪消失不见，取而代之的是熊熊烈焰。天地顿时变成了一座火焰山，一束束平地而起的冲天火焰炙烤着建木，也差点灼伤伏羲的双脚。

"喔——"伏羲的脚板被一束火苗撞到了，烫得生疼，赶忙奋力攀爬，整个人被蒸得汗如雨下，似要被烤熟一般。

"啊——"伏羲虚脱得像一朵蔫掉的花儿，手一软，冷不丁翻了下去。亏好伏羲反应及时，翻了两圈之后，硬生生用手抠住了倒刺丛生的树干，命悬一线，已忘了疼痛。熊熊烈焰沾到了伏羲的衣角，火苗烧身，伏羲赶忙扯碎自己的衣角扔了下去。

虚实两重天，虚空之境里，伏羲的"天地雷风水火山泽"八方阵法无从施展，任何外界的功力都不好使，只有靠本能。伏羲步履维艰，但始终不屈不挠，没一会儿，他便攀爬到了半腰。伏羲抱着树干停下来大口喘气，待往下看时，火苗竟像毒蛇归洞般尽数缩了回去，还没等他反应过来，天空便下起了瓢泼大雨。伏羲忍不住伸出一只手，仰起头，张开嘴，他打心底里感激这一场及时雨。

雨水把伏羲淋了个透，血水顺着他的身体和树干滑落，渗进了建木的树根里，悄然之间，九根盘错遒劲的树根旁次第开满了鲜红的花朵，建木之上丛生的倒刺也不知何时慢慢缩了回去。

伏羲喜不自禁，深吸一口气，全力攀登。

4

共工身材虽小，但却剽悍异常，一张一弛间充满了排山倒海的巨大能量，这与他这么些年在海底日夜苦练不无关系。

"你来作甚？"颛顼望着迎面而来的共工，冷冷地问道。

"皇帝轮流做，明年到我家。"共工站在鳌精之上仰天大笑，举起一只震天铁锤指着不远处的颛顼。

"这么多年过去了，你果惦念此事。"颛顼攥紧了手中的青龙刀。

"不周山本该就归我管。"共工咬牙切齿。

"你我同为开天辟地之神，当以天下苍生为念，奈何总为浮云蔽目？"颛顼怒斥道。

"当年我就是不如你这般慷慨陈词，遂与不周山无缘，如今，我又回来了，是不是该爽快点？"共工与颛顼相视而立。

九丘的厮杀声此起彼伏，滚滚尘烟遮天蔽日，阵阵狂风平地

伏羲女娲

而起。许久，听得颛顼口中吐出一个字："好！"话音未落，颛顼便飞身跃起，横甩青龙刀，一束犀利的寒光倏地劈向了鳌精之上的共工。

共工赶忙举起一对震天铁锤，交叉挡在跟前，砰地一声，硬生生化掉了颛顼劈来的那一束寒光。待立定细看，颛顼早已从眼前消失。"哪里走？"怒目圆睁的共工朝远方大喊一声，鳌精赶忙转向直追颛顼，大地震颤不止。

颛顼正迎风踏浪朝九丘环绕的水域奔去，那里烟波浩渺、杳无人烟，正是决战的好地方，否则在陆地上一则施展不开拳脚，二则伤及无辜。

"果然很颛顼。"刑天在半空中洞若观火，冷笑一声。

5

世上无难事，只要肯登攀。伏羲终于成功登顶，雨说停就停了，阳光展颜。

那些曾抬头仰望的东西如今近在咫尺，建木叶脉的纹理清晰无比，娇嫩的花蕊沾满了雨露，累累硕果让人垂涎欲滴。伏羲稍稍用力，便顺势翻了上去，四脚朝天地躺在一片巨大的叶子上，长吁一口气，望着上方密密麻麻有如丛林般的建木，一束阳光穿过层层叠叠的密林打在他的脸上。

建木的叶子巨大无比，每一片叶子都像一张床，柔韧异常，周遭美妙的景色让伏羲忘了疼痛，五颜六色的蝴蝶踩着轻盈的舞步在他眼前翻飞，更有此起彼伏的百鸟啼鸣充盈耳畔。正自流连间，九根盘错遒劲的分支如风车般旋转起来，伏羲身下的这片叶子竟开始七拐八绕地螺旋上升，周遭天旋地转，直转得伏羲晕头转向，唬得伏羲匍匐在叶片之上大声疾呼，紧紧地抓住叶片边缘。

"奇怪……"待天地停止旋转之时，伏羲正瘫坐在地上，屁股底下仍可见那片巨大的叶子，他用手摸了摸，好似刻在石板上的一幅画。伏羲看了看伤痕累累的手臂，也环视了金碧辉煌的厅堂，困惑不已。忽听得"嘎吱"一声响，一扇侧门被一位鹤发童颜的老者缓缓推开，老者正笑意盈盈地朝自己缓步走来。"上古巧匠倕？"伏羲甩了甩晕乎乎的脑袋。

"你果然没让我失望。"倕走至跟前，搀扶起遍体鳞伤的伏羲。

"这是哪？"伏羲好奇地问道。

"这是哪不重要，重要的是，这里有你想见的人。人，才是最重要的。"倕乐呵呵地说道，"且随我来，先带你沐浴更衣。"

伏羲紧随着倕走至一个热气腾腾的浴池，浴池里铺满了百花，伏羲脱光衣服跳进去的时候，发现袅袅水汽竟能幻化出千奇百怪的花鸟虫鱼，伏羲忍不住伸手去抓，新奇不已。末了，伏羲才猛然发现手臂上和身上的伤口早已悄然愈合，整个人由内而外精神焕发。"太神奇了。"伏羲摸了摸赤身裸体的自己。

"此乃三生池，可治万般苦。"倕不知何时立于伏羲身后，递过一套干净的衣袍。

"接下来去哪？"伏羲跟着倕穿过一条狭长的过道，过道两侧的墙壁上刻满了龙、凤、鹰、狼、虎、豹、熊、罴等图腾。

"去见黄帝。"倕径直朝前走去，在过道尽头一扇厚重的石门前停下，将第六根手指上纤细的指甲戳进石门上的一个孔眼，轻轻一扭，听得石门里好似齿轮作响，只见石门缓缓打开，眼前明亮一片。

"哇——"伏羲忍不住惊叹，头顶星辰璀璨，周遭墙壁上不断闪现着九州影像，要比颛顼爷爷的九丘虚空图来得更广博、更酷炫，而最熟悉的莫过于正中央八个金光闪闪的点构成的八方阵法图，一位光看背影便能感觉到威仪的人正背执双手立于八方阵法图之上。

这位着一袭龙袍的长者随即转身，打量着伏羲，突然大笑起来，气出丹田，其音如磬，道："好！好一个后生！古之立大事者，不惟有超世之才，亦必有坚忍不拔之志。"

"你就是传说中的黄帝？"伏羲好奇地望着眼前这位稳重且不失慈祥的长者。

"有失体统。"倕在一旁斥道，狠狠瞪了伏羲一眼。

"哎，大丈夫不拘小节。"黄帝冲着倕大手一挥，"你且退下。"

"是。"倕躬身作揖，双脚缓缓后移，一步步退出石门之外。

伏羲扭头看着上古巧匠倕退了出去，再回首，黄帝已从八方阵法图上走了下来，正站在自己跟前。

"你就是伏羲？"黄帝笑问道。

"嗯。"伏羲应声点头。

"为轩辕箭而来吧？"黄帝踱步走至一侧，伸手拽出一片影像，影像上九个红点扩出阵阵涟漪。

"九丘？"伏羲移步近前，一眼便认出了这是九丘的影像。

"以家为家，以乡为乡，以国为国，以天下为天下。"黄帝情不自禁地叹道，"你还没回答我的问题呢。"

"是，正为轩辕箭而来。"伏羲望着血拼的九丘影像，暗暗攥紧了拳头。

"那你可知，轩辕箭乃上古巧匠倕为寡人设计的巅峰之作，一旦射出，世上便再无轩辕箭？"黄帝扭头瞥了伏羲一眼。

"如何才能得箭？"伏羲不依不饶地问道。

"你要拿东西换。"黄帝又踱步至八方阵法图上，转身望着不远处的伏羲。

"我什么都没带，除了这条命，待九丘尘埃落定，随时奉上。"伏羲咬紧牙关，目光坚定地望着黄帝。

黄帝突然仰天大笑，笑声在屋子里回荡许久，过了好一会儿，才开口道："想要你命的人大有人在，能要你命的人也大有人在，这个我不稀罕。"

"那你想要什么？"伏羲追问道。

"我要你一句话。"黄帝轻轻笑了一下。

"什么话？"伏羲一头雾水。

"你只要回答'好'或者'不好'就可以了。"黄帝言罢背向伏羲，屋子里好一阵沉默，许久，才听闻黄帝开口道，"万物发展有三个方向，一个是向前，一个是退后，一个是原地踏步。我希望这个世界因为有你的存在而有哪怕那么一点点不一样，我指的是向前。"黄帝随后转身，望着眼前这位干净而倔强的少年。

伏羲并未立刻作答，而是兀自出神许久，他从没见过传说中的黄帝，更没遇到过这种交易。终于，听得伏羲口中蹦出了一个坚定异常的字："好！"

话音未落，单一个"好"字便似一把钥匙，打开了伏羲和黄帝中间的一扇门，空气中赫然浮现出一支金光夺目的利箭，一动不动地横在伏羲和黄帝的眼前。

"好！"黄帝大笑，伸手一抹，原本横躺着的这支轩辕箭瞬间翻身，箭镞朝天，且一分为九依次排开，皆金光闪闪，"此箭便是轩辕箭，乃世间至阳之物，取九州山海精华淬炼，合九为一，一旦射出，攻无不破。你或有耳闻。"

"嗯。"伏羲忍不住上前，仔细打量着传说中的轩辕箭，伸手触摸到其中一支轩辕箭的瞬间，其他八支轩辕箭似感应到什么，眨眼之间便合为一体，置身于伏羲掌间。

黄帝伸手朝璀璨星辰里一抓，星辰中远近交织的几颗星熠熠生辉，一把同样耀眼夺目的金弓似从天幕上剥离，由远及近飞来，稳稳地落在黄帝手中。"大德大贤之人方能驾驭轩辕箭，连同这把金弓，你都带回去吧，搁我这里与废铜烂铁无异。"黄帝转身将手中的金弓递给伏羲。

伏羲小心翼翼地接过，仔仔细细地打量，忽闻对面传来一句他再熟悉不过的话："记得年轻而勇敢！"

"师傅？"伏羲猛然抬头，只见和蔼可亲的雷神正手执龙头拄杖站在八方阵法图上冲着自己微笑，再一眨眼，八方阵法图上空无一人，原来是幻觉，黄帝也不知何时去向何方。伏羲一手持弓，一手持箭，他有点不敢相信，这一切真实得像一个梦。

如雷神所言，很多时候，梦的确是最真的现实。

6

木神、燃月、重、黎等人正在乱军中周旋应付，昆仑山正规军对他们酷炫的技能心存忌惮。

大块头重手举着一块巨石，被一群犹豫不前的士兵围堵在中间。黎在外圈的地面上猛砸几拳，地面唰的一下塌陷，所有士兵还没反应过来便摔落下去。重见怪不怪，奋力一跃，举重若轻，在坑边落稳后将手中举着的巨石扔了下去。"哼，让你们不要惹我，不是所有胖子脾气都那么好的。"重拍了拍手，扭头哼了声。

一个士兵举刀欲劈燃月，瞬间被12个一模一样的身形看傻了眼，以致劈了个空。这个士兵旋又横刀侧劈，又劈空五六个，还没等他转身，脖颈上便被猛地击打一下，顿感天旋地转，瘫倒在地。"给你机会，不知道珍惜。"燃月的幻影合而为一。

木神双手并用，左手御一根粗大的圆木，右手御一根削尖的竹子，旋转穿插之际，直打得昆仑山士兵手足无措、节节败退。

嗖的一声，木神所御之圆木和竹子被一股迎面而来的气从头至尾削成两截，木神因与之气脉相连，被震得身形不稳。但见木神赶忙一个后空翻，避开了这股擦身而过的戾气。

"木神——"燃月靠得最近，察觉到了异常，抽身跃至木神一旁。

"无妨。"木神立定，冲着燃月笑了笑。

不远处的重、黎俩兄弟也听到了动静，皆循声望来。只见烈正缓缓从天而降，踩在木神的断木之上。木神和燃月并肩，怒视着对面的烈。

"乌合之众。"烈轻蔑地哼了声，扭头瞥了眼重、黎俩兄弟。

木神、燃月、重、黎皆暗暗攥紧了拳头，有一条路，叫不得不。燃月率先出击，幻化为12个身形此起彼伏袭向烈。换做旁人，估计早已眼花缭乱，但烈毕竟是烈，要知道，此前他的麾下大将应龙第一次为山海印寻至女娲住处时，遇到的第一个绊脚石便是燃月，也遇到了同样的12分身术，连应龙都能一下子辨出虚实，道行更高的烈怎会不知？只见烈连眼睛都不用闭，一个转身，凌空一脚，不偏不倚踢中了侧上方的一个燃月，果然，一击即中。

"不自量力。"烈冷笑一声。

燃月被烈这一脚踢断两根肋骨，吐血不止。木神一个箭步，从身后托住了快要坠地的燃月。

山崩地裂拳是黎的看家本领，只见他猛地朝地上抡了一拳，这一拳着实让人大开眼界，因为一个不争的事实是，力量是有方向的。这一拳下去，尘烟顿起，歘的一声，大地忽地裂开一道巨大的口子，骤现一道鸿沟，似张开了嘴巴。烈在裂缝迸至脚后跟时倏地翻身跃起，并趁势推出一拳，直勾勾地袭向未及起身的黎，欲要打爆黎的脑袋。大块头重眼疾手快，朝前一步，硬生生顶住了烈的攻势，双方僵持不下。黎随即起身，又是一拳，轰的一声砸在若隐若现的拳面上，这突如其来的一股强劲冲击力把烈震翻，拳势烟消云散。

"不打紧，不打紧。"重因为惯性不稳，跟跄着冲向前去，被黎一把拽住，刚摆了摆手，不承想踩到一截圆木，话音未落，便四仰八叉滑倒在地。

木神将燃月安置一旁，跃步上前，轻抬双臂，地上散落的断木、竹子像是被吸铁石吸起来一般，大块头重屁股底下压着的一根木头也倏地腾空而起。

"厉害了，我的哥。"重顺势打了个滚，一个鲤鱼打挺，站在黎的身旁，目不转睛地望着半空。

"哥，我是你弟。"黎瞅了瞅重。

"喏。"重朝木神的方向怒了努嘴。

木神双手一勾，断木和竹子似听到了指令，唰的一声，木尖、竹尖九十度大转弯全部朝上。"起！"木神一声令下，这些断木和竹子似离弦之箭，"嗖嗖嗖"射向半空中的烈。

烈没有丝毫躲避之意，因为于他而言，木神的招式实在拙劣至极。此话怎讲？金木水火土五行之外，修行之人的至高境界是御气，人活到最后，拼的也是一口气。气是虚无缥缈但又无孔不入的东西，比如风起风停，而木神仅停留在实打实的御木层面，好比再锋利的矛，都有更坚实的盾能抵挡。

烈顺手在周身扯出一条如烟似云的巨龙，只见这条巨龙张牙舞爪翻飞之际，便把袭来的断木和竹子悉数挡了回去。这些原本袭向烈的断木和竹子好似临阵倒戈，又反向齐刷刷地射向木神，硬生生插在地上，让底下所有人避之唯恐不及。

"还有吗？"烈在半空中冷笑不止，挑衅地问道。

"你——"木神愤愤地指向烈，随即皱眉捂着胳膊倒吸一口凉气，此前因要保护受伤的燃月，木神的胳膊不小心被乱竹擦伤。

7

颛顼横刀而立，如履平地般踩在浩渺烟波之上。鳌精浮在不远处，手执一对震天铁锤的共工立于其上。薄雾的尽头依稀可见一座耸入云霄的山峰，正是不周山。

此番斗法共工最先出手，只见一对震天铁锤勾起两束蛟龙状的水柱，这对蛟龙在半空中随着震天铁锤的交叉而交缠在一起。共工怒目一指，将一对震天铁锤猛地指向数十丈开外临风而立的颛顼，这对交缠的蛟龙忽地翻身顺着震天铁锤的方向直奔颛顼而去。

颛顼处变不惊，双目微闭，青龙刀绕着手腕在跟前转成一圈寒光，在两条蛟龙快要扑到的时候，颛顼稍稍侧身，手腕一扭，手臂一挥，青龙刀如飞刀般甩出，硬生生将两条蛟龙横劈成两截。蛟龙如碎珠般跌落水中，青龙刀旋又飞回颛顼手中。

共工咬牙切齿，将一对震天铁锤挥舞了好几圈，四周水域里波涛汹涌，"哗啦"一声，一条巨大无比的水龙嘶啸着破水而出，绕着鳌精和共工盘旋而上。"走你！"共工怒吼一声，将其中一根震天铁锤直勾勾指向颛顼。

巨龙裹挟着一股排山倒海之力袭来，劲风四起，此巨龙比烈幻化的巨龙大有不同，一则体型更大，二则虽同为幻化之龙，但御龙之人的那股气实是重中之重。颛顼深谙，一旦沾染共工幻化的这条巨大水龙，无异于跌落湍急的河流，定会多重身不由己。遑论湍急的河流，赤脚站在秧田水渠打开的缺口那儿，都提心吊胆。退一步海阔天空，颛顼攥紧青龙刀，一个后翻，退至数十丈开外，余光一瞥，巨龙仍穷追不舍，且速度惊人，颛顼又赶忙踏

浪跃去。

共工居高临下，看着素来稳重的颛顼窘态连连，不禁仰天大笑。"你也有今天。"共工嗤之以鼻。

颛顼左右躲闪，巨龙紧随其后。巨龙摆尾转向时轰的一声击打在水面上，激起千层浪。颛顼眼看一避再避不是个办法，遂大吼一声腾空跃起，伴着青龙刀绕转周身，下方水域里被搅起无数颗晶莹剔透的水珠，只见这些闪闪发光的水珠旋转聚合，转瞬便汇聚成了一条同样巨大无比的水龙，张牙舞爪绕着颛顼盘旋。相较于共工的那条，颛顼的这条水龙中空轻灵，非通体为水，仅龙鳞由颗颗水珠构成，似披了件闪亮的铠甲。

按理说，以水制水算以其人之道还治其人之身，那一虚一实两条巨龙免不了一番鏖战，平生斩龙、御龙无数的颛顼当然比共工更清楚这一点。但见颛顼挥舞的青龙刀在指向迎面袭来的共工之龙时并未收势，而是随即伸出另一只手，双指并拢，暗自发力，顺着平举的青龙刀刀柄擦了下去。这一擦，竟似干柴烈火，"唰"的一下，一束细长的火苗顺着刀柄蹿到刀刃上，也就势蹿到了龙尾上。原本旗鼓相当的两条巨大水龙立马相形见绌，颛顼之龙好似被点燃一般，身形翻滚间有如沸腾的铁水，着实让人生畏。与烈曾在湖畔点燃两条水龙克伏羲火圈如出一辙，果不其然，共工之龙与颛顼之龙缠斗在一起，没一会儿便败下阵来，跌落水中无影无踪。

共工怒气冲天，二话不说，挥舞着震天铁锤从鳌精上跃起。

颛顼见共工亲自出马，赶忙顺势挥出水火龙。共工眼都不眨一下，抡起震天铁锤砸在了张牙舞爪迎面而来的水火龙上，轰的几声巨响，水火龙便被打得大珠小珠落玉盘。共工并未停止攻势，与颛顼在水波之上短兵相接硬碰硬打斗起来，"乒乒乓乓"一番你攻我挡，从水面之上打到鳌精之上，没一会儿又打到水面之上，直打得昏天黑地、水浪四起。

论武力，共工与颛顼分庭抗礼，且这些些年来，两人从未停止过修行。但论耐性，共工的暴躁较当年有过之而无不及，几百个回合打下来，共工见颛顼的招式绵密不透，久攻不破，难免心急。颛顼敏锐地捕捉到共工的心理波动，知其按捺不住性子，遂故意丢了个破绽，刀锋侧劈佯装失误。自以为是的共工果然着道，见缝插针，抡锤而来，不承想颛顼随即抽刀，刀锋忽地反转横向回补一刀。

"糟糕！"重若千钧的一对震天铁锤怎能说收就收，共工因惯性身形不稳，勉强避开了从头顶扫过的青龙刀，但实在避不开颛顼的凌空一脚，这出乎意料但又是情理之中的一脚将他踹翻到水里，整个人好似落汤鸡颜面尽失。

宜将剩勇追穷寇，不可沽名学霸王。颛顼本欲乘胜追击，但不远处的鳌精冷不丁射来一口直直的水柱，颛顼侧身避开，并随即止步，一动不动地立于水波之上望着鳌精朝共工这边游来。

8

　　躺在药堂里屋的伏羲忽而蹙眉、忽而咬紧牙关、忽而攥紧双拳、忽而瑟瑟发抖、忽而浑身冒汗，着实反常。一旁的女娲看在眼里、急在心里，正用毛巾仔细地给伏羲擦拭，口中不住地念着"伏羲"的名字。

　　"他在另一个世界一定历尽千辛万苦。"神医看了会儿，忍不住叹了口气，"我去取一粒复元丹来，或能助力。"

　　"谢神医。"女娲一并起身，端着木盆出去倒水。

　　"啊——"屋内突然传来伏羲的一声大叫。伏羲猛地惊醒，他隐隐记得上古巧匠倕送他离开时在建木之巅突然将自己一把推了下去，轩辕箭和金弓皆落在树顶上了。

　　"风景自高处寻。"上古巧匠倕立于建木之巅陪伏羲眺望着幻化的大好河山，这是他说过的且仅有的一句话。或许不止这句，但伏羲只记住了这句。

　　女娲正在院子里搓洗毛巾，听闻屋内的动静，还没等她反应过来，便看见风一样的伏羲冲了出来，直奔院落旁最大的一棵参天古木而去。"伏羲——"女娲丢下手中的活计，紧随其后，在树下大喊，"伏羲，你干吗？"

　　"轩辕箭。"伏羲头也不回地答道，跟小松鼠似的"噌噌噌"爬了上去。

　　这棵参天古木是药堂旁最大的一棵，合抱之木，高近百米。

爬这棵树简直就是小菜一碟，因为比起建木，它一没建木高，二没丛生的倒刺，三没风吹雪飘火烤雨淋。如果伏羲所料不差，轩辕箭一定就在树顶，因为，虚实若无衔接之处，便无从相生。

"伏羲？"神医闻声走到院内，掌间正托着一颗拳头大的复元丹，抬头望着一手执金弓、一手执轩辕箭的伏羲从天而降，惊诧不已。

果不其然，黄帝赐予他的轩辕箭和金弓搁在树顶上，伏羲轻松取下，纵身一跃，衬着闪闪金光，从天而降的伏羲俨然如一盏明灯，以致在底下观望的女娲和神医不自觉地以手遮目。

"伏羲——"女娲激动得热泪盈眶，上前一把搂住，扑到伏羲怀里。

待女娲心情稍稍平复些，伏羲一个后空翻，摆了个西北望、射天狼的造型，扭头问道："怎么样？帅不帅？"

女娲笑得花枝乱颤，抹了抹眼角的泪水，止不住地点头。

"这个，复元丹，谁吃？"神医看了看神气活现的伏羲女娲，又看了看拳头大的复元丹，丈二和尚摸不着头脑。

"我没事，女娲，你吃了吧。"伏羲依然摆着造型，手执轩辕箭的胳膊抬起来秀了下肌肉。

"神医，要不你吃了吧？"女娲笑意未歇，随口应答了一句，看到伏羲又回来了，她整个人精气神莫名其妙地说好就好了。

"小孩子家家的，说什么胡话！"神医把手中的复元丹递

伏羲女娲

给一旁的女娲，"这可是神仙都吃不到的宝贝，你女孩子，底子弱，补补。"

女娲顺势接过这颗红彤彤有如苹果的复元丹，举到眼前瞅了瞅，正好挡住伏羲的脑袋，随即走向伏羲，噘嘴道："喏，苹果，一人一半，你不吃，我也不吃。"

"那是复元丹。"神医在身后喊道。

"好，灭了这个苹果。"伏羲收好弓箭，指向这颗复元丹。

女娲刚准备将这颗复元丹掰成两半，转念一想，举起来的那只手又收了回去，从腰间抽出一根红丝线把复元丹系好，悬在她跟伏羲眼前，含情脉脉地望着伏羲。伏羲忍俊不禁，两人张开嘴巴缓缓凑了上去，只见女娲使了个坏，把拎着红丝线的手忽地挪至一旁，伏羲咬了个空，两人吻到了一起。

"吃——吃——吃——"窗前那只鹦鹉不知何时突然嚷了起来，正观察着院子里的一举一动。

"嗯——咳——"神医忍不住大声咳嗽了一下，摇了摇头，随即转身离开，还一不小心踢翻了木盆，溅了一身水。

女娲扭头看时，忍不住扑哧一声笑了出来，旋又望着跟前的伏羲，问道："苹果好吃，还是我好吃？"

"你真是世上最毒的药。"伏羲接过女娲拎着的复元丹啃了口。

"最毒你还敢吃？"女娲娇嗔道。

"没事，有神医。"伏羲冲着药堂怒了努嘴，将咬过一口的复元丹递至女娲唇边。

"你喂我。"女娲把头扭到一侧。

"好，我喂你。"伏羲言罢又咬了口复元丹，半含在嘴里，小心翼翼地递给女娲。

9

远方四起的狼烟和颛顼共工的激烈打斗惊扰了不周山安恬的梦，在此避难的老弱病残看着小山高的鳌精越来越近，在鳌精上岸之前，共工和颛顼早已御风打至不周山脚下。鳌精为了追赶他的主人，上岸后横冲直撞，把营帐踩了个稀巴烂，吊起来的锅灶也被踢翻，唬得人们四下乱窜。

"狗蛋——"不远处一位神色慌张的母亲原打算冲上前抱走帐篷里的孩子，不承想被一根藤蔓绊倒，看着即将落下的鳌精之足，她吓得脚软筋酥，趴在地上伸出一只手无助地大喊恸哭，绝望地把头埋进尘埃里。

"娃没事，不碍事。"一位老者气喘吁吁地立于这位母亲跟前，逗着怀里的小孩子，这个叫狗蛋的娃被逗得破涕为笑。

"天呐，狗蛋！"这位母亲赶忙起身，抱着孩子狠狠亲了好几口，旋又抬头望着眼前的救命恩人，感激涕零，"谢谢你，愚公。"

话音未落，愚公的小孙子便跑来扯着他的衣角，喊道："爷爷，爷爷，你看，他们打到上面去了。"

愚公顺着小孙子手指的方向望去，共工和颛顼顺着不周山扶摇直上，半空中火光四射，直打得乱石滚落。巨大的鳌精把地面踩得晃荡不止，正轰轰轰地往山脚下赶。"是啊，他们打到上面去了。"愚公悠悠地叹道。

"不周山要是被他们打断了怎么办？"小孙子瞪大了双眼望着半空中打斗的共工和颛顼。

"呸！乌鸦嘴！童言无忌！"愚公朝一旁啐了口唾沫，"不周山乃天柱，天柱怎会断？天柱怎能断？"

"要是断了会怎样？"小孙子不依不饶地问道。

"那个……"愚公顿了顿，若有所思，"天会塌下来，天上会破个大窟窿，天河之水会淹了人间。"

"那我们怎么办？"小孙子扭头看着愚公。

"天晓得。"愚公耸了耸肩。

虚惊一场、四下乱窜的人们停下脚步，惊魂未定之际，便听得一声低沉悠长的吼叫，阵阵剧烈的撞击声从不远处随之传来。原来鳌精爬到山脚下正拼了命地甩头撞击不周山，一则见不到主人心急，二则给主人加油助威，直撞得不周山隐隐晃动起来，巨石砸落在它的硬壳之上竟如隔靴搔痒。

不周山，恐危矣！

10

山重水复疑无路，柳暗花明又一村。伏羲历经生死劫，入虚空之境从黄帝手中取得轩辕箭，不可谓不传奇。

伏羲龙头挂杖甩出的那条红色巨龙在尘土中奄奄一息，同样呻吟不止的还有"天地雷风水火山泽"八方阵法幻化的天龙、地龙、雷龙、风龙、水龙、火龙、山龙和泽龙。突然之间，红色巨龙七寸上的伤口竟悄然愈合，龙眼忽地睁开，眸子里重新燃起熊熊火光，其余八条龙皆相继重获新生。九条龙抖擞精神，伴着一声声震彻云霄的咆哮，接连盘旋至高空，直奔烈而去。

烈正欲将下方的木神、燃月、重、黎等人一网打尽，只见那条如烟似云、绕转周身的巨龙压下龙头，张牙舞爪袭向地面。

木神赶忙把燃月紧紧地搂在怀里，用手捂住她的头，他已无力反抗，只是可怜了自己的心上人，想着想着，竟默默掉下两滴泪来。说时迟那时快，就在龙爪快要抓到他俩的那一瞬，一条红色巨龙从一侧猛地蹿出，硬生生将烈的这条巨龙撕咬得烟消云散。

"怎么可能？"烈大吃一惊，待其转身，发现精神抖擞的天龙、地龙、雷龙、风龙、水龙、火龙、山龙和泽龙已将四面八方团团围住。

"怎么不可能？"空中传来一位少年的声音。

烈定睛细看，这位似一盏明灯从天而降的少年正是伏羲，只见他背上正挎着一把熠熠生辉的金弓，女娲一并相随。

"燃月——"女娲跃至木神身旁，蹲下身摸了摸木神怀里的燃月。

伏羲女娲

"姐姐——"泪眼汪汪的燃月扭头扑进了女娲怀里，号啕大哭起来。

"乖，没事了，没事了。"女娲轻轻拍着燃月的后背。

"你可真是命大。"烈轻哼了一声。

"岂有白发人送黑发人之理？"伏羲没有心思跟烈废话，只见其用龙头拄杖朝烈一指，九条龙蜂拥而上。

烈见无路可退，攥紧的双拳交叉于胸前，随即向侧下方用力一甩，伴着一声怒吼，原本形单影只的烈竟瞬间分身为10个一模一样的烈。正中间的真身一动不动，其余9个身影挡在了呼啸而来的九龙跟前，或踢或踹或劈或躲或闪或翻，打成一团。聚是一团火，散是满天星，烈毕竟是烈，没一会儿工夫，天龙、地龙、雷龙、风龙、水龙、火龙、山龙和泽龙便被他降服大半，这些被打败的巨龙从空中纷纷掉落，又过了会儿，八方阵法之龙悉数败阵，只剩龙头拄杖的那条红色巨龙了。但形势俨然反转，从此前的九龙包围烈，变成了此刻的9个烈包围一条龙。烈不禁冷笑，9个分身正御气准备一举歼灭红色巨龙。

伏羲知道，如果自己再不出手，红色巨龙必死无疑。只见伏羲一个后空翻，跃至身后十余丈开外，松开紧握龙头拄杖的那只手，龙头拄杖悬空静止，他随即取下挎着的那把金弓，另一只手缓缓抬至跟前，只听得口中缓缓蹦出一个字："好！"话音未落，一支足以与日月争辉的利箭骤然出现在掌心。

"轩辕箭？"烈下意识避开乍现的强光，旋又瞪大了双眼盯着伏羲掌心的那一支箭，震惊不已。

伏羲手腕一震，轩辕箭便在眼前旋转成一阵风，伏羲随即一把握住，捏弓搭箭，瞄准了烈的眉心，嗖的一声，一束金光划破天际。"是的，轩辕箭。"轩辕箭离弦的那一瞬，伏羲安静地笑了一下。

烈赶忙侧身避开这一支阳气冲天的轩辕箭，凭他的修为，避开一支箭实在太容易了。烈暗自惊叹，传说中的轩辕箭竟然真的现世，这一支迎面而来的箭要比三界之内他接触过的任何一支箭都让人心生敬畏，敬畏源自无知。轩辕箭的力量强到什么程度呢？烈虽然避开了轩辕箭的形，但根本避不开轩辕箭的气，那一股灼烧的气似将空气点燃，在从他耳畔擦过的瞬间，唰的一下将他半边脸烫得近乎毁容。一开始烈并未在意，但他随后突然感受到了钻心彻骨的阵痛，赶忙用手去摸，痛苦不堪。烈转身看着射空的轩辕箭直奔巨龙而去，还没等他反应过来，这一支耀眼夺目的轩辕箭竟转瞬一分为九，箭镞齐刷刷对准了他的9个分身，这真是骇人听闻的一幕。

轩辕箭经由伏羲之手，注入了伏羲的意念，自然受伏羲控制。同理，烈的9个分身与烈休戚与共，自然知道如何周旋应对。

谈什么周旋应对呢？情急之下，三十六计走为上。在轩辕箭一分为九的瞬间，烈的9个分身便赶忙收势跃起，朝四面八方散去，以期避开轩辕箭凌厉的攻势。

如果说逃避是万能的，那锐意进取还有什么意义？世人皆知传说中的轩辕箭仅有一支，殊不知，轩辕箭原本就是九支，寓天下九州之意。轩辕箭现世，复归山海，穿梭于天地间如鱼得水，即使再顶级的高手莫不是生于天地、长于天地，怎能与天地之力抗衡？

"这也太强了吧？"重、黎俩兄弟异口同声，手搭凉棚朝半空中望去。

"耶，又射中一个。"重、黎俩兄弟击掌相庆。

烈的9个分身避无可避，不管怎么左躲右闪，始终避不开紧随其后的轩辕箭，论灵活性和速度，轩辕箭总归是轩辕箭。终于，一个接一个的烈像被射中的鸟儿一样纷纷掉落，还有一个被硬生生钉在了半山石崖上。

"交出山海印！"伏羲不知何时突然出现在烈的跟前，用龙头拄杖钩着他的脖子。

烈正扭头看着自己的分身一个接一个被击杀，兀自出神间，竟忘了对面那位年轻而勇敢的少年。"你明明知道山海印不在我手。"烈背执双手，一动不动，冷冷地说了句。

"我当然知道山海印不在你手。"伏羲手腕稍稍用力，龙头拄杖将烈的喉咙钩得更紧了，他恨不得立马杀了眼前这个权欲熏心的家伙。

伏羲知道山海印在刑天那里，"交出山海印"这句话的性质要远大于它的实际意义，要知道，弱者是没有资格勒令别人的。至于如何取回山海印，他一下子还没厘好头绪，只能把气撒在烈的身上。

古来对战，敌我双方列好阵势，大多由统领单枪匹马先行交锋，胜方士气高涨，败方人心惶惶。乱军中有人看得分明，不知谁大喊一声："主公被俘啦！快跑啊！"这句话一石激起千层浪，一传十、十传百，昆仑山正规军见群龙无首，乱成一团，节节败退，自相踩踏者不计其数。

"果真后生可畏。"烈仰天大笑，想想平日里自己在昆仑大殿居高临下调兵遣将，如今竟沦为阶下囚，这真是他此生难堪至极的一场较量。

正自僵持间，一道犀利的寒光从高空袭来，伏羲的余光察觉到了异常，赶忙后翻，避开了这道半路杀出来的寒光。

"伏羲——"女娲腾空跃起，立于伏羲一旁。

伏羲稳住身形，冲着女娲笑了笑。

"师傅。"烈朝跟前的一个背影躬身作揖。

这个挡在伏羲女娲和烈中间的人手执巨斧和盾牌，正是威慑三界的上古战神刑天，刚那道寒光便是出自他手。"刑天。"伏羲女娲面面相觑。

刑天手中的巨斧和盾牌忽地消失，只见其摊开掌心，一枚宝蓝色的四方形山印悬浮在左手，一枚血红色的半球形海印悬浮在右手。刑天看了看在掌心旋转的山印和海印，随后看着对面的伏羲女娲，笑道："山海印在此，如果你们能拿走，便拿走，如果拿不走，必须交出滴血结晶。"

"如何取印？"女娲扭头看了看伏羲。

伏羲摇头不语，因为这根本就不是一场公平的交易，诚如黄帝对自己所言："想要你命的人大有人在，能要你命的人也大有人在。"刑天便是后者之一。

伏羲攥紧了手中的龙头拄杖，龙眼骤然放光。女娲抽出了腰间的柳剑，剑心嗡嗡作响。那条红色巨龙从不远处飞来，护绕着伏羲女娲。

"你本可取走滴血结晶，为何迟迟不曾动手？"伏羲望着对面的刑天，又看了看骤然放光的龙眼。伏羲说的没错，在他此前被烈打倒的时候，刑天本可趁机轻轻松松抢走龙头拄杖里的滴血结晶。

"一，我敬你有血有性；二，我不喜欢趁人之危。"刑天冷笑一声，"年轻人，放手一搏吧！"

伏羲女娲心有灵犀，同时翻身跃起，像一阵风，跃向刑天，就在他俩伸出去的手快要触碰到山印和海印的时候，只见刑天突然甩了下左手，空无一物的左手竟燃的一下飞出一道盾牌之光。这道盾牌之光在出手的瞬间倏地放大，透明如幻影，坚硬如磐石，将迎面而来的伏羲女娲砸了个措手不及，硬生生将他俩砸翻至原地。

伏羲女娲根本没得选，这场仗，硬着头皮也要打完。但见他俩抖擞精神，一个舞着遒劲的龙头拄杖，一个甩着刚柔并济的柳剑，兵分两路夹击刑天。刑天应战，与伏羲女娲打斗至半空，但他始终没有挥出巨斧，而是一直在防御，左躲右闪，偶有间隙，仍用盾牌挡退伏羲女娲的攻势，如此持续数百回合，直耗得伏羲女娲精疲力尽。

烈看着悬浮在眼前的山印和海印，忍不住伸手去摸，刹那之间，轰隆一声惊天巨响将烈从另一个世界拉了回来，空气似爆炸一般颤抖了起来，风云突变。

伏羲女娲止住手脚，刑天也在不远处停了下来，所有人都怔住了，循声望去，狐疑不已。

11

刚刚那一声轰天巨响从不周山方向传来。

共工和颛顼绕着不周山打斗至酣处，竟不知不觉打到了九霄云层之上，两人借着不周山你攻我挡，难解难分。气急败坏的共工抡着震天铁锤，一次次砸空，将不周山砸得千疮百孔，末了，只见其赶在颛顼之前跃至更高处，一对震天铁锤接连甩出，袭向贴着不周山的颛顼。轰隆两声巨响，又砸了个空。共工怒不可遏，发如钢针的头颅对准了颛顼，火气冲天，似燃烧的陨石横冲直撞，依旧撞了个空。共工凌空御气，怒吼一声，双臂奋力一勾，一根巨大的水柱自不周山水域里蹿向万米高空。共工本是水神，巨大的冲天水柱在他身后悬空，随着他双臂的推出，直直的水柱竟掉头转向，幻化成一柄柄倚天长剑，袭向颛顼。

"不好！"颛顼见利剑来势汹汹，赶忙用手抠住岩壁，如蝴蝶般侧身翻飞至不周山石柱后面。

倚天长剑不间断撞击着不周山，前面撞上去的倚天长剑皆如碎冰掉落，但冲天水柱源源不断，一柄柄倚天长剑鱼贯而出，竟似凿子一样将不周山凿得摇摇欲坠，有一柄倚大长剑倏地穿透不周山薄弱处，硬生生插在颛顼的耳畔。

"够了！"颛顼心知不妙，赶忙喊道，随即避开了另一柄插在腰旁的倚天长剑。

共工并未善罢甘休，整个人近乎癫狂，大笑不已间，眸子里怒火四射，隔着千疮百孔的不周山，他瞄准了捉襟见肘的颛顼，只见他双拳翻转，冲天水柱幻化成一条旋转的蛟龙，随着双拳的捣出，蛟龙呼啸而出，裹挟着共工撞向颛顼。这一撞，共工只求死，爆发的能量遂达到了峰值。

"疯了！"颛顼从岩壁孔眼里瞥见了舍生忘死撞向不周山的共工。

愚公的小孙子一语成谶，天柱不周山果真被撞断了，天河之水哗啦啦从天上那个大窟窿漏下来，浓云密布的天没了支撑，也缓缓压了下来，天地似要重归混沌。

这一撞，出乎所有人预料，直撞得共工法力尽失，冲天水柱回落时激起的水浪如海啸般扑到岸上。颛顼勉强避开了那一股强大的冲击力，将青龙刀举过头顶旋转成螺旋桨降落，并于乱中一把拽过昏迷不醒的共工。

"快跑啊，天塌啦，水漫金山啦——"不周山避难的老弱病残慌乱不堪。

"不好!"伏羲女娲面面相觑,异口同声。

"等等。"刑天突然厉喝一声,喊住了欲赶往不周山的伏羲女娲,只见其冲着侧下方伸手一抓,原本悬浮在烈跟前的山印和海印唰的一下飞到他手中。

"哎!"烈冲着山海印不自觉地伸出一只手。

伏羲女娲不知其所以然,望着身后的刑天和他手中的山海印。

"山海印,物归原主。"刑天大手一挥,山印和海印便倏地飞至伏羲女娲眼前。

伏羲缓缓伸手,托住了宝蓝色的四方形山印。女娲缓缓伸手,托住了血红色的半球形海印。他俩百思不得其解,齐刷刷朝对面的刑天望去。

"速召天下英雄。"未等伏羲女娲开口,刑天言罢,便似一束光直奔不周山而去。

"英雄?"伏羲女娲扭头望着刑天远去的背影,又望了望手中的山海印,不禁蹙眉。

山海印归位,这乱糟糟的一局该如何收场?

第七卷　弃印：好个头顶一片天

> "凡为过往，皆为序章。事情发生了，就变成了本该如此。"颛顼手执青龙刀，转身看着各路英雄，"我们要感谢的，是自己，以及心底的良知。"

1

一念成佛，一念成魔。

"为什么？"烈冲着刑天的背影大喊，他想不通，好不容易得手的山海印竟如此轻而易举地归还给了天选之子，如果刑天出手，龙头挂杖里的滴血结晶唾手可得，这才是他们本来的计划啊。

"烈，你大势已去，回头是岸。"伏羲居高临下，用龙头挂杖指向烈。

烈回头瞪了眼木神、燃月、重、黎，但见他闭眼深吸一口气，沉默了一会儿，指着半空中的伏羲女娲，恶狠狠地道："你们休做美梦！"言罢腾空跃至更高处。

所有人定睛望去，发现怒吼的烈眨眼之间白了头，披头散发，好似一祷祝的巫师，手舞足蹈间念念有词，天空赫然出现毒蛇、蝎子、蜈蚣、壁虎、蟾蜍这五种毒物交织的阵法。

"蛊毒阵？"伏羲瞪大了双眼。

"何为蛊毒阵？"一旁的女娲好奇道。

"蛊毒阵由世间公认的五毒构成，分别是毒蛇、蝎子、蜈蚣、壁虎和蟾蜍。"伏羲用龙头拄杖指向蛊毒阵，"此阵毒害无穷，可召唤九幽邪祟。"

"如何破之？"女娲望着黑云翻滚、电闪雷鸣的蛊毒阵。

"阵已成型，覆水难收，恐邪祟已在来的路上了。"伏羲攥紧了龙头拄杖。

烈猛地一推掌，旋转的蛊毒阵忽地被推至高空，一圈圈绵柔的气波在天际不断扩开，听得烈低沉的声音传来："邪祟之徒听令，吾乃昆仑之烈，速至九丘，剿灭叛军，事成共享天下，胆敢不从者诛杀勿论。"

三界有一物相通：气。借助于气这一介质，万物皆可传递，传送门便是典型的一例。蛊毒阵幻化的传送门悄然出现在各路邪祟的领地，邪祟之徒一看毒蛇、蝎子、蜈蚣、壁虎、蟾蜍这五位黑暗始祖同时现身，无不赶忙跪拜，听闻是昆仑山最高指令，这着实让他们又惊又喜，惊的是昆仑山正神竟对他们的藏身之所了如指掌，喜的是一个咸鱼翻身的大好机会摆在眼前。

"时不我待，一雪前耻。"凶神恶煞的凿齿部落首领见殿堂之上骤然出现蛊毒阵传送门，再细听，乃昆仑山最高旨意，不禁仰天大笑，但见他的牙齿跟凿子一样，有五六尺长。《山海经·海外南经》对凿齿部落有专门记载："羿与凿齿战于寿华之野，羿射杀之。在昆仑虚东。羿持弓矢，凿齿持盾。一曰持戈。"

"啊——"据比尸首领冲着蛊毒阵传送门伸出仅有的一只手，隐隐透亮的传送门把他们的居所照得透亮，只见这些折颈披发、形容枯槁的据比尸皆张嘴发出了嘶哑的吼声，一颠一簸缓缓朝传送门走去。《山海经·海内北经》对据比尸一族有专门记载："据比之尸，其为人折颈披发，无一手。"

"改朝换代的时候到了。"青黄赤黑四色集于一身的巴蛇首领领旨完毕，张大了一口能吞象的嘴巴，扭头对蛇族众生说道。众蛇吐信，互相交缠以示庆贺。《山海经·海内南经》对该蛇族有专门记载："巴蛇食象，三岁而出其骨，君子服之，无心腹之疾。其为蛇青黄赤黑。"

"让我们告别黑暗，在蓝天下展翅放歌吧。"跂踵鸟族的首领接旨后扑腾着翅膀在山洞盘旋不止，族人闻之沸腾。跂踵鸟族长得像猫头鹰，只有一只脚，还拖了根猪尾，它们在什么地方出现，那个地方就会有大瘟疫，遂一直被天帝压制在偏远幽暗之处。《山海经·中山经》对该鸟族有专门记载："有鸟焉，其状如鸮，而一足彘尾，其名曰跂踵，见则其国大疫。"

"英雄有用武之地了，翻滚吧！"孰湖兽族的首领听完旨意后，扇了下翅膀，勾过一个五花大绑的奴隶并把他举过头顶，随即扔了下去，族人皆托举着这个吓晕的奴隶扔来扔去，欢呼声此起彼伏。《山海经·西山经》对该兽族亦有专门记载："有兽焉，其状马身而鸟翼，人面蛇尾，是好举人，名曰孰湖。"

"外面的世界多精彩，这里的世界多无奈；外面的世界多精彩，这里的世界多无奈……"三足鳖水族一众老小盯着蛊毒阵传送门兀自出神，随即齐刷刷纵情高歌，四仰八叉地跳起舞来，有如三叉戟的尾巴四下甩动。它们的尾巴可不容小觑，毒性甚强，被划伤者难逃一死，当然，亦有以毒攻毒之效。《山海经·中山经》对该水族同样有专门记载："从水出于其上，潜于其下，其中多三足鳖，枝尾，食之无蛊疫。"

昆仑山坐拥天下，对凿齿、据比尸、巴蛇、跂踵、孰湖、三足鳖这些族类当然知之甚详，只因这些族类天性不正，为正人君子所不齿，遂罕有人提及。如今，这些族类忽被唤起，颇得鲤鱼跳龙门之意，无不摩拳擦掌纷纷跃入蛊毒阵传送门。同样接到蛊毒阵召唤的自然免不了毒蛇、蝎子、蜈蚣、壁虎、蟾蜍这些族类，它们唯恐天下不乱，当然，它们也没得选。

"那是什么？"九丘上空赫然打开一道道旋转的蛊毒阵传送门，正在奋勇杀敌的大人国、小人国、贯胸国、一目国、三首国、厌火国、君子国、不死族将士们都好奇地抬头望去。

2

天柱不周山轰然断裂，抬望眼，天河之水倾泻而下，落石裹挟下的一根巨大石柱从天而降。

"快！快！"于此避难的九丘老弱病残惊吓声、啼哭声、哀嚎声一片，纷纷撤至大船之上，紧急驶离岸边。

一道黑影跃过漂浮的大船，轻踩着水面，径直奔向不周山，伴着一束束挥舞的白光，这道黑影顺着不周山逆势而上。

"刑天？"颛顼刚落至不周山脚下，把有气无力的共工丢在躁动的鳌精之上，扭头便看见了这个挥舞着巨斧和盾牌的身影。

颛顼未及细想，赶忙腾空而起，咬紧牙关，将青龙刀解数尽皆使出，只见无以计数的落石静止般悬空，随即绕转颛顼周身，紧随青龙刀舞动，倏忽之间，半空中骤然显现一条巨大的石龙。这条巨大的石龙绕着不周山盘旋，不断积聚着从天而降的落石，越飞越大。

"愚公，快上来。"岸边最后一艘大船上的人冲着愚公招手。

愚公转身看了看不周山，又看了看怀里抱着的小孙子，摸了摸小孙子的头，道："娃，你先走，爷爷去把不周山石头搬了。"

"搬石头干吗？"虎头虎脑的小孙子睁大了双眼。

"石头太顽皮了，喜欢挡路，路不通，人就出不来了。"愚公笑道。

"但是很危险呀。"小孙子望着不周山上空铺天盖地的落石。

　　"不碍事，你在，希望就在。你先走，爷爷随后就来，回去爷爷跟你捉迷藏。"愚公把依依不舍的小孙子递上了船，转身揩了揩眼角强忍的泪水。

　　"爷爷——"小孙子在船上伸手大喊。

　　愚公闻声回头，发现缓缓驶离岸边的大船上陆续跳下好多人涉水而来，有跟他年纪相仿的、有小他一些的、有弱冠之年的、还有悍妇，愚公看得喜极而泣。

　　"你来作甚？"愚公望着一旁撸起袖子的悍妇。

　　"俺有的是力气，俺男人都怕俺。"悍妇拍了拍胸脯。

　　大船上的人望着一行人等直奔不周山而去，再看更高处，逆势而上的刑天突然加速旋转上升，巨斧有如电钻，电光石火间，竟硬生生将那根急坠直下的巨大石柱钻得四分五裂。这些四分五裂的碎石跌落至颛顼那一层时被石龙悉数吸收，颛顼吃力地挥舞着青龙刀。

　　"糟糕！"刑天从石柱中蹿出，身形尚未立定，便被天河之水灌顶，再抬头，天柱断落的上空赫然可见一个大窟窿，云层正在不断下压。

　　愚公带头移走了挡路的碎石，果然有人被困住了，这些被解救的人旋又加入了愚公的队伍，义无反顾地向不周山脚下进发。

244　大地突然颤抖，一行人等赶忙匍匐在地，隔着草木循声望去，原是巨大的鳌精驮着共工往岸边赶去。

"走!"愚公大手一挥,继续前进。

天河之水冲刷着石龙,轰的一声砸在不周山脚下,迅速四下漫去。不周山,果真不周了。

3

陶唐之丘、叔得之丘、孟盈之丘、昆吾之丘、黑白之丘、赤望之丘、参卫之丘、武夫之丘、神民之丘上空阴云密布,旋转的蛊毒阵传送门依次打开,凿齿、据比尸、巴蛇、跂踵、孰湖、三足鳖、毒蛇、蝎子、蜈蚣、壁虎、蟾蜍这些族类络绎不绝从天而降。

分别负责守卫九丘的大人国、小人国、贯胸国、一目国、三首国、厌火国、君子国、不死族将士们皆咋舌不已,此前因群龙无首而慌乱撤退的昆仑山正规军彻底没了主张,因为从蛊毒阵传送门杀奔下来的异族六亲不认,但凡九丘上活的东西,皆赶尽杀绝。

最夸张的当属神民之丘,各路邪祟首领带着一支贴身部队悬浮在烈的身后待命,除却此前记载的那些族类,还有蝙蝠、蜘蛛、独角兽、鼻涕虫、火龙、夔牛,以及豺狼虎豹这类恶贯满盈之徒。

"天呐,什么鬼?"木神、燃月、重、黎等人看傻了眼。

"你有何话要说?"烈冷笑一声,指着伏羲。

"无话可说。"伏羲攥紧了龙头拄杖。

就在烈与伏羲对峙之际，女娲翻身跃起，咬破手指，摁在柳剑之上，随着柳剑的挥舞，一圈圈红绿交织的涟漪在半空中迅速扩散开，"可爱的人儿，快快醒来；可爱的人儿，快快醒来……"女娲念念有词。

"博爱之力？"伏羲抬头望着女娲。

女娲住处的木门突然被反向撞开，一大批手持刀枪棍棒的男子呐喊着蜂拥而出，望着半空不断扩散的涟漪，直奔女娲感召的方向而来。这些男子身强体壮，仅在腰间裹了层虎皮遮羞，他们原是从地下室接连涌出，只见一个接一个从架子上翻身跃下，连犄角旮旯的阿猫阿狗都紧随其后。

"杀无赦！"烈大手一指，身后邪祟应声而动。

伏羲、女娲、木神、燃月、重、黎赶忙硬着头皮迎敌，这些稀奇古怪的族类真是让所有人伤透了脑筋，昆仑山正规军也临阵倒戈加入了抗击异族的战斗。伏羲借着红色巨龙的掩护冲锋陷阵，率先杀敌。

"我讨厌这些蝙蝠。"燃月幻化成12个身影漫天飞舞，将铺天盖地的蝙蝠斩杀无数。

木神翻身发力，将插在地上的断木和竹子齐刷刷拔起，舞成了绵密不破的木阵，攻击圈不断外扩。

"冲啊——"就在大家疲于应付、士气低迷之际，女娲此前抟土捏造的人儿如潮水般涌来，这着实让大家信心大涨。

一条毒蛇从一旁蹿出，差点就咬到了一只猫咪的脖子，不承想，被身后蹦来的一只小黑狗一脚踩住、一口咬中了七寸，一命呜呼。小黑狗舔了舔猫咪，旋又冲着蔫掉的毒蛇"汪汪汪"狠叫了几声。

"我倒——"大块头重猛地一拳捣在一头夔牛身上，硬生生把这头夔牛打翻至老远，唬住一大片不速之客，只见他随即蹲身把脚下那只猫咪和小黑狗抱至一旁。

与重背靠背的黎冲着另一个方向猛地一勾拳，把迎面扑来的一只猎豹打得牙口碎裂，一并把不远处吐火的一条火龙撞了个措手不及。

诚所谓有备无患、人多势众，女娲没日没夜捏造的成千上万个可爱的热血男儿，如今成了守护九丘的中流砥柱，局势由此扭转。女娲望着自己的心血，甚为欣慰。

4

烈实指望胜券在握，岂料女娲一介弱女子的博爱之力竟唤醒如此之多的人，且不说别的，甭管你异兽多凶猛，这么多人往这一搁，无需动手，光震彻云霄的呐喊声便可吓破贼人的胆。

"凡夫俗子，黔驴技穷。"烈看着战场的局势，心底震颤不已，但嘴上仍不屑一顾。只见其再次升空，伴着双臂的舒展及一声怒吼，神民之丘上空又赫然打开一道蛊毒阵传送门，一大波千不像、万不像的家伙源源不断空降而来。

原本被人潮唬退的黑暗力量借势反扑，双方鏖战不休，伤亡惨重。

"速召天下英雄？"伏羲女娲定住身形，望着铺天盖地的黑暗力量似有吞噬九丘之势，取出山印和海印，面面相觑，异口同声，"嗯。"两人暗暗点头。

伏羲女娲双双跃至高空相对而立，山印和海印各浮于掌间，随着他俩的翻掌、推掌，山印和海印愈靠愈近，欲拒还迎，但始终不能合二为一。伏羲女娲不断发力，两人竟似被山海印反吸一般，随着交缠不休的山海印开始身不由己地旋转，速度越来越快，忽闻砰地一声，一股强劲的冲击波从山海印迸发而出，直震得他俩后翻数圈。待他俩定睛细看，原本玉玺大的山海印竟变成了九鼎一般大小，颇有震慑天下之威仪，通体宝蓝的四方形山印居下，通体血红的半球形海印居上，中间依稀可见一道合不上的紫色缝隙。

"哇——"伏羲女娲暗自惊叹。

"山海印？"烈在不远处看得分明，瞪大了双眼。

"滴血结晶。"伏羲望着龙头拄杖骤然放光的龙眼喃喃自语，随即将龙头拄杖翻转着朝下一勾，红色巨龙顷刻之间呼啸而至护绕周身。

伏羲紧盯着山印和海印之间的那一道紫色缝隙，将龙头拄杖用力一指，红色巨龙直奔山海印而去，绕着那一道紫色缝隙盘旋不止。伏羲一个转身，再次将龙头拄杖对准那一道紫色缝隙，

空着的左手掌间悄然出现八个闪闪发光的点，有别于平日里的金光，此番八个点均为蓝光，与山印同色。伏羲随即将左手用力摁在右手臂的肘关节上，"天地雷风水火山泽"八方阵法的八个点好似游丝细龙，只见八根游丝齐头并进，顺着他的手臂急速翻腾游弋至龙头挂杖之上，最后汇集到龙眼处。就在八条游丝细龙注入龙眼的瞬间，原本隐隐透着红光的龙眼忽地迸发出耀眼的紫光，照亮了半边天。伏羲趁势奋力一推，一束强劲的紫色光柱持续打在红色巨龙身上，只见红色巨龙慢慢变成了紫色巨龙，贴着那一道紫色缝隙将山海印紧紧缠住，慢慢地，慢慢地，紫色巨龙如水般渗入了山海印消失不见。再细看，那一道紫色缝隙也不知何时消失不见，取而代之的是一枚通体绽放紫光之气的山海印。

"合体了？"伏羲女娲望着这枚紫色的山海印兀自出神。

这枚紫色的山海印正在缓慢旋转，并朝四面八方不断扩散着球状紫色气波。九丘上所有正邪皆停下手脚，驻足观望，因为山海印的力量实在太迷人了。

"山海印合体啦！"眼疾手快的重、黎俩兄弟率先蹦起来击掌庆贺。

"山海印合体啦！山海印合体啦！"九丘上欢呼声此起彼伏。

不周山那儿的刑天、颛顼、愚公等人皆看见了一圈圈通天彻地的紫光，随风漂浮的大船船舷旁挤满了好奇的人，他们隐隐听见了动静。"他们喊什么？"一位耳背的老者问道。

船舷旁的一位水手侧耳以手招风，听了好半天，皱了皱眉，嘀咕道："打赢了？"

言未毕，大船上的人便欢呼雀跃起来："喔，打赢了；喔，打赢了……"拄拐的老人家挥舞着拐杖欢呼，抱小孩的妇女激动得把娃扔过头顶，更有泣不成声、浑身颤抖、不知所言者。

伏羲纵身一跃，稳稳地落至山海印之上，握拳间八方阵法悄然绕转周身，伏羲举起龙头拄杖朝天一指，将旋转的八方阵法光圈猛地推至天际，似在头顶打开一扇金光闪闪的门。伏羲侧身冲着女娲笑了笑，旋又抬头望着那扇门，念念有词道："天下英雄，吾乃天选之子，九丘有难，速来增援；天下英雄，吾乃天选之子，九丘有难，速来增援……"一束紫色的圆柱之光自山海印射向天际，撞在八方阵法的那扇传送门里，随即漫天扩散开。

物以类聚，人以群分。与烈的蛊毒阵传送门有些类似，四海八荒各路英雄均看见一束紫色的圆柱之光打在门前，头顶赫然可见一扇金光闪闪的传送门。"天选之子？山海印？"各路英雄纷纷蹙眉。

伏羲立于山海印之上呼唤许久，传送门里竟无一人前来，这着实与烈的蛊毒阵传送门形成了强烈的反差。女娲赶忙一跃而上，继续唤道："天下英雄，吾乃天选之子，九丘有难，速来增援；天下英雄，吾乃天选之子，九丘有难，速来增援……"

"女的？"各路英雄暗自思忖。

"自欺欺人，不过如此。"烈仰天大笑，大手一指，

伏羲女娲

"杀！"底下的乱军开始躁动起来。

就在伏羲女娲一筹莫展之际，八方阵法的传送门里"嗖嗖嗖"射出铺天盖地的燃箭，将半空中的蝙蝠等飞行类异兽杀了个落花流水。

"燃箭？"伏羲眼睛放光。

"何为燃箭？"女娲扭头问道。

"燃箭乃后羿部落特有之箭，声名远扬，箭镞遇气流加速会自燃，故名燃箭。"伏羲啧啧称叹。

"果然。"女娲瞥了眼引火烧身、哀嚎遍野的异兽。

后羿部落一大批训练有素的士兵从天而降，后羿随之翻身落至伏羲女娲跟前，一拳握于心口道："来迟了，海涵。"话音未落，猛地捏弓搭箭射向伏羲女娲，嗖的一声，一支燃箭在擦过伏羲女娲耳畔的瞬间燃起火苗，不偏不倚地射在一条刚欲张嘴的火龙喉咙里，火龙翻身掉落。

手执耒耜的大禹紧随其后，只见他挥舞着耒耜凭空作画，勾勒出对面异兽的轮廓，随即用耒耜朝这个影像一戳，对面的异兽便轰然倒地动弹不得。世间巫术大抵分两种：接触巫术和模仿巫术。前者需对方的发丝、衣物等，然后施法控制，后者用对方的影像等虚造之物便可施法制服。大禹惯用的便是后者，他在其治所将魑魅魍魉各路邪祟的影像刻于鼎上，因上天有好生之德，他并未赶尽杀绝，而仅仅是施法压制以示惩戒，以此护佑万民。

体型巨大的夸父挥舞着桃木杖急坠直下，在地上撞出一个大坑，远远望去，夸父好似一座小山，伴着他的阵阵怒吼，他的体型竟被激得越来越大。只见夸父在乱军中左冲右突，速度和力量都很惊人，抡起桃木杖像是在打地鼠，直打得那些猛兽屁滚尿流、四窜而逃。

速度更为惊人的当属竖亥，他曾应天帝之命用脚丈量九州大地，自东极至于西极，共五亿十万九千八百步，自南极至于北极，共二亿三万三千五百七十五步。只见竖亥欻的一下从传送门跃下，赶至夸父之前，用手持的算筹将很多不明就里的异兽击晕，或用惊人的脚力将它们踢飞。"谁打我？"未及一只暴怒的异兽转身，竖亥便转至另一侧将这只异兽踹倒在地。"杀敌一个、两个、三个……"竖亥每击倒一个敌人，便用算筹记录一下，但见乱军之中，他的身影如风似光。

人面鸟身的海神玄冥随之而来，只见他耳朵上挂着两条青蛇，脚底下踏着两条青蛇。玄冥只要一扇翅膀，空气中的水汽便会凝结成冰，随着他不断俯冲盘旋，一束束坚冰利剑无中生有，或将敌人刺杀，或将敌人困住。"妈妈呀，太——太冷了。"一条被寒冰卡住动弹不得的火龙哆嗦不已。

火神祝融的出现照亮了半边天，伸缩自如的赤焰随着他手中挥舞的令旗舞蹈，像极了一场烟花盛宴，忽闻砰地一声响，便见祝融左手托着的火种如火蛇般漫天散去。火蛇似长了眼，直追邪祟，一旦沾染其身，便迅速窜开。折颈披发一只手的据比尸首当其冲，这些行动迟缓的丧尸皆着一袭白袍，加之他们的头发披散着，遇火一点就着。隔着冲天的火光，老远便能听见据比尸低沉痛苦的嘶吼声。

伴着熊熊赤焰，一条通红的巨蟒从八方阵法的传送门游弋而下，这条巨蟒在伏羲女娲跟前傲起脑袋，幻化出人面，道："钟山烛阴前来助力。"伏羲作揖还礼道："有劳。"女娲望着烛阴从一旁盘旋着游了下去，再抬头，烛阴的尾巴还没从传送门出来。"这得多长啊？"女娲不禁慨叹。伏羲抬头望道："据说可达千里之遥。"烛阴又名烛龙，性情低调，资历甚深，乃开天辟地之神，曾口含火精照亮九幽。乱军多为无知后辈，不知烛阴其人，但见惊天赤蟒，光蛇族便已吓退无数。

一位飒爽英姿、面容白皙、身着夜行衣、脚踏红皮靴的女子倏忽落至伏羲女娲跟前，莞尔一笑，道："小女子精卫，这厢有礼了。"言罢翻身变成一只体型巨大的白嘴黑身红脚鸟朝乱军飞去，趁其不备，看准一个叼一个，两只利爪一抓一个，将这些邪祟拽至高空摔下去。

一位年龄稍长的女子坐在一只青鸟之上从传送门疾驰而来，另有两只青鸟相伴左右。"西王母？"伏羲望着眼前这位蓬发戴胜、笑意盈盈的女子。"正是。"西王母颔首示意，随即飞奔乱军。西王母长着豹尾虎齿，极擅河东狮吼，天界的刑罚正由她一手掌管。未及伏羲女娲转身，便听见一阵强劲的声波震了下去，修为较弱的异兽当场魂飞魄散。

紧随西王母青鸟而来的是一对五彩夺目的火凤凰，只见这对火凤凰绕着伏羲女娲盘旋三周，便掉头直下，一张嘴、一扇翅，一束束凤冠般的火焰如箭而出。跂踵等飞禽一看百鸟之王现身，均唯恐避之不及。异兽中的火龙颇为不服，欲前来挑战，但邪祟之火怎与仙家之火相提并论？凤和凰一前一后夹击，将火龙撕咬得体无完肤，再双双煽风点火，转瞬将火龙烧得灰飞烟灭。

八方阵法的传送门突然忽明忽暗，"司影？"伏羲蹙眉道。"司影何人？"女娲好奇不已，黑白交错间，她并未看见传送门里有人下来。"司影本名硙氏，居长留山，正午时分，负责将指向西方的影子反拨向东方，后人便常以司影呼之。""好神奇。"女娲听得兀自出神。言未毕，仪态从容的司影不知何时早已出现在他俩跟前。"唯异想方可天开。"司影笑道，一挥衣袖，眼前漆黑一片，待复明之时，司影早已不见踪迹。但见乱军中忽明忽暗，想来定是司影趁机于黑暗中制敌。

半空中疾风骤起，此风非前后左右之风，乃自上而下之风，伏羲女娲掩面朝传送门望去，果见一女子御风而来。此人名唤折丹，处大地东极，负责掌管风起风停。折丹并未与伏羲女娲打招呼，而是径直落于乱军之中，只见其屈膝抬臂，听得一个"起"字，果有狂风拔地而起，将迎面杀来的邪祟之徒吹翻至老远。折丹随即顺手一勾，一股强劲的旋风绕转周身，将在身后本欲偷袭的敌人连同碎石断剑裹挟到高空活活掼死。

风渐歇，花又落，传送门里竟下起了漫天花雨，女娲忍不住伸手托起一片花瓣，"好漂亮。"女娲喃喃自语，她从未见过这种花。一位倾国倾城的曼妙女子在漫天花雨中现身，举手投足，端庄典雅。"爱神瑶姬？"伏羲望得出神。"是。"瑶姬微微一笑。"此花名何？"女娲好奇地问道。"此乃瑶草。"瑶姬答道。"瑶草？"女娲又仔细打量一番。"小九……"伏羲突然想起了九尾狐。"花非花，雾非雾。夜半来，天明去。来如春梦不多时，去似朝云无觅处。"瑶姬言罢冲着伏羲笑了笑，一扭身，便裹挟着漫天花雨而下。但见漫天花雨随着瑶姬的衣袖舞动，幻化出一柄柄利剑或一根根长鞭，杀奔乱军。

"伏羲，你看。"女娲用手一指。两个人从天而降，其中一位再熟悉不过了，"上古巧匠倕。"伏羲欣喜不已，忍不住上前相拥。"听闻山海印召唤，受黄帝之命，特来相助。"倕乐呵呵地道，"顺路一并多带了位，盘古是也。"只见一旁的盘古身材魁梧，与瘦小的倕对比鲜明。"久仰！"伏羲赶忙作揖。"天下兴亡，匹夫有责！"盘古攥紧了手中的三板斧，怒目瞪着远方。

"仓颉来也！"只见传送门里有一人踩着横撇竖捺点五种金光顷刻而至，立于上古巧匠倕和盘古身旁。"老兄许久不见。"倕侧身问候。"闲话少叙，杀敌要紧。"仓颉二话不说便翻身跃下，尚未立稳就遇到一只体型巨大的怪兽，但见仓颉临危不惧，双掌翻腾，将横撇竖捺点齐聚跟前，组成一个巨大的"术"字击向敌人，直打得怪兽眼冒金星瘫倒在地。随着仓颉身形翻飞，横撇竖捺点五种金光排列出各种组合接连而出，被击中的邪祟皆应声倒地。"让你们尝尝文字的力量！"仓颉轻哼了一声。

过了好一会儿，伏羲见八方阵法传送门里没有动静，料想该来的恐都来了，遂转身挥舞起龙头拐杖，打算收起传送门。

"天选之子且慢。"半空中传来一声叫唤。伏羲女娲循声望去，但见传送门里飘下一个如飞艇般巨大的雪白蚕茧，蚕茧上立着一位母仪天下的女子。"先蚕圣母嫘祖。"伏羲喜不自禁。"容我助一臂之力。"嫘祖言罢飞向乱军，将蜘蛛、鼻涕虫之徒率先一网打尽，只见其一手缫丝抗衡蛛丝，一手作茧缚住黏糊糊的鼻涕虫，应对从容。

正是那：古来得道应多助，祁寒梨花尚满树。各路英雄均有一夫当关万夫莫开之勇，如今齐聚九丘，实属难得。伏羲女娲相视一笑，随即关闭八方阵法传送门，收好如玉玺般大小的山海印。

"速去不周山。"伏羲看了眼女娲，女娲应声点头。

5

天越变越暗，云越压越低，水越积越深。

愚公一行人等在不周山脚下奋力移石抢救被困人员，颛顼使出全部气力稳住被天河之水冲刷的巨大石龙，刑天于高空茫然四顾闭目沉思。

手上扯着一把古木藤蔓的悍妇从草科里走来，瞥见一块松动的巨石突然从愚公身后的坡上滚落，越滚越快，直奔正在全力移石的愚公等人。"小心——"悍妇用手指着巨石，跳起来大喊。

伏羲女娲

愚公等人怎知"小心"之意？惊鸿一瞥，巨石已近在咫尺。愚公张大了嘴巴，不知言语，本能地侧身扭头，用胳膊肘挡住脑袋。说时迟那时快，欻的一声，一根龙头拄杖硬生生插在愚公跟前，一个身影随之从天而降。

"伏羲。"愚公本欲受死，见许久没有动静，遂探头看去，只见伏羲正一脚顶地、双手推石。

伏羲青筋暴露，巨石直将他抵到龙头拄杖前方才勉强定住。伏羲深吸一口气，双掌隐隐发光，"天地雷风水火山泽——山！"伏羲轻轻一喝，只见巨石竟缓缓升空，伏羲顺势将其丢到了一旁的空地上，方才松了口气。女娲随后赶到，冲着愚公他们身后的那块巨石一甩，柳剑便如生长的藤蔓将巨石缠了个结实，女娲再一用力，巨石好似被连根拔起，轰的一声，落在伏羲丢掉的那块巨石旁边。

"想走？"半空中的烈看见伏羲女娲似一束光从神民之丘奔向不周山方向，冷笑一声，刚欲动身追去，不承想被身后赶来的一位巨人当头一棒，烈赶忙朝一旁闪开。

"哪里走？"半山高的夸父抡起风呼呼的桃木杖紧随其后。

"为什么老追我？"烈左躲右闪，怎么都甩不掉夸父，最后没辙，只能腾空跃向更高处。

夸父并未善罢甘休，将桃木杖朝空中甩去，但见桃木杖如火花旋转的飞刀，眨眼之间便赶上了烈，在烈的头顶幻化出无数根桃木杖，将他围了个水泄不通。烈定住身形，俨然置身一片桃林，目之所及，桃花翻飞，没有尽头。

"伏羲，这可怎生是好？"女娲望着塌下来的天和倾泻的天河之水愁眉紧锁，水已漫至她的脚踝。

伏羲拔起龙头拄杖，同样一筹莫展。

九丘的黑暗力量已基本消灭殆尽，各路英雄纷纷赶往不周山，现身伏羲女娲周围。"天地莫非重归混沌？"手执三板斧的盘古愤慨难当。

"重归混沌？不会的，不会的！这真是天大的问题！车到山前必有路……"各路英雄你一言我一语。

"炼石补天。"一道黑影突然出现在所有人面前。

"刑天……"众人惊诧不已，欲言又止。

"炼石补天。"刑天踱步至伏羲女娲跟前，又重复了一遍。

"炼石、石、石、石——"伏羲迟疑了一下，喃喃自语，掏出山海印瞅了瞅，朝四下望去，忽见半空中那条巨大的石龙，遂赶忙跃至颛顼爷爷身旁，伸手助力。"颛顼爷爷，借石龙一用。"伏羲猛一用力，从颛顼手中接过石龙，苦苦支撑到现在的颛顼才得以喘口气。

"颛顼爷爷。"女娲随后而至，近前关切道。

"不碍事，不碍事。"颛顼摆摆手，咳嗽不止。

伏羲咬紧牙关，在半空中扯起巨大的石龙，旋又翻身到底下用龙头拄杖顶住，只见龙头拄杖龙眼里的滴血结晶射发出丝丝红光注入石龙。"唤醒石龙！"伏羲大喝一声。

女娲随即跃至石龙之上，一手摁住龙头，闭上眼，一呼一吸间，念念有词道："龙儿，醒来吧；龙儿，醒来吧……"随着女娲掌间的能量不断注入，石龙开始蠢蠢欲动，龙鳞次第成型。

"滴血结晶的能量快用完了。"刑天望着龙头拄杖上色泽越来越黯淡的龙眼，以及下方苦苦支撑的伏羲。

刑天率先摊开掌心，一颗鲜红的血珠悄然渗出，并缓缓升空，融入龙头拄杖的龙眼里，龙眼骤然亮了些，龙头拄杖射发出的丝丝红光也顿时亮了许多。木神、燃月、重、黎、大禹、后羿、精卫、祝融等人皆效仿刑天，几十颗灵动的血珠接连汇入龙头拄杖的龙眼里。像火凤凰这样的鸟类，血珠自眉心飞出。

巨龙渐渐有了血色，只见其突然睁开了五彩放光的龙眼，龙尾摆动，扭身飞起，绕着不周山盘旋。女娲赶忙翻身跃下，立于伏羲一旁。伏羲掏出紫色的山海印，冲着张牙舞爪迎面而来的巨龙，用龙头拄杖轻轻一击，一束紫光随即射向巨龙，山海印竟被巨龙一口吞下。巨龙通体绽放出耀眼的五彩色泽，似融了山之厚重与海之包容，力量刚柔异常，众人无不惊叹。

伏羲二话不说，跃至巨龙脖颈上，将龙头拄杖朝天一指，绕着不周山和天河之水盘旋而上，没一会儿便飞至断裂的不周山巅。"巨龙，靠你了。"伏羲轻轻拍了拍龙头，一跃而下，立于不周山巅，抬头望去，一个转身，甩出一圈八方阵法箍住汹涌的水柱。光圈赶在巨龙之前升至天际，箍住了天上的那个大窟窿。巨龙绕着水柱盘旋而上，顷刻之间，便飞抵光圈之下。伏羲站在山巅看得分明，用龙头拄杖画了个圈，随即用力一顶，"收！"伏羲咬紧牙关吐出一个字，又一圈八方阵法顺着水柱疾驰而上。只见五彩巨龙绕着"天地雷风水火山泽"八个金点盘旋，吃力地抗衡着天河之水的冲击力，绕了一圈又一圈，身形似被外围的八个金点定住。第二波八方阵法的光圈与此前那一圈大小等同，不同的是，重合之际，第二波光圈瞬间收缩。随着这一圈光波的扫过，五彩巨龙的身体悄然石化，变成了五彩石，将天上那个大窟窿正好填上。伏羲又一个转身，一束金光直直地射向五彩巨龙的龙眼，与此前两波八方阵法大有不同，这一波乃反向扩散，金光在撞击到五彩巨龙的龙眼之时随即扩成八个金点，与最外圈那八个金点重合，随即又同时收缩至五彩巨龙的龙眼，在天际迸发出一道弥天盖地的冲击波，五彩巨龙放光的龙眼眨了两下便彻底石化。

不周山脚下的众人看得兀自出神，仍是重、黎俩兄弟最先跳起来击掌相庆："天补好了！天补好了！"大家欣喜若狂，把女娲举过头顶，欢呼雀跃。

"胡闹！"刑天用巨斧狠狠地击了下地面，大地颤抖不止，唬得所有人停下手脚、惊诧不已，刑天头也不抬地用巨斧指着黑云压城的天空，"天柱断裂，你们看不到天要塌了吗？"

"为之奈何？"众人丢下女娲，抬头望去，面面相觑。

真个是"福无双至，祸不单行。"大家正自迟疑间，忽闻不远处传来阵阵哭天抢地的嘶喊声，像是从岸边传来，女娲第一个冲了过去。

6

愚公等人脚力最慢，待其气喘嘘嘘地赶至岸边，果见有人落水，乃巨大的鳌精在兴风作浪。大船早已四分五裂，落水之人不是旁人，正是愚公小孙子所在那条大船上的人。

木神、燃月、重、黎、倕、后羿、精卫、竖亥、西王母、瑶姬、祝融、盘古、司影、折丹、大禹、嫘祖、仓颉、颛顼、刑天等人如风似电，正全力抢救落水的老弱病残。

"娃——"愚公蹚水冲上前去。

"爷爷——爷爷——"小孙子被一位呛水的男子托举着，吓得号啕大哭。

"愚公——"随愚公移山的一行人等丢下手中的活计，紧随其后。

"住手！"女娲乘风破浪，柳剑一挥，一道绿光贴着水面袭向正欲甩头撞击大船残骸的鳌精，把它脑袋划出一道血印。

"爷爷在，爷爷在，没事了哦。"愚公扑了个空，旋又折回岸上，从精卫手中抱过小孙子，感激涕零。

所有人朝漂浮着甲板的水面望去，女娲正翻飞着与鳌精缠斗。鳌精或见主人败下阵来，正愁没处撒气，往回赶的路上恰好遇到那一艘信水随风的大船，也该那一船人造化低了些。

"为虎作伥，罪不容诛！"女娲相较于巨大而笨重的鳌精要灵活得多，直打得鳌精伤痕累累，但似乎也只能伤它些皮肉。

被激怒的鳌精甩头撞向水面，一股排山倒海的水浪把迎面而来的女娲撞了个措手不及。鳌精趁势上前，或来回甩头横扫水面，或自上而下砸向水面，或从口中冷不丁射出如剑水柱。女娲节节败退，被动不堪。

"姐姐——"燃月从岸边跃起，抬臂间便拨开水路，再发力一抬，竟将眼前一大片水域一分为二拉扯到天上。鳌精顿时没了水势，轰的一声陷入泥淖之中。

"我来也！"大禹眼见燃月撑得艰难，赶忙上前助力，伴着耒耜的挥舞，水路被分拨得愈加开阔。

精卫随即变成了一只巨大的白嘴黑身红脚鸟，飞至拨开的水路中间，盘旋着扇了几下翅膀，伴着阵阵狂风，倏忽之间，原本条形的水路竟变成了环形。众人惊叹不已，放眼望去，女娲好似置身一处斗兽场。

"此物负重，可斩四足，代立天柱。"颛顼观摩许久，攥紧了青龙刀。

鳌精身陷泥淖动弹不得，狂躁不安。女娲听得分明，深吸一口气，腾空跃起，将手中的柳剑舞成一圈凌厉的光，如飞刀般猋的一下顺势甩出，直奔鳌精左前足而去。

"不要……"躺在鳌精之上的共工有气无力，默默掉下几滴泪来。

鳌精摇头晃脑，伴着撕心裂肺的低吼声，它的左前足已被柳剑齐刷刷截断，隐约可见一道缝隙，许久才淌出蓝色的血。女娲又如此三个回合，身形翻飞间，将鳌精陷在泥淖里的四足尽皆斩断。狂躁的鳌精慢慢安静下来，眼里渐渐没了光，弥留之际，回光返照，仰天嘶啸，竟吐出一只神气活现的小乌龟，被女娲一把接住。

重、黎俩兄弟眼疾手快，赶忙上前掀翻鳌精，把陷在泥淖里的四足接连拖拽至岸边。燃月和大禹收功的一瞬间，被撑开的水面猛地回落。颛顼一个箭步上前，在水面复合之际将跌落泥淖的共工一把扯了上来，稳稳地立于一块漂浮的甲板之上。

"好可爱的小家伙，你叫什么名字啊？"大块头重用沾满了鳌精蓝色血液的手指挑逗着女娲掌间的那只小乌龟。

小乌龟似感应到什么，冲着凑上来的重喷了口水，又冲着不远处黎的影子喷了口。不明就里的重、黎俩兄弟竟疯疯癫癫地舞蹈起来，旋又昏迷倒地，经众人掐了好半天人中穴方才苏醒。

"含沙射影？"瘫在地上的重、黎俩兄弟相顾无言。

"听闻上古有过一只能含沙射影的神龟，名唤蜮，要不就以此名呼之吧？也不枉鳌精在人世间走一遭。"嫘祖踱步至女娲跟前，接过那只小乌龟，满怀慈爱地摸了摸。

"嗯。"女娲应声点头，随即对众人道，"列为呵，顶天要紧，有劳了。"言罢向不周山脚下疾驰而去，众人抬举着鳌精巨大的四足紧随其后。

待大家赶至不周山脚下，伏羲正好从天而降。

"我好担心你！"伏羲女娲相拥，异口同声。

女娲揩掉眼角的泪水，转身望了望众人，只见大家缓缓伸出一只手，翻掌对向半山高的鳌精四足，将横躺的四根肉柱子依次接好。女娲抬头看了看，袖口一挥，但见柳剑如长蛇出洞般将鳌精四足缠了个结实，俨然一根参天古木。

精卫翻身跃起，依旧幻化成一只白嘴黑身红脚鸟，连同一对火凤凰在半空中绕着巨大的肉柱子盘旋。伴着精卫一声尖厉的嘶鸣，凤飞至肉柱子左端，凰飞至肉柱子右端，双双衔住末端余出来的柳枝，精卫用嘴衔住中间的藤蔓，利爪一抠，但见三只巨鸟振翅高飞，直奔苍穹。

司影用手比画着，对着天空一拨一指，一束强光顺着不周山横扫而上，照亮了精卫和凤凰的前路。折丹奋力一推，一股强风紧随其后，诚所谓"好风凭借力，送我上青云。"瑶姬玉臂轻摇，借着折丹的强风，漫天花雨翻飞而上。

精卫和火凤凰顷刻飞至不周山巅，精卫变回人形，对着肉柱子一番拳脚，吃力地将肉柱子矗立在不周山巅。就在肉柱子刚立稳的瞬间，轰隆一声闷响，塌下来的天随即压了上去，直压得肉柱子缩了半截才止住落势。

"顶天啦！顶天啦！"萎靡不振的重、黎俩兄弟突然兴奋地手舞足蹈起来。

"又犯病了？"双手叉于胸前的木神瞥了眼他俩。

"大功告成！"刑天上前一步，抬头望去。

众人莫不欣喜，托起毫无防备的伏羲女娲，把他俩扔过头顶，欢呼声此起彼伏。

"快看！"燃月用手朝不周山一指。

大家循声望去，伴着缓缓飘落的漫天花雨，但见一根葱茏的藤蔓盘旋着将不周山自上而下缠得严严实实，直扎根在不周山脚下，并随之将倾泻而下的天河之水吸收殆尽，藤蔓上由此新叶焕发。远远望去，天地间好似矗立着一棵让人叹为观止的老柳树，柳枝还在天际延伸，驱散了密布的乌云。

"柳剑……"女娲摊开空空如也的掌心，望着渐渐明朗的天空。藤蔓正是从肉柱子上生发，稳住了不周山，当然，也定住了天地。

7

烈围于夸父桃木杖所化的万丈桃林，正苦于无从得出，忽见头顶刮下一阵血红色旋风，烈置身其间，只觉天旋地转，隐约可见桃树被尽皆连根拔起。待风平浪静，烈环顾周遭，桃林已被一片广袤无垠的血枫林取而代之。

"这是哪？"烈暗自狐疑。

"血枫林。"身后传来一阵大笑。

烈猛地转身，但见大笑之人面如牛首，铜头铁臂，手执一根浑厚的陨铁天锤，颇有王者风范。烈刚欲开口，便察觉到周遭瑟瑟发抖的血枫林躯干里陆续走出好多彪悍异常的勇士，这些虎视眈眈的勇士皆手执虎魄刀，将自己团团围住。

"这是随我打天下的81位兄弟。"手执陨铁天锤之人用空出来的另一只手示意。

"你是谁？"烈用余光瞥了眼四周，屏气凝神，冷冷地问道。

"我是谁的时候，你恐尚未出世。"此人踱步至烈的跟前，旋又转身道，"吾乃蚩尤！"

"兵王蚩尤？"烈瞪大了双眼，震惊不已。

"正是。"蚩尤头也不回地走至原地。

"传闻你败于炎黄二帝，后再无消息。"烈若有所思。

蚩尤听闻"炎黄"二字，不禁怒火中烧，攥紧陨铁天锤，忽地转身，轰的一声砸在地上，硬生生将地面砸出一道沟壑。迸开的裂缝直奔烈而来，烈赶忙翻身避开。待大地停止崩裂，蚩尤才开口道："这便是我救你的原因。"

"愿闻其详。"烈毕竟执掌昆仑日久，见怪不怪，仪态不失从容。

"炎帝乃吾手下败将，后不知其使了什么法子，说服黄帝，两部落联手，与我决战于涿鹿之野。那一战，我方近乎全军覆没，只剩下这81位当年随我征战四方的兄弟，是我太轻敌了……"蚩尤咬牙切齿，绕着81个兄弟围成的内圈缓缓地走着，目光从81个兄弟身上扫过，"留得青山在，不怕没柴烧。此仇不报，枉为蚩尤。"

"如何报？"烈稍稍侧身，望着踱步的蚩尤。

"血枫林乃吾族人鲜血所化，当年黄帝大可杀我以谢天下，但他并没有这么做，而是画地为牢，将吾等封禁一隅。"蚩尤顿了顿，"解铃还须系铃人，如今，炎黄退隐三界，好在他俩的元神巨龙尚在人间，若能引得两条藏之山海、定之山海的元神巨龙来此，封禁可解，大事可成。"

"与我何干？"烈稍稍蹙眉。

"你觉得你还能再回昆仑吗？"蚩尤仰天大笑，在烈的身旁止住脚步，"高手，要敢于承认自己的野心，并勇于面对惨淡的现实。"

"不知所云。"烈挥了下衣袖，背执双手，转向一旁。

"我的计划是这样的……"蚩尤冷笑一声，走向前去，将一盘棋如此这般、这般如此说了个尽兴，他知道，烈听得分明。

夸父接住被一道红光震落的桃木杖，望着神民之丘放晴的苍穹兀自出神，此前被困住的烈早已没了踪迹，蛊毒阵传送门也随之关闭，脚下的邪祟尸横遍野。

8

滚滚长江东逝水，浪花淘尽英雄。在四海八荒各路英雄的鼎力相助之下，九丘免遭生灵涂炭之苦，不周山得以保全，天地由此焕然一新。

有一人值得一提：刑天！

前来助力的各路英雄里，有很多是刑天的故交。刑天转身看了看颛顼等人，径直跛步至伏羲女娲跟前，"我刑天平生只敬过一个半人，半个是天帝，一个是自己。如今，算上你俩。"刑天言罢，欻的一下，顺着不周山凌空而上，转瞬消失在天际，听得半空传来回响，"后会有期！"

"刑天赢了……"颛顼顺着不周山望去，喃喃自语。

"颛顼爷爷，此话怎讲？"一旁的伏羲扭头问道。

"可曾记得天帝因何大败刑天？"颛顼笑了笑。

"山海印。"伏羲脱口而出。

"嗯。"颛顼点头，捋了捋美髯须，"刑天果然是刑天。"

"我知道了，让山海印彻底消失，跟得到山海印，殊途同归。"伏羲恍然大悟。

"那我们还要感谢刑天？"女娲蹙眉道。

"凡为过往，皆为序章。事情发生了，就变成了本该如此。"颛顼手执青龙刀，转身看着各路英雄，"我们要感谢的，是自己，以及心底的良知。"

"好！"重、黎俩兄弟突然大喝一声，使劲鼓掌，唬得眼前的颛顼及身旁的人一惊。

了却君卿天下事，不负生前身后名。伏羲女娲相视而笑，众人相视而笑，这一笑，江湖何曾远？庙堂亦未偏。

伏羲女娲

终　章

　　落英缤纷，锣鼓喧天，美酒佳肴，宾朋满座，伏羲女娲于良辰吉日正式成婚。

　　大禹、后羿、精卫、夸父、祝融、西王母、瑶姬、盘古、司影、折丹、嫘祖、仓颉、俒、玄冥、凤凰等山海英雄齐聚九丘，木神、燃月、重、黎、大人国、小人国、不死族、贯胸国、一目国、厌火国、君子国、三首国等亲友穿插其间，共同祝贺这对终成眷属的有情人。

　　"今天是个大喜的日子，承蒙诸位捧场，老朽有幸作为证婚人，受新郎伏羲之托，诵读他的五首五行情诗，献给美丽的新娘女娲，咳——"颛顼伸手在跟前一抹，半空中陆续浮现出那一首首动人的诗篇，他煞有介事地读了起来，怎么读怎么别扭，但仍皱着眉头、硬着头皮读了下去，引得哄堂大笑。

　　五首五行情诗如下：

一

在一个很美的季节

许一个简单的愿望

简单到只想

看春暖花开

听细水长流

二

遇见你的时候

你笑得很冷

后来梦见你了

轻易让我相信

上辈子我惹过你

三

在路旁捡到一本《诗经》

慢慢地读着

你说我漏了一句

原来是

执子之手 与子偕老

四

我曾说喜欢五月的槐花

后来你也说喜欢

我琢磨了半天

终于明白

你喜欢的不只是槐花

五

喜欢在家乡的空地上仰望星空

天空和大地一样开阔

我在左 你在右

依偎着讲些童年的故事

直到星光下的尘世璀璨通明

"真是糟蹋了。"大块头重无奈地晃了晃脑袋。

黎轻哼一声，用胳膊肘怼了下一旁的重，递了个眼神。

"喔——好！好！"重一改无奈之情，赶忙鼓掌欢呼，众人皆起哄鼓掌应和。

凤冠霞帔的女娲早已在台上笑得花枝乱颤，朱唇轻启，含情脉脉地望着伏羲。胸挂大红花的伏羲欲倾身吻来，忽被女娲伸出的一根手指挡住，正自诧异间，听闻女娲凑至耳畔低语："官人，我有个想法。"

"但说无妨。"伏羲笑道。

"今日实则双喜临门，一是我与伏羲大婚，二是列位英雄难得一聚。我想缘此成立一个联盟，一则志同道合者互通有无，二则齐心协力以保天下无缺。"女娲顿了顿，转身看着台下熙熙攘攘的众人，"不知列位意下如何？"

"联盟叫什么？"身材高大的夸父开口问道。

女娲侧身朝伏羲望去。伏羲随之踱步前来，想了想，道："事因山海印而起，如今，山海印不在，但我们人在，要不，就叫'山海英雄联盟'吧？"

"山海英雄联盟、山海英雄联盟……"台下众人喃喃自语，四下相顾，齐声叫好。

"记得年轻而勇敢！"伏羲女娲紧紧相拥。

台下的掌声如潮水般涌来，燃月喜极而泣，就连向来严肃的颛顼也忍不住背过身去揩了揩几滴老泪。

今天，奔着明亮那方，所有人都感受到了一种生生不息的力量和绵延不绝的希望，山海英雄联盟自此踏上征途！